U0075956

國際學術研討會

古龍武俠小說 領先時代半世紀

【記者賴素鈴／報導】江湖代有才人出，這廂古龍凋零二十載，那廂今朝懸賞百萬獎新秀，浪淘不盡，唯有武俠熱愛，不隨時間變易，在學術研討會上更見分明。以「一代鬼才：古龍與武俠小說」爲主題，淡江大學第九屆文學與美學國際學術研討會昨起在國家圖書館，展開爲期兩天的議程，紀念武俠小說家古龍逝世二十周年，新生代學者與古龍故舊齊聚一堂，以文論劍話武俠。

日前與淡大中文系教授林保淳共同發表《台灣武俠小說發展史》，武俠小說評論家葉洪生昨天在專題演講中，直批胡適1959年底發表「武俠小說下流論」是「胡說」，學界泰斗的不當發言以及隨即展開的「暴雨專案」，反而促成1960年起台灣武俠新秀的繁興，「武俠小說迷人的地方，恰恰在門道之上。」，葉洪生認定，武俠小說審美四原則在文筆、意構、雜學、原創性，他強調：「武俠小說，是一種『上流美』。」

集多年心血完成《台灣武俠小說發展史》，葉洪生認爲他已爲從十歲起迷上武俠小說的半世紀畫上完美句點，並且宣布他「以後決心退出武俠論壇，封劍退隱江湖」。

雖然葉洪生回顧武俠小說名家此起彼落，套太史公名言「固一世之雄也，而今安在哉？」，認爲這是值得深思的嚴肅課題，昨天意外現身研討會而備受矚目的溫世禮，則爲了紀念同是武俠迷的哥哥溫世仁，推出第一屆「溫世仁武俠小說百萬大賞」，即日起至今年10月3日截止收件，經兩階段評選後於明年12月7日公布首獎得主，預料將會是一場武林新秀的龍虎爭霸戰。

看明日誰領風騷？風雲時代出版社發行人陳曉林眼中的古龍，其實領先他的時代半世紀，以致如今雖然古龍逝世20年，陳曉林認爲大家對古龍的了解仍然有限，預言未來世代更能和古龍的後設風格共鳴。

昨天這場研討會，也凸顯武俠小說作爲一項文學研究門類，仍有待開發學習空間。多位與會者都指出，武俠小說的發表、出版方式和管道具考證難度，學術理論與論文格式的建立待加強。而武俠名家的版權之爭、市場競爭力，也增加出版推廣困難，古龍武俠小說的版權糾紛、司馬翎作品的版權官司也成爲研討會的場外話題。

與

第九屆文學與美

古龍兄為人慷慨豪邁、跌蕩自如，變化多端，文如其人，且復多奇氣，惜英年早逝。余與古兄當年交好，且喜讀其書。今既不見其人，又無新作可讀，深自惋惜。

金庸

一九九六．十．十一 香港

七種武器

（一）長生劍　霸王槍

古龍精品集37

七種武器(一)

長生劍 霸王槍

【長生劍】

目錄

【霸王槍】

七個不平凡的人。
七種不可思議的武器。
七段完全獨立的故事。

長生劍

長生論

【導讀推薦】

精采紛呈，寓意深遠

——《七種武器：長生劍》導讀

專欄作家、資深文學評論家 李榮德

《長生劍》發表於一九七一年，其時正是古龍創作巔峰時期。

《長生劍》是七種武器的第一種，《七種武器》是由《長生劍》、《孔雀翎》、《碧玉刀》、《霸王槍》、《多情環》、《離別鉤》、《七殺手》等中篇武俠小說組成，這七部書既可單獨成篇，又可連貫閱讀，可以稱之爲系列武俠小說。

古龍寫七種武器，緣起於由出版人轉事寫作的于東樓先生。漢麟出版社負責人于東樓先生鑒於古龍先生爲眾多稿約所累所困，連載遲遲不得交稿，建議其做中篇嘗試，其時于東樓正冥思新構，長生劍、孔雀翎等是其報出的連串新兵器名目，新名一出使古龍欣賞之極。于東樓作爲一個出版家，慣爲他人作嫁衣，於是拱手相送。

長生劍、孔雀翎等兵器名目經古龍之筆，立生光輝，遂有《七種武器》此題，《長生劍》此書。

武俠小說發展到了今天，古代傳統意義上的兵器，如刀、槍、劍、戟、棍、棒、槊、鏜、斧、鉞、鏟、鈀、鞭、鉤、錘、叉、戈、矛（一說為刀、槍、劍、戟、矛、盾、弓、弩、斧、鉞、鞭、鉤、撾、殳、耙頭、叉、綿繩套索、白桿）上述這些古代兵器都已入籍，兵器譜所能列載的幾乎悉數網羅，即使非兵器類的民間生活用具，農工器具也都無不入行，漁樵耕讀的釣杆、魚網，勾索、扁擔，鋤、鐮、琴、棋、書、畫；女人的簪、釵、鐲、環，孩子的玩具、老人的拐杖，甚至花草樹葉，無不可以當兵器、暗器入武林之門。因此當兵器用老、用濫的時候，創造新的兵器是何等重要。

創造出一樣奇門兵刃，那怕僅僅是一個名字，對於武俠小說家來說，都是十分振奮的事，因爲創造得好，新兵器本身就能增色許多，既不是套用別人存抄襲之嫌，又不是陷入傳統套路，使人感到是十八般兵器的變種，沒有新鮮感。新兵器的人格化，常常可以賦予人物新的人格力量，常常會形成一種新故事的內核，蘊含的是全新的因數。所以幾乎所有的武俠小說家都很看重新兵器的發明和創造。

無庸諱言，七種兵器給古龍一個創新的機會。

古龍在寫這部《長生劍》時，開始注重武俠小說的嬗變，也即他要脫出武俠小說單純消遣娛樂的窠臼，在他自已的小說中注入更多的理念，借摻入人生哲學，提高武俠小說的層次，確立它的思想價值和審美價值。

在長生劍中就體現了這種嬗變，從題目來看似是寫的劍，而實際上寫的是一種精神力量，那就是在逆境中仍能笑的勇氣，笑才能真正征服人心，所謂不戰而屈人之兵。

讀者諸君可以從字裡行間得到這種精神感悟。

〔編者陳曉林按：〈七種武器〉系列的每一篇，故事均獨立自足，且各具寓意，故均可分開閱讀。謹依古龍生前的囑託，將原本自成一體的《七殺手》列為第七篇，並略予點染、呼應，將「青龍會」引入該篇，以串連七個故事。另，《拳頭》原為《霸王槍》之衍生作品，因該篇中第二男主角「小馬」性格明朗可愛，古龍特為之另撰一個故事。既往出版者將《拳頭》列為第七種武器，其實只為湊數。

故而，此次整編〈古龍精品集〉，特依古龍生前的屬意，以《七殺手》為收束篇，而以《拳頭》為附錄。

又：「七種武器系列」故事各自獨立，不須規定先後順序。茲因兩篇收入一冊之編輯規劃所需，將《霸王槍》挪前至第一冊，而將《孔雀翎》移後入第二冊，特此說明。〕

一　風雲客棧

天上白玉京，五樓十二城；
仙人撫我頂，結髮受長生。

一

黃昏。

石板大街忽然出現了九個怪人，黃麻短衫，多耳麻鞋，左耳上懸著個碗大的金環，滿頭亂髮竟都是赤紅色的，火燄般披散在肩上。

這九個人有高有矮，有老有少，容貌雖然不同，臉上卻全都死人般木無表情，走起路來肩不動、膝不彎，也像是殭屍一樣。

他們慢慢的走過長街，只要他們經過之處，所有的聲音立刻全都停止，連孩子的哭聲都被嚇得突然停頓。

大街盡頭，一根三丈高的旗桿上，挑起了四盞斗大的燈籠。

朱紅的燈籠，漆黑的字。

「風雲客棧」。

九個赤髮黃衫的怪人，走到客棧門前，停下腳步，當先一人摘下了耳上金環，一揮手，「奪」的，釘在黑漆大門旁的石牆上。

火星四濺，金環竟嵌入石頭裡。

第二人左手扯起肩上一束赤髮，右掌輕輕一削，宛如刀鋒。

他將這束用掌緣割下來的赤髮，繫在金環上，九個人就又繼續往前走。

赤髮火燄般在風中飛捲，這九個人卻已消失在蒼茫的暮色裡。

就在這時，暮色中卻又馳來八匹健馬，馬蹄踏在石板大街上，如密雨敲窗，戰鼓雷鳴。

馬上人一色青布箭衣，青帕包頭，腳上搬尖灑鞋，繫著倒趕千層浪的綁腿，一個個全都是神情剽悍，身手矯捷。

八匹馬在風雲客棧門前飛馳而過，八個人同時一揮手。

刀光如閃電一般一亮，又是「奪」的一聲響，海碗般粗的旗桿上，已多了八柄雪亮的鋼刀。

刀柄猶在不停的顫動，柄上的紅綢刀衣「呼」的一聲捲起。

八匹馬卻已看不見了。

暮色更濃，大街上突又響起了一陣蹄聲，彷彿比那八騎馳來時更急更密。

但來的卻只有一匹馬。

一匹白馬，從頭到尾，看不到絲毫雜色，到了客棧門前，突然一聲長嘶，人立而起。

大家這才看清馬上的人，是個精赤著上身的虬髯大漢，一身黑肉就像是鐵打的。

這大漢收韁勒馬，看見了門側的金環赤髮，也看見了旗桿上的八把刀，突然冷笑了一聲，自馬鞍上一躍而下，左右雙手握住了兩條馬腿。

只聽他吐氣開聲，霹靂般一聲大吼，竟將這匹馬高高的舉了起來，送到門簷上。

白馬又一聲長嘶，馬鬃飛舞，四條腿卻似已釘在門簷上，動也不動。

虬髯大漢仰天一聲長笑，撒開大步，轉瞬間也已走得不知去向，只留下一匹白馬孤伶伶的站在暮雲西風裡，更顯得說不出的詭異。

長街上已看不見人影，家家戶戶都閉上了門。

風雲客棧中也寂無人聲，本來住店的客人，看到這一枚金環、八柄鋼刀時，早已從後門溜了。那匹白馬卻還是動也不動的站在西風裡，就像是石頭雕成的。

這時靜寂的長街上，忽然又有個藍衫白襪，面容清癯的中年文士施施然走了過來，神情彷彿很悠閒，但一雙眸子裡卻閃著精光。

他背負著雙手，施施然走到客棧門前，抬頭看了一眼，長嘆道：「好馬！端的是好馬，只可惜主人無情，委曲你了。」他背負著的手突然一揚，長袖飛捲，帶起了一陣急風。

白馬受驚，又是一聲長嘶，從門簷上躍下。

這中年文士雙手一托，竟托住了馬腹，將這匹馬輕輕放在地上，拍了拍馬腹，道：「回去載你的主人來，就說這裡有好朋友在等著他。」

白馬竟似也懂得人意，立刻展開四蹄，飛馳而去。

中年文士隨手拔下了門側的金環，走入客棧，在旗桿上一敲。

八柄鋼刀立刻同時落了下來。

中年文士長袖又捲，已將這八柄刀捲在袖裡，沉聲道：「掌旗何在？」

客棧中突然掠出一條瘦小的人影，猿猴般爬上旗桿，一眨眼間人已在桿頭。

桿頭上立刻有一面大旗飛捲而出。

雪白的旗幟上，繡著條張牙舞爪的烏黑長龍，彷彿也將破雲飛去。

二

夜。

無星無月，雲暗風高。

院子裡卻是燈火通明，還擺著一桌酒。

中年文士正在曼聲低吟，自斟自飲，忽然舉起酒杯，對著院外一株大榕樹笑了笑，道：「久聞苗幫主有江海之量，既已來了，爲何還不下來共飲一杯？」

榕樹濃蔭中，立刻也響起了一陣夜梟般的怪笑聲，一條人影箭一般射下來，落在地上，卻輕得像是四兩棉花。

這人獅鼻闊口，滿頭赤髮，耳垂卻戴著三枚金環，人已落下，金環還在不停的「叮噹」作響，正是赤髮幫的總瓢把子，「火詙神」苗燒天。

他的一雙眼睛裡，也彷彿有火詙在燃燒著，盯著這中年文士，沉聲道：「閣下可是青龍會中的公孫堂主？」

中年文士長身抱拳，道：「正是公孫靜。」

苗燒天夜梟般的笑聲又響了起來，大笑道：「果然不愧是青龍會的第一號人物，好亮的一雙招子。」

突聽馬蹄聲響，如密雨連珠般急馳而來。

苗燒天兩道火詙般的濃眉皺了皺，道：「小張三也來了，來得倒真不慢。」

馬蹄聲突然停頓，一人朗聲笑道：「青龍老大的約會，江湖中有誰敢來慢了的？」

朗笑聲中，一個人已越牆而入，一身雪白的急服勁裝，特地將衣襟敞開，露出堅實強壯的胸膛，卻比衣裳更白。

苗燒天一挑大拇指，哈哈大笑道：「好一個白馬小張三，幾年不見，你怎麼反倒愈長愈年輕，愈長愈漂亮了，老苗若有女兒，一定挑你做女婿。」

白馬張三淡淡道：「你就算有女兒，也沒有人敢要的。」

苗燒天瞪眼道：「爲什麼？」

白馬張三道：「像閣下這副尊容，生出來的女兒也一定好不了哪兒去。」

苗燒天瞪著他，瞪了半天，道：「今天我們是專做買賣的，要打架也不必著急。」

白馬張三道：「要喝酒呢？」

苗燒天大笑道：「那就愈急愈好了，來，咱們哥兒倆先來敬公孫堂主三杯。」

公孫靜笑了笑，道：「在下酒量不好，不如還是讓在下先敬三位一杯。」

苗燒天又皺了皺眉，道：「三位？」

只聽對面屋脊上一人笑道：「河東赤髮、河西白馬既然都已來了，趙某怎敢來遲？」

苗燒天道：「太行趙一刀？」

他已用不著再等人回答。

他已看見了一柄雪亮的刀，快刀！

沒有刀鞘。

雪亮的刀就插在他的紅腰帶上。

青布箭衣，青帕包頭，一條腰帶布比苗燒天的頭髮還紅，恰巧和他血紅的刀衣相配。

公孫靜目光卻像是他的刀，刀一般從他們臉上刮過，緩緩道：「青龍會發出了十二張請帖，今夜卻只到了三位，還有九位莫非已不會來了？」

趙一刀道：「好，問得乾脆。」

公孫靜道：「三位不遠千里而來，當然不是來聽廢話的。」

趙一刀道：「的確不是。」

苗燒天獰笑道：「還有那九位客人，至少已有三位不會來了。」

趙一刀道：「是六位。」

苗燒天道：「青竹幫、鐵環門和太原李家來的人是我做了的。」

趙一刀道：「十二連環塢、長江水路，和辰州言家拳的三位朋友，半路上忽然得了怪病，頭痛如裂，所以……」

苗燒天道：「所以怎麼樣？」

趙一刀道：「他們的頭現在已不疼了。」

苗燒天道：「誰替他們治好了的？」

趙一刀道：「我。」

苗燒天道：「怎麼治的？」

趙一刀道：「我砍下了他們的腦袋。」

他淡淡的笑著道：「無論誰的頭被砍下來後，都不會再疼的。」

苗燒天大笑，道：「好法子，真痛快。」

白馬張三忽然道：「萬竹山莊和飛魚塘來的兩位前輩，只怕也不能來了。」

苗燒天道：「哦？」

白馬張三道：「他們都已睡著，而且睡得很深很沉。」

苗燒天道：「睡在哪裡？」

白馬張三道：「洞庭湖底。」

苗燒天大笑道：「妙極，那裡睡覺不但涼快，而且絕不會被人吵醒。」

白馬張三淡淡道：「我對武林前輩們，一向照顧得很周到的。」

趙一刀道：「該來的人，想必都已來了，卻不知青龍會的貨在哪裡？」

公孫靜微笑道：「好，問得乾脆。」

趙一刀道：「堂主專程請我們來，當然也不是爲了要聽廢話的。」

公孫靜慢慢的點了點頭，道：「的確不是。」

趙一刀道：「堂主是不是想著先聽聽我們的價錢？」

公孫靜道：「現在還不急。」

趙一刀道：「還等什麼？」

公孫靜道：「這批貨我們得來不易，總希望出價的人多些，出的價才會高些。」

苗燒天瞪眼道：「堂主還要等人？」

公孫靜道：「莫忘記本堂還有九位客人要來，閣下卻只做掉了八位。」

苗燒天道：「還有一個人是誰？」

公孫靜笑了笑，道：「是個頭既不疼，也不會睡著的人。」

苗燒天冷笑道：「老實說，這批貨赤髮幫已勢在必得，無論再有什麼人來，也一樣沒用。」

白馬張三冷冷道：「青龍會做生意一向公道，只要赤髮幫的價錢高，這批貨自然歸赤髮幫。」

苗燒天厲聲道：「莫非你還想搶著出價？」

白馬張三道：「否則我為何要來？」

苗燒天霍然長身而起，瞪著他，耳上的金環又在叮叮作響。

突聽車轔馬嘶，一輛六匹馬拉的華麗大車，停在門外。

四個挺胸凸肚的彪形大漢，跨著車轅，一躍而下，躬身拉開了車門。

過了半晌，才有個面白無鬚，癡肥臃腫的白胖子，喘著氣從車廂裡出來，還沒有走到三步路，已累得氣喘如牛。

他身後還有個又高又瘦的黑衣人，像影子般緊緊跟著他，一張焦黃的臉，兩隻眼睛凹了下去，像是個癆病鬼，但腳步卻極輕健，腰上掛著對銀光閃閃的東西，仔細一看，竟是對弧形劍。

這種外門兵刃不但難練，而且打造也不容易，江湖中使這種兵刃的人一向不多，能使這種兵刃的，十個人中就有九個是高手。

苗燒天、趙一刀、白馬張三，三雙銳利的眼睛立刻盯在這對弧形劍上。

白馬張三皺了皺眉，沉聲道：「這人是誰？」

公孫靜道：「蘇州萬金堂的朱大少。」

白馬張三道：「他的保鏢呢？」

公孫靜微笑道：「恐怕他只是個保鏢的。」

白馬張三沉吟著，霍然轉向趙一刀，道：「他是不是從你那條路上來的？」

趙一刀道：「好像是。」

白馬張三道：「他的頭怎麼不疼？」

趙一刀道：「他就算頭疼，我也治不了。」

白馬張三道：「爲什麼？」

趙一刀淡淡道：「他的頭太大了。」

朱大少已經坐下來，卻還是在不停的擦著汗，喘著氣。

他一共也只不過走了二三十步路，看來卻像是剛爬過七八座山似的。

那黑衣人也還是影子般貼在他身後，寸步不離。一雙鷹爪般乾枯瘦削的手，也始終未離開過腰畔的那對奇門弧形劍。

他深凹的漆黑眼睛裡，帶著種奇特的嘲弄之意，彷彿正在嘲笑著眼前這些人，爲什麼要來白跑這麼一趟。

風雲客棧的燈籠在風中搖盪，苗燒天耳上的金環猶在叮噹發響。

白馬張三似乎覺得有些寒意，悄悄的將自己敞開的衣襟拉緊了些。

趙一刀卻在看著面前的酒杯沉思，心裡彷彿有個很大的難題要他來下決定。

沒有人說話，因爲彼此之間都充滿敵意。

公孫靜卻顯然很欣賞他們這種敵意，長長的鬆了口氣，微笑著道：「四位縱不相識，想必也已彼此聞名，用不著我再引見了。」

苗燒天道：「的確用不著。」

白馬張三道：「我們本就不是來交朋友的。」

苗燒天斜眼盯著他，道：「就算本來是朋友，爲了這批貨，也不是朋友了。」

白馬張三冷笑一聲道：「苗峒主一向是個明白人。」

苗燒天也冷笑了兩聲，道：「現在人既已到齊，貨呢？」

公孫靜道：「當然有貨的，只不過……」

苗燒天道：「只不過怎麼樣？」

公孫靜道：「青龍會做生意，一向規規矩矩，講究的是童叟無欺，現金交易。」

苗燒天道：「好！」

他一拍手，那九個麻衣赤髮的怪人，就已忽然自黑暗中出現，每個人手裡都提著個麻布包袱，份量顯然不輕。

這時門口已又響起一陣沉重的腳步聲，那虯髯大漢雙手高舉著個大鐵箱，一步步走了進來，黑鐵般的肌肉一塊塊凸起，每一步踩下去，地上就立刻多出個很深的腳印。

公孫靜微笑道：「金環八牆，白馬嘯風，在下一見，就知道赤髮九傑和金剛力士都已來了。」

白馬張三道：「莫忘了還有急風八刀。」

趙一刀終於抬起頭笑了笑，道：「河東赤髮、河西白馬，全部財雄勢大，太行快刀怎麼敢來爭鋒，這批貨，咱們兄弟就算放棄了。」

苗燒天仰面狂笑道：「好，趙老大才真的是明白人。」

他笑聲忽然停頓，目光火燄般盯著朱大少，沉聲道：「卻不知萬金堂的少主人意下如何？」

朱大少的喘息總算已停止，正在凝視著自己的手，就好像一個少年在看著他的初戀情人的手兒一樣。

可是他還是回答了苗燒天問他的話，他反問道：「你在問我有什麼意見？」

苗燒天道：「哼。」

朱大少道：「我沒有意見，我一向很懶得動腦筋。」

苗燒天面上已現出怒容，道：「沒有意見？有沒有金子？」

朱大少道：「有。」

苗燒天道：「帶來了多少？」

朱大少道：「你想看看？」

苗燒天道：「這裡一向講究的是現金交易。」

朱大少道：「你已經看過了。」

苗燒天道：「在哪裡？」

朱大少道：「我說出來的話就是現金。」

苗燒天的臉沉了下來，道：「所以你說多少，就算多少？」

朱大少道：「不錯。」

苗燒天道：「我若出價十萬，你就說十萬另一百兩？」

朱大少道：「你果然是個明白人。」

苗燒天的目光，忽然移向那對弧形劍。

那九個麻衣赤髮的怪人，已悄悄展動身形，將朱大少包圍。

朱大少卻還是在凝視著自己的一雙手，好像世上除了這雙手外，已沒有任何值得他看的東西。

突聽「叮」的一聲，金環相擊，苗燒天的手已向弧形劍抓了過去。

他的出手快而準。

他從未想到還有一雙手比他更快——一雙肥胖而保養得極好的手。

他的手還未搭上弧形劍，這雙手已忽然間將耳上的金環解下來。

金環相擊，又是「叮」的一響。

苗燒天凌空翻身，退出兩丈。

黑衣人還是影子般貼在朱大少身後，一動也不動。

朱大少還是凝視著自己的手，只不過手裡卻已赫然多了對金環。

白馬張三的臉色也變了。

趙一刀看著面前的酒杯，忽然輕輕嘆了口氣，道：「你明白我的意思了嗎？」

白馬張三道：「什麼意思？」

趙一刀道：「他就算頭疼，我也治不好的。」

白馬張三也不禁輕輕嘆了口氣，喃喃道：「不錯，他的頭實在太大了。」

公孫靜面上又露出微笑，緩緩道：「既然大家都已帶來了現金，現在先不妨去看貨了。」

苗燒天眼睛裡佈滿紅絲，瞪著朱大少。

朱大少卻悠然道：「不錯，還是先看貨的好，也許我還未必肯出價哩。」

他將手裡的金環放在桌面上，掏出雪白的絲巾，仔細的擦了擦手，才慢慢的站起來，道：「請，請帶路。」

公孫靜道：「請，請隨我來。」

他第一個走向客棧，朱大少慢慢的跟在身後，彷彿又開始在喘氣。

黑衣人還是寸步不離的跟著他，現在，白馬張三總算已明白他眼睛裡，爲什麼會有那種奇特的嘲弄之色了。

他嘲笑的並不是別人，是他自己。

因爲只有自己明白，他在保護著的人，根本就不需要他來保護。

三

苗燒天走在最後，手裡緊緊的抓著那對金環，手背上青筋凸起。

他本已不該來的，卻非來不可。

那批貨就像是有種奇怪的吸力，將他的腳步一步步吸了過去。

不到最後關頭，他絕不肯放棄任何機會的。

石階本來向上，但這時卻忽然向下沉落，露出了條陰暗的地道。

地道的入口，石像般站著兩個人，以後每隔十幾步，都有這麼樣兩個人站著，臉色陰沉得就像是牆上的青石一樣。

石牆上刻著一條張牙舞爪的青龍。

青龍會據說有三百六十五處秘密的分壇，這地方無疑就是其中之一。

地道的盡頭處，還有道很粗的鐵柵。

公孫靜從貼身的腰帶裡，拿出一大串鎖匙，用其中三根，打開了門上的三道鎖，防守在鐵柵後的兩個人才將這道門拉開。

但這門卻還不是最後的一道門。

公孫靜面帶著微笑，道：「我知道有很多人都能到得了這裡，這裡的守衛並不是很難對付的人，但無論誰到了這裡，再想往前走，就很難了。」

朱大少道：「爲什麼？」

公孫靜道：「從這裡開始，到前面的那扇門之間，一共有十三道機關埋伏，我可以保證，世上能闖過這十三道埋伏的人，絕不會超過七個。」

朱大少嘆了口氣，道：「幸好我絕不會是這七個人其中之一。」

公孫靜笑得更溫和有禮，道：「你爲什麼不試試？」

朱大少道：「以後我說不定會來試試的，但現在還不行。」

公孫靜道：「爲什麼？」

朱大少道：「因爲我現在活得還很有趣。」

從鐵柵到石門其實並不遠，但聽過公孫靜說的話之後，這段路就好像立刻遠了十倍。

石門更沉重。

公孫靜又用三把鎖匙開了門，兩尺厚的石門裡，是一間九尺寬的石屋子；屋裡陰森而寒冷，彷彿已到了古代帝王陵墓的中心，本來應該停放棺材的地方，現在卻擺著個巨大的鐵箱，打開這鐵箱，當然至少還需要三把鎖匙，但這三把鎖匙還不是最後的三把，因爲大鐵箱中還有個小鐵箱。

朱大少又嘆了口氣，道：「就憑這種防守之嚴密，我們也該多出些價錢才是。」

公孫靜微笑道：「朱大少的確是個明白人。」

他捧出那小鐵箱，打開。

他溫和動人的微笑突然不見了，臉上的表情就好像嘴裡被人塞入了個爛柿子。

鐵箱竟是空的，裡面只有一張紙，紙上只有九個字：「謝謝你，你真是個好人。」

四

石室中陰森而寒冷，公孫靜卻已開始在流汗，黃豆般大的冷汗，一粒一粒從他蒼白的臉上流下來。

朱大少看著他，目光溫柔得就像是在看著自己的手時一樣，柔聲道：「你一定知道的。」

公孫靜道：「知……知道什麼？」

朱大少道：「知道是誰在謝你。」

公孫靜雙拳緊握，突然轉身衝了出去。

朱大少嘆了口氣，喃喃道：「看來他的確是個好人，只可惜好人據說都活不長的……」

「假如世上真的只有七個人能闖過這十三道埋伏，是哪七個人呢？」

「其中至少有一個人是絕無疑問的，無論你怎麼算，他都必定是這七個人其中之一。」

「這人是誰？」

「白玉京！」

二 天上白玉京

一

白玉京並不在天上，在馬上。

他的馬鞍已經很陳舊，他的靴子和劍鞘同樣陳舊，但他的衣服卻是嶄新的。

劍鞘輕敲著馬鞍，春風吹在他臉上。

他覺得很愉快，很舒服。

舊馬鞍坐著舒服，舊靴子穿著舒服，舊劍鞘絕不會損傷他的劍鋒，新衣服也總是令他覺得精神抖擻，活力充沛。

但最令他愉快的，卻還不是這些，而是那雙眼睛。

前面一輛大車裡，有雙很迷人的眼睛，總是在偷偷的瞟著他。

他已不是第一次看到這雙眼睛。

他記得第一次看見這雙眼睛，是在一個小鎮上的客棧裡。

他走進客棧，她剛走出去。

她撞上了他。

她的笑容中充滿了羞澀和歉意，臉紅得就像是雨天的晚霞。

他卻希望再撞見她一次，因爲她實在是個很迷人的美女，他卻並不是個道貌岸然的君子。

第二次看見她，是在一家飯館裡。

他喝到第三杯酒的時候，她就進來了，看見他，她垂下頭嫣然一笑。

笑容中還是充滿了羞澀和歉意。

這次他也笑了。

因爲他知道，他若撞到別的人，就絕不會一笑再笑的。

他也知道自己並不是個很討厭的男人，對這點他一向很有信心。

所以他雖然先走，卻並沒有急著趕路。

現在她的馬車果然已趕上了他，卻不知是有意？還是無意？

有意也好，無意豈非更有趣？

他本是個浪子，本就喜歡流浪。在路上，他曾結識過各式各樣的人。

那其中有叱吒關外的紅鬍子，也有馳騁在大沙漠上的鐵騎兵，有瞪眼殺人的綠林好漢，也有意氣風發的江湖俠少。

在流浪中，他的馬鞍和劍鞘漸漸陳舊，鬍子也漸漸粗硬。

但他的生活，卻永遠是新鮮而生動的。

他從來預料不到在下一段旅途中，會發生什麼樣的事？會遇到些什麼樣的人？

風漸冷。

纏綿的春雨，忽然從春雲中灑了下來，打濕了他的春衫。

前面的馬車停下來了。

他走過去，就發現車簾已捲起，那雙迷人的眼睛正在凝視著他。

迷人的眼睛，羞澀的笑容，瓜子臉上不施脂粉，一身衣裳卻艷如紫霞。

她指了指纖秀的兩腳，又指了指他身上剛被打濕的衣衫。

她的纖手如春蔥。

他指了指自己，又指了指車廂。

她點點頭，嫣然一笑，車門已開了。

車廂裡舒服而乾燥，車墊上的緞子光滑得就像是她的皮膚一樣。

他下了馬，跨入了車廂。

雨下得纏綿而綿密，而且下得正是時候。

在春天裡，老天彷彿總是喜歡安排一些奇妙的事，讓一些奇妙的人在偶然中相聚。

既沒有絲毫勉強，也沒有多餘的言語。

他彷彿天生就應該認得這個人，彷彿天生就應該坐在這車廂裡。

寂寞的旅途，寂寞的人，有誰能說他們不應該相遇相聚。

他正想用衣袖擦乾臉上的雨水，她卻遞給他一塊軟紅絲巾。

他凝視著她，她卻垂下頭去弄衣角。

「謝謝你。」

「不客氣。」

「我姓白，叫白玉京。」

她盈盈一笑，道：「天上白玉京？五樓十二城，仙人撫我頂，結髮受長生。」

他也笑了，道：「你也喜歡李白？」

她將衣角纏在纖纖的手指上，曼聲低吟：

「我昔東海上，勞山餐紫霞，
　親見安期公，食棗大如瓜，
　中年謁漢主，不愜還歸家，
　朱顏謝春暉，白髮見生涯，
　所期就金液，飛步登雲車，
　願隨夫子天壇上，
　閒與仙人掃落花。」

唸到勞山那一句，她聲音似乎停了停。

白玉京道：「勞姑娘？」

她的頭垂得更低，輕輕道：「袁紫霞。」

突然間，馬蹄急響，三匹馬從馬車旁飛馳而過，三雙銳利的眼睛，同時向車廂裡盯了一眼。

馬已馳過，最後一個人突然自鞍上騰空掠起，倒縱兩丈，卻落在白玉京的馬鞍上，腳尖一點，已將掛在鞍上的劍勾起。

馳過去的三匹馬突又折回。

這人一翻身，已輕飄飄的落在自己馬鞍上。

三匹馬眨眼間就沒入濛濛雨絲中，看不見了。

袁紫霞美麗的眼睛睜得更大，失聲道：「他們偷走了你的劍！」

白玉京笑笑。

袁紫霞道：「你看著別人拿走了你的東西，你也不管？」

白玉京又笑笑。

袁紫霞咬著嘴唇，道：「據說江湖中有些人，將自己的劍看得就像是生命一樣。」

白玉京道：「我不是那種人。」

袁紫霞輕輕嘆息了一聲，彷彿覺得有些失望。

有幾個少女崇拜的不是英雄呢？

你若爲了一把劍去跟別人拚命，她們也許會認爲你是個英雄，也許會爲你流淚。

但你若眼看別人拿走你的劍，她們就一定會覺得很失望。

白玉京看著她，忽又笑了笑，道：「江湖中的事，你知道得很多？」

袁紫霞道：「不多，可是——我喜歡聽，也喜歡看。」

白玉京道：「所以你才一個人出來？」

袁紫霞點點頭，又去弄她的衣角。

白玉京道：「幸好你看得還不多，看多了你一定會失望的。」

袁紫霞道：「爲什麼？」

白玉京道：「看到的事，永遠不會像你聽到的那麼美。」

袁紫霞還想再問，卻又忍住。

就在這時，忽然又有一陣蹄聲急響，剛才飛馳而過的三匹馬，又轉了回來。

最先一匹馬上的騎士，忽然倒扯順風旗，一伸手，又將那柄劍輕輕的掛在馬鞍上。

三個人同時在鞍上抱拳欠身，然後才又消失在細雨中。

袁紫霞睜大了眼睛，覺得又是驚奇，又是興奮，道：「他們又將你的劍送回來了！」

白玉京笑笑。

袁紫霞眨著眼，道：「你早就知道他們會將劍送回來的？」

白玉京又笑笑。

袁紫霞看著他，眼睛裡發著光，道：「他們好像很怕你。」

白玉京道：「怕我？」

袁紫霞道：「你……你這把劍一定會殺過很多人！」

她似已興奮得連聲音都在顫抖。

白玉京道：「你看我像殺過人的樣子？」

袁紫霞道：「不像。」

她只有承認。

白玉京道：「我自己看也不像。」

袁紫霞道：「可是，他們爲什麼要怕你？」

白玉京道：「也許他們怕的是你，不是我。」

袁紫霞笑了，道：「怕我？爲什麼要怕我？」

白玉京嘆道：「一笑傾人城，再笑傾人國，再鋒利的劍，只怕也比不上美人的一笑。」

袁紫霞笑得更甜了，眨著眼，道：「你……你怕不怕我？」

她眼睛裡彷彿帶著種不可抗拒的力量，彷彿是在向他挑戰。

白玉京嘆了口氣，道：「我想不怕都不行。」

袁紫霞咬著嘴唇，道：「你怕我，是不是就應該聽我的話？」

白玉京道：「當然。」

袁紫霞嫣然道：「好，那麼我就要你先陪我喝杯酒去。」

白玉京很吃驚，道：「你也能喝酒？」

袁紫霞道：「你看我像不像能喝酒的樣子？」

白玉京又嘆了口氣，道：「像。」

他只有承認。

因爲他知道，殺人和喝酒這種事，你看樣子是一定看不出來的。

二

白玉京醉過，時常醉，但卻從來沒有醉成這樣子。

他很小的時候，就聽過一個教訓。

江湖中最難惹的有三種人——乞丐、和尚、女人。

你若想日子過得太平些，就最好莫要去惹他們，無論是想打架，還是想喝酒，都最好莫要去惹他們。

只可惜他已漸漸將這教訓忘了，這也許只因爲他根本不想過太平日子。

所以他現在才會頭疼如裂。

他只記得最後連輸了三拳，連喝了三大碗酒，喝得很快，很威風。

然後他的腦子就好像忽然變成空的，若不是有冰冰冷冷的東西，忽然放在他臉上，他也許直到現在還不會醒。

這樣冰冰涼涼的東西，是小方的手。

沒有任何人的手會這麼冷，只不過小方已沒有右手。

他的右手是個鐵鈎子。

小方叫方龍香，其實已不小。

但聽到這名字，若認爲他是個女人，就更錯了，世上也許很少有比他更男人的男人。

他眼角雖已有了皺紋，但眼睛卻還是雪亮，總是能看到一些你看不到的事。

現在他正在看著白玉京。

白玉京也看見他了，立刻用兩隻手抱著頭，道：「老天，是你，你怎麼來了？」

方龍香道：「就因爲你祖上積了德，所以我才會來了。」

他用鐵鈎輕輕的磨擦著白玉京的脖子，淡淡地道：「來的若是『雙鈎』韋昌，你腦袋只恐怕早已搬了家。」

白玉京嘆了口氣，喃喃道：「那豈非倒也落得個痛快。」

方龍香也嘆了口氣，道：「你這人的毛病，就是一直都太痛快了。」

白玉京道：「你怎麼知道我在這裡？」

方龍香道：「你知不知道你怎麼會在這裡？」

這裡是間很乾淨的屋子，窗外有一棵大白果樹的樹蔭。

白玉京四面看了看，苦笑道：「難道是你送我到這裡來的？」

方龍香道：「你以爲是誰？」

白玉京道：「那位袁姑娘呢？」

方龍香道：「也已經跟你醉得差不多了。」

白玉京笑了，道：「我早就知道，她一定喝不過我。」

方龍香道：「她喝不過你？你爲什麼會比她先醉？」

白玉京道：「我喝得本就比她多。」

方龍香道：「哦。」

白玉京道：「喝酒的時候，我當然不好意思跟她太較量，划拳的時候，也不好意思太認真，你說我怎麼會不比她喝得多？」

方龍香道：「你若跟她打起來，當然也不好意思太認真了。」

白玉京道：「當然。」

方龍香嘆道：「老江湖說的話果然是絕不會錯的。」

白玉京道：「什麼話？」

方龍香道：「就因爲男人大多都有你這種毛病，所以老江湖才懂得，打架跟喝酒，都千萬不能找上女人。」

白玉京道：「你是老江湖？」

方龍香道：「但我卻還是想不到，你現在的派頭居然有這麼大了。」

白玉京道：「什麼派頭？」

方龍香道：「你一個人在屋裡睡覺，外面至少有十個人在替你站崗。」

白玉京怔了怔，道：「十個什麼樣的人？」

方龍香道：「當然是來頭都不小的人。」

白玉京道：「究竟是誰？」

方龍香道：「只要你還能站得起來，就可以看見他們了。」

這裡是小樓上最右面的一間房，後窗下是條很窄的街道。

一個頭上戴著頂破氈帽，身上還穿著破棉袍的駝子，正坐在春日的陽光下打瞌睡。

方龍香用鐵鈎挑起了窗戶，道：「你看不看得出這駝子是什麼人？」

白玉京道：「我只看得出他是個駝子。」

方龍香道：「但他若摘下頭上那頂破氈帽，你就知道他是誰了。」

白玉京道：「爲什麼？」

方龍香道：「因他頭髮的顏色跟別人不同。」

白玉京皺了皺眉，道：「河東赤髮？」

方龍香點點頭，道：「看他的樣子，不是赤髮九怪中的老三，就是老七。」

白玉京不再問下去，他一向信任小方的眼睛。

方龍香道：「你再看看巷口樹下的那個人。」

巷口也有棵大白果樹，樹下有個推著車子賣藕粉的小販，正將一壺滾水沖在碗中的藕粉裡。

壺很大，很重，他用一隻手提著，卻好像並不十分費力。

白玉京道：「這人的腕力倒還不錯。」

方龍香道：「當然不錯，否則他怎麼能使得了二十七斤重的大刀？」

白玉京道：「二十七斤重的刀？莫非是從太行山來的？」

方龍香道：「這次你總算說對了，他的刀就藏在車子裡。」

白玉京道：「那個吃藕粉的人呢？」

一個人捧著剛沖好的藕粉，蹲在樹下面，慢慢的啜著，眼睛卻好像正在往這樓上瞟。

方龍香道：「車子裡有兩把刀。」

白玉京道：「兩個人都是趙一刀的兄弟？」

方龍香道：「他就是趙一刀。」

他拍了拍白玉京的肩，道：「你能叫趙一刀在外面替你守夜，派頭是不是不能算小了？」

白玉京笑了笑，道：「我派頭本來就不小。」

一個戴著紅纓帽，穿著青皂衣的捕快，正從巷子的另一頭慢慢的走過來，走到樹下，居然也買了碗藕粉吃。

白玉京笑道：「看來趙一刀真應該改行賣藕粉才對，他的生意倒真不錯，而且絕沒有風險。」

方龍香道：「沒有風險？」

白玉京道：「有？」

方龍香道：「這戴著紅纓帽的，說不定隨時都會給他一刀。」

白玉京笑道：「官差什麼時候也會在小巷子裡殺人了？」

方龍香笑道：「他戴的雖然是紅纓帽，卻是騎著匹白馬來的。」

白玉京道：「白馬張三？」

方龍香道：「你想不到？」

白玉京道：「白馬張三一向獨來獨往，怎麼會跟他們走上一條路的？」

方龍香道：「我也正想問你。」

白玉京道：「會不會是湊巧？」

方龍香道：「天下哪有這麼巧的事？」

白玉京倒了盞冷茶，一口喝下去，才又問道：「除了他們四個外，這地方還來了些什麼人？」

方龍香道：「你想不想出去看看？」

白玉京道：「這些人很好看？」

方龍香道：「好看，一個比一個好看，一個比一個精彩。」

白玉京道：「你怎麼知道這些人來了？」

方龍香笑了笑道：「你莫忘了這地方是誰的地盤。」

白玉京也笑了笑，道：「我若忘了，怎麼會在這裡喝得爛醉如泥？」

方龍香瞪眼道：「原來你早就算計好了，要我來做你的保鏢的。」

白玉京笑道：「保鏢的是你，付賬的也是你，我既已到了這裡，什麼事就全歸你一手包辦。」

方龍香道：「你管什麼呢？」

白玉京道：「我只管大吃大喝，吃得你叫救命時爲止。」

方龍香嘆了口氣，苦笑道：「看來這個人倒很少會走錯地方的。」

前面的窗口下，是個不大不小的院子。

院子裡一棚紫藤花下，養著缸金魚。

一個年輕的胖子，正背負著雙手，在看金魚，一個又瘦又高的黑衣人，影子般貼在他身後。

一個白髮蒼蒼的老太婆，扶著個十三四歲的小男孩，蹣跚的穿過院子。

三個青衣勁裝的彪形大漢，一排站在西廂房前，正目光灼灼的盯著大門，彷彿在等著什麼人從門外進來。

白玉京道：「這三個人我昨天見過。」

方龍香道：「在哪裡？」

白玉京道：「路上。」

方龍香道：「他們找過你？」

白玉京道：「只不過借了我的劍去看了看。」

方龍香道：「然後呢？」

白玉京淡淡道：「然後當然就送回來了，就算青龍老大借了我的劍去，也一樣會送回來的。」

方龍香皺皺眉，道：「你知道他們是青龍會的人？」

白玉京道：「若不是青龍會裡的，別人只怕還沒那麼大的膽子。」

方龍香用眼角瞟著他，搖著頭嘆道：「你以爲你自己是什麼人？」

白玉京道：「是白玉京。」

方龍香眨了眨眼睛，道：「白玉京又是個什麼人？」

白玉京笑道：「是個死不了的人。」

突聽「叮」的一聲響，那金魚缸也不知被什麼打碎，缸裡的水飛濺而出，眼見水花就要濺得那胖子一身。

誰知他百把斤重的身子，忽然就輕飄飄飛了起來，用一根手指勾住了花棚，整個人吊在上面，居然輕得就像是個紙人。

那黑衣人的褲子反而被打濕了。

白玉京道：「想不到這小胖子輕身功夫倒還不弱。」

方龍香道：「你看不出他是誰？」

白玉京道：「看他的身法，好像是峨嵋一路的，但近三十年來，峨嵋門下已全剩了尼姑，而且終年吃素，怎麼會突然多了個這樣的小胖子。」

方龍香道：「你難道忘了峨嵋的掌門大師，未出家前是哪一家的人？」

白玉京道：「蘇州朱家。」

方龍香道：「對了，這小胖子就是朱家的大少爺，也就是素因大師的親侄兒。」

白玉京道：「他那保鏢呢？」

方龍香道：「不知道，看他的武功，最多也只不過是江湖中的三流角色。」

方玉京道：「他自己明明有第一流的武功，爲什麼要請個三流角色的保鏢？」

方龍香道：「因爲他高興。」

缸裡的金魚隨著水流出來，在地上跳個不停。

那黑衣人卻還是站在水裡，動也不動，一雙深凹的眼睛裡，卻帶著七分憂鬱，三分悲痛。

方龍香忽然長長嘆息了一聲，道：「這人倒是個可憐人。」

白玉京道：「你同情他？」

方龍香道：「一個人若不是被逼得沒法子，誰願意做這種事？何況，看他用的兵刃，在江湖中本來也該小有名氣，但現在……」

他忽然改變話題，道：「你看不看得出是誰打破水缸的？」

白玉京道：「司馬光。」

方龍香瞪了他一眼，冷冷道：「滑稽，簡直滑稽得要命。」

白玉京笑了，道：「打破水缸的人若不是司馬光，就是躲在東邊第三間屋裡的人。」

朱大少已從花棚上落下，正好對著那間屋子冷笑。

那個白髮蒼蒼的老太婆，卻捧著個臉盆走出來，彷彿想將地上的金魚撿到盆裡，一不小心，腳下一個踉蹌，臉盆裡的水又潑了一地。

白玉京道：「這位老太太又是誰？」

方龍香道：「是個老太太。」

白玉京道：「老太太怎麼也會到這裡來了？」

方龍香道：「這裡本來就是個客棧，任誰都能來。」

白玉京道：「她總不是爲我來的吧？」

方龍香道：「你還不夠老。」

白玉京道：「青龍快刀，赤髮、白馬，這些人難道就是爲我來的？」

方龍香道：「你看呢？」

白玉京道：「我看不出。」

方龍香道：「你沒有得罪他們？」

白玉京道：「沒有。」

方龍香道：「也沒有搶他們的財路？」

白玉京道：「我難道是強盜？」

方龍香道：「就算不是，也差不多了。」

白玉京忽然笑了笑，淡淡道：「他們若真是爲我而來的，爲什麼還不來找我？」

方龍香道：「也許是因爲他們怕你，也許因爲他們還在等人。」

白玉京道：「等什麼人？」

方龍香道：「青龍會有三百六十五處分壇，無論哪一壇的堂主，都不是好對付的。」

白玉京又笑了笑，淡淡道：「我好像也不是很好對付的。」

方龍香道：「可是她呢？」

白玉京道：「她？」

方龍香道：「你那位女醉俠。」

白玉京道：「她怎麼樣？」

方龍香道：「她既然是跟你來的，你難道還能不管她？別人既知道她是跟你來的，難道還會輕易放過她？」

白玉京皺了皺眉，不說話了。

方龍香嘆道：「你明明是在天上的，爲什麼偏偏放著好日子不過，要到這裡來受罪？」

白玉京冷笑道：「我還沒有受罪。」

方龍香笑道：「就算現在還沒有受，只怕也快了。」

他的話剛說完，就聽到隔壁有人在用力敲打著牆壁。

白玉京道：「她在隔壁？」

方龍香點點頭，拍了拍他的肩，道：「現在你只怕就要受罪了。」

白玉京道：「受什麼罪？」

方龍香道：「有時候受罪就是享福，享福也就是受罪，究竟是享福還是受罪，恐怕也只有你自己才知道。」

袁紫霞枕著一頭亂髮，臉色蒼白得就像是剛生過一場大病。門是虛掩著的，也不知是她剛才將門閂拔開的，還是根本沒有門閂。

她手裡還提著隻鞋子，粉牆上還留著鞋印。

白玉京悄悄的走進來，看著她。

他忽然發現一個喝醉了的女人，在第二天早上看來，反而有種說不出的魅力。

他的心在跳。

一個喝醉了的男人，第二天早上若看見女人，反而特別容易心跳。

袁紫霞也在看著他，輕輕的咬著嘴唇，道：「人家的頭已經疼得快裂開，你還在笑。」

白玉京道：「我沒有笑。」

袁紫霞道：「你臉上雖然沒有笑，可是你的心裡卻在笑。」

白玉京笑了，道：「你能看到我心裡去？」

袁紫霞道：「嗯。」

她這聲音彷彿是從鼻子裡發出來的。

女人從鼻子發出來的聲音，通常都比從嘴裡說出來的迷人得多。

白玉京忍不住道：「你可看得出我心裡在想什麼？」

袁紫霞道：「嗯。」

白玉京道：「你說。」

袁紫霞道：「我不能說。」

白玉京道：「為什麼？」

袁紫霞道：「因為……因為……」她的臉突然紅了，拉起被單蓋住了臉，才吃吃的笑著道：「因為你心裡想的不是好事。」

白玉京的心跳得更厲害。

他心裡的確沒有在想什麼好事。

一個喝醉了的男人，在第二天早上，總是會變得軟弱些，總是禁不起誘惑的。

喝醉了的女人呢？

白玉京幾乎已忍不住要走過去了。

袁紫霞的眼睛，正藏在被裡偷偷的看他，好像也希望他走過去。

他並不是君子，但想到外面那些替他「站崗」的人，他的心就沉了下去。

袁紫霞臉上帶著紅霞，咬著嘴唇道：「我看見你昨天晚上拚命想灌醉我的樣子，就知道你原來不是個好人。」

白玉京嘆了口氣，苦笑道：「我想灌醉你？」

袁紫霞道：「你不想？你爲什麼要用大碗跟我喝酒？你幾時看見過女人用大碗喝酒的？」

白玉京說不出話來了。

女人若要跟你講歪理的時候，你就算有話說，也是閉著嘴的好。

這道理他也明白。

只可惜袁紫霞還是不肯放過他，緊釘著又道：「現在我的頭疼得要命，你怎麼賠我？」

白玉京苦笑道：「你說。」

袁紫霞道：「你……你至少應該先把我的頭疼治好。」

突聽一人道：「那容易得很，你只要一刀砍下她的頭就好了。」

聲音是從門外的走廊上傳來的。

這句話還沒有說完，白玉京已竄出了門。

小樓上的走廊很狹，白果樹的葉子正在風中搖曳。

沒有人，連個人影都看不見，方龍香剛才就已溜之大吉了。

他不喜歡夾在別人中間做蘿蔔乾。

說話的人是誰呢？

院子裡又平靜下來。

地上的金魚已不知被誰收走，朱大少和他的保鏢想必已回到屋裡。

只剩下青龍會的那條大漢，還站在那裡盯著大門，卻也不知道是在等誰？

白玉京只好回去。

袁紫霞已坐了起來，臉色又發白，道：「外面是什麼人？」

白玉京道：「沒有人。」

袁紫霞瞪大了眼睛，道：「沒有人？那麼是誰在說話？」

白玉京苦笑，他只能苦笑。

袁紫霞眼睛充滿了恐懼，道：「他……他叫你砍下我的頭來，你會不會？」

白玉京嘆了口氣，他只有嘆氣。

袁紫霞忽然從床上跳起來，撲到他懷裡，顫聲道：「我怕得很，這地方好像有點奇怪，你千萬不能把我一個人甩在這裡。」

她一雙手緊緊勾著他的脖子，衣袖已滑下，手臂光滑如玉。

她身上只穿著件很單薄的衣裳，她的胸膛溫暖而堅挺。

白玉京既不是木頭，也不是聖人。

袁紫霞道：「我要你留在屋裡陪著我，你……你爲什麼不關起門？」

她溫軟香甜的嘴唇就在他耳邊。

就在這時，院子裡突又傳來一陣哭聲，哭得好傷心。

是誰在哭？哭得真要命。

袁紫霞的手鬆開了，無論誰聽到這種哭聲，心都會沉下去的。

她赤著足站在地上，眼睛裡又充滿驚懼，看來就像是個突然發現自己迷了路的孩子。

哭聲也像是孩子發出來的。

白玉京走到窗口，就看見一口棺材，那白髮蒼蒼的老太婆，和那十三四歲的小男孩，正伏在棺材上痛哭，已哭得聲嘶力竭。

棺材也不知是誰抬起來的，就擺在剛才放魚缸的地方。

這地方來的活人已夠多了，想不到現在居然又來了個死人。

白玉京嘆了口氣，喃喃道：「至少這死人總不會是爲我來的吧……」

三

袁紫霞閂上了門，搬了張椅子，坐在窗口，院子裡有兩個剛請來的和尙，正在唸經。

從小樓看下去，和尙的光頭顯得很可笑，但他們的誦經聲卻是莊嚴而哀痛的，再加上單調的木魚聲，老太婆和孩子的哭聲，更使人聽了覺得心裡有種說不出的悲傷和空虛。

袁紫霞嘆了口氣，仰頭看了看天色。

她也不知道自己是什麼時候起來，但現在卻似已將近黃昏。

天色陰暝，彷彿又有雨意。

青龍會的那三條大漢，也全都搬了張椅子，坐在廊下，看著，等著，臉上的表情也已顯得有些焦急不耐。

白玉京和方龍香正從他面前走了過去，慢慢的走出了門。

他們並沒有看見別人，但卻感覺到有很多雙眼睛都在後面盯著他們。

但等到他們一回頭，這些人的目光立刻就全都避開了。

袁紫霞當然是例外。

她眼睛裡帶著種無法描敘的情意，就像是千萬根柔絲，纏住了白玉京的腳跟。

三 殺人金環

一

門外風景如畫。

暗褐色的道路，從這裡開始蜿蜒伸展，穿過翠綠的樹林，沿著湛藍的湖水，伸展向鬧市。

遠山在陰暝的天色中看來，彷彿在霧中，顯得更美麗神秘。

這裡距離市鎮並不遠，但這一泓湖水，一帶綠林，卻似已將紅塵隔絕在遠山外。

白玉京長長的呼吸著，空氣潮濕而甜潤，他忍不住嘆了口氣，道：「我喜歡這地方。」

方龍香道：「有很多人都喜歡這地方。」

白玉京道：「有活人，也有死人。」

方龍香道：「這裡通常都不歡迎死人的。」

白玉京道：「今天爲什麼例外？」

方龍香道：「無論誰只要是住進了這裡的客人，客人無論要做什麼，都不能反對的。」

白玉京道：「若要殺人呢？」

方龍香笑了笑，道：「那就得看是誰要殺人，殺的是誰了。」

白玉京冷冷地道：「這倒真是標準生意人說的話。」

方龍香道：「我本來就是個生意人。」

白玉京往前面走了幾步，又走了回來，道：「我看他們好像並沒有不讓我走的意思，我走出來，也沒有人想攔住我。」

方龍香道：「嗯。」

白玉京又道：「也許，他們並不是爲了我而來的。」

方龍香道：「也許。」

白玉京忽然拍了拍他的肩，笑道：「這次算你運氣。」

方龍香道：「什麼運氣？」

白玉京道：「這次你不必怕被我吃窮，明天我一早就走。」

方龍香道：「今天晚上你……」

白玉京道：「今天晚上我還想喝你櫃子裡藏著的女兒紅。」

方龍香的臉色忽然變得有些憂鬱，遙視著陰暝的遠山，緩緩道：「今天晚上一定很長。」

白玉京道：「哦。」

方龍香道：「這麼長的一個晚上，已足夠發生很多事了。」

白玉京道：「哦。」

方龍香道：「也已足夠殺死很多人。」

白玉京道：「哦。」

方龍香忽然轉過頭，凝視著他，道：「你是不是一定要等那個人來了才肯走？」

白玉京道：「那個人是誰？」

方龍香道：「青龍會也在等的人。」

白玉京微笑著，眼睛裡卻帶著種很奇特的表情，過了很久，才緩緩道：「老實說，我的確已漸漸覺得這個人很有趣了。」

方龍香道：「但你連他是個什麼樣的人都還不知道。」

白玉京道：「就因爲不知道，所以才更覺得有趣。」

方龍香道：「只要是有趣的事，你就一定要去做？」

白玉京道：「通常都是的。」

方龍香道：「有沒有人使你改變過主意？」

白玉京道：「沒有。」

方龍香嘆了口氣，道：「好，我去拿酒，帶你的女醉俠下來喝吧。」

白玉京道：「我還要去換套新衣服。」

方龍香道：「現在？」

白玉京道：「喝好酒的時候，我總喜歡穿新衣服。」

方龍香目光閃動，道：「殺人的時候你是不是也喜歡換上套新衣服？」

白玉京笑了笑，淡淡道：「那就得看我要殺的是誰了。」

袁紫霞坐在床上，抱著棉被，道：「我們爲什麼不把酒拿上來，就在這屋裡喝？」

白玉京微笑道：「喝酒有喝酒的地方，地方若不對，好酒也會變淡的。」

袁紫霞道：「這地方有什麼不對？」

白玉京道：「這是睡覺的地方。」

袁紫霞道：「可是……樓下一定有很多人，我又沒新衣服換，怎麼下樓？」

白玉京道：「我就是你的新衣服。」

袁紫霞道：「你？」

白玉京道：「跟我在一起，你用不著穿新衣服，別人也一樣會看你。」

袁紫霞笑了，嫣然道：「你是不是一向都覺得自己很了不起？」

白玉京道：「通常都是的。」

袁紫霞道：「你有沒有臉紅過？」

白玉京道：「沒有。」

他忽然轉身，道：「我在樓下等你。」

袁紫霞道：「爲什麼？」

白玉京道：「因爲我現在已經臉紅了，我臉紅的時候，一向不願被人看見的。」

袁紫霞打開隨身帶著的箱子，拿出套衣服。

衣服雖不是全新的，但卻艷麗如彩霞。她喜歡色彩鮮艷的衣服，喜歡色彩鮮艷的人。

白玉京好像就是這種人。

他驕傲、任性，有時衝動得像是個孩子，有時卻又深沉得像是條狐狸。

她知道這種男人不是好對付的，女人想要俘虜他，實在不容易。

可是她決心要試一試。

二

這裡吃飯的地方並不大，但卻很精緻。

桌子是紅木的，還鑲著白雲石，牆上掛著適當的書畫，架上擺著剛開的花，讓人一走進來，就會覺得自己能在這種地方吃飯是種榮幸。所以價錢就算比別的地方貴，也沒有人在乎了。

青龍會的三個人，佔據了靠門最近的一張桌子，眼睛還是在盯著門。

他們顯然還在等人。

朱大少的桌子靠近窗戶，他已經開始大吃大喝，那黑衣人卻還是影子般站在他身後。

「這位客官不用飯？」

「他可以等我吃完了再吃。」

讓人走在前面，等人吃完了再吃，這就是某種人自己選擇的命運。

法事已做完了，那兩個和尚居然也在這裡吃飯，燈光照著他們的頭，亮得就像是葫蘆。

他們好像剛刮了頭。

風中隱隱還可以聽到那位老太太的哭聲，究竟是誰死了？她爲什麼哭得如此傷心？

打破金魚缸的人還沒有露面？他爲什麼一直躲在屋子裡不敢見人？

茶不錯，酒也是好酒。

白玉京換上件寶藍色的新衣服，喝了幾杯酒，似已將所有不愉快的事全都忘了。

方龍香卻顯得有些沒精打采的樣子，酒喝得很少，菜也吃得不多。

袁紫霞嫣然道：「你吃起東西來，怎麼比小姑娘還秀氣？」

方龍香苦笑道：「因爲我是自己吃自己的，總難免有些心疼。」

白玉京道：「我不心疼。」

他忽然招手叫了個伙計過來，道：「替我送幾樣最好的酒菜到後面巷子裡去，送給一個戴紅纓帽的官差，和一個賣藕粉的。」

方龍香冷冷道：「還有個戴氈帽的呢？」

白玉京道：「據說他們自己隨時隨地都可以找得到東西吃。譬如蜈蚣、壁虎、小蛇。」

袁紫霞臉色忽然蒼白，像是已忍不住要嘔吐。

屋子裡每個人好像都在偷偷的看著她，甚至連那兩個和尙都不例外。

他們的嘴吃素，眼睛並不吃素。

突聽蹄聲急響，健馬長嘶，就停在門外。

青龍會的三個人立刻霍然飛身而起，臉上露出了喜色。

他們等的人終於來了。

方龍香看了白玉京一眼，舉起酒杯，道：「我敬你一杯。」

白玉京道：「爲什麼忽然敬我？」

方龍香嘆了口氣，道：「我只怕再不敬你以後就沒機會了。」

白玉京笑了笑，道：「你不妨先看看來的是誰，再敬我也不遲。」

用不著他說，每個人的眼睛都在盯著門口。

健馬長嘶不絕，已有個人匆匆趕了進來。

一個青衣勁裝的壯漢，滿頭大汗，大步而入。

青龍會的三個人看見他，面上卻又露出失望之色，有兩個人已坐了下來。

來的顯然並不是他們等的人。

只見一個人迎了上去，皺眉道：「爲什麼……」

別人能聽見的只有這三個字，他的聲音忽然變得低如耳語。

剛進來的那個人聲音更低，只說了幾句話，就又匆匆而去。

青龍會的三個人對望了一眼，又坐下開始喝酒，臉上的焦躁不安之色卻已看不見了。

他們等的人雖然沒有來，卻顯然已有了消息。

是什麼消息？

朱大少皺起了眉，別人的焦躁不安，現在似已到了他臉上。

兩個和尙同時站起，合什道：「貧僧的賬，請記在郭老太太帳上。」

出家人專吃四方，當然是一毛不拔的。

但也不知爲了什麼，白玉京總覺得這兩個和尙看著不像是出家人。

他眼睛帶著深思的表情，看著他們走出去，忽然笑道：「聽說你天生有雙比狐狸還厲害的眼睛，我想考考你。」

方龍香道：「考什麼？」

白玉京道：「兩件事。」

方龍香嘆了口氣，道：「考吧。」

白玉京道：「你看剛才那兩個和尙，身上少了樣什麼？」

袁紫霞正覺得奇怪，這兩個和尙五官俱全，又不是殘廢，怎麼會少了樣東西？

方龍香卻連想都沒有想，就已脫口道：「戒疤。」

袁紫霞忍不住嘆道：「你的眼睛果然厲害，他們頭上好像真的沒有戒疤。」

白玉京道：「連一個都沒有。」

袁紫霞道：「他們……他們難道不是真的和尚？」

白玉京笑了笑，道：「真就是假，假就是真，真真假假，何必認真？」

袁紫霞抿嘴一笑，道：「你幾時也變成和尚？怎麼打起機鋒來了？」

方龍香道：「他不但跟和尚一樣會打機鋒，而且也會白吃。」

他不讓白玉京開口，又道：「你已考過了一樣，還有一樣呢？」

白玉京壓低聲音，道：「你知不知道青龍會的人究竟在等誰？」

方龍香搖搖頭。

白玉京道：「他們在等衛天鷹！」

方龍香立刻皺起了眉，道：「衛天鷹？『魔刀』衛天鷹？」

白玉京點點頭。

方龍香動容道：「這人豈非已經被仇家逼到東瀛扶桑去了？」

白玉京道：「扶桑不是地獄，去了還可以再回來的。」

方龍香眉皺得更緊，道：「據說這人不但刀法可怕，而且還學會了扶桑的『忍術』，他既已入了青龍會，想必就是傳說中的『青龍十二煞』其中之一。」

白玉京淡淡道：「想必是的。」

袁紫霞瞪著眼，道：「什麼叫忍術？」

白玉京道：「忍術就是種專門教你怎麼去偷偷摸摸害人的武功，你最好還是不要聽的好。」

袁紫霞道：「可是我想聽。」

白玉京道：「想聽我也不能說。」

袁紫霞道：「爲什麼？」

白玉京道：「因爲我也不懂。」

其實他當然並不是真的不懂。

忍術傳自久米仙人，到了德川幕府時，又經當代的名人「猿飛佐助」和「霧隱才藏」發揚光大，而雄霸扶桑武林。

這種武功傳說雖神秘，其實也不過是輕功、易容、氣功、潛水——這些武功的變形而已。比較特別的是他們能利用天上地下的各種禽獸器物，來躲避敵人的追蹤，其中又分爲七派。

伊賀、甲賀、芥川、根來、那黑、武田、秋葉。

甲賀善於用貓，伊賀善於用鼠。

這些事白玉京雖然懂，卻懶得說，因爲說起來實在太麻煩了。

你若想跟女人解釋一件很麻煩的事，那麼不是太有耐性，就是太笨。

方龍香沉思著，忽又問道：「你怎麼知道他們等的是衛天鷹？」

白玉京道：「剛才他們自己說的。」

方龍香道：「他們說的話你能聽見？」

白玉京道：「聽不見，卻看得見。」

袁紫霞又不懂了，忍不住問道：「說話也能看見？怎麼看？」

白玉京道：「看他們的嘴唇。」

袁紫霞嘆了口氣，道：「你真是個可怕的人，好像什麼事都瞞不過你。」

白玉京道：「你怕我？」

袁紫霞道：「嗯。」

白玉京道：「你怕我，是不是就應該聽我的話？」

袁紫霞笑了，這句話正是她問過白玉京的，她輕輕笑著道：「你真不是個好人。」

朱大少已大搖大擺的走了。

「你在這裡吃，吃完了立刻就回去。」

黑衣人匆匆扒了碗飯，就真的要匆匆趕回去。

白玉京忽然道：「朋友等一等！」

黑衣人停下腳步，卻沒有回頭。

白玉京笑道：「這裡的酒不錯，爲何不過來共飲三杯？」

黑衣人終於慢慢的轉過身，臉上雖然還是全無表情，但目中的悲哀之色卻更深沉。

他的雙拳已握緊，一字字道：「我也很想喝酒，只可惜我家裡還有八個人要吃飯。」

這雖然是很簡單的一句話，但其中卻帶著種說不出的沉痛之意。

白玉京道：「你怕朱大少叫你走？」

黑衣人的回答更簡單：「我怕。」

白玉京道：「你不想做別的事？」

黑衣人道：「我只會武功。我本來也是在江湖中混的，但現在……」

他垂下頭，黯然道：「我雖已老了，但卻還不想死，也不能死。」

白玉京道：「所以你才跟著朱大少？」

黑衣人道：「是的。」

白玉京道：「你跟著他，並不是爲了保護他，而是爲了要他保護你！」

他說的話就和他的目光同樣尖銳。

黑衣人彷彿突然被人迎面摑了一掌，踉蹌後退，轉身衝了出去。

袁紫霞咬著嘴唇，道：「你……你爲什麼一定要這樣傷人的心？」

白玉京目中也露出了哀痛之色，過了很久，才長長嘆息了一聲，道：「因爲我本就不是個好人……」

沒有人能聽清他說的這句話，因爲就在這時靜夜中忽然發出一聲慘呼。

一種令人血液凝結的慘呼。

呼聲好像是從大門外傳來的，方龍香一個箭步竄出，鐵鈎急揮，「砰」的，擊碎了窗戶。

大門上的燈光，冷清清照著空曠的院落，棺材已被抬進屋裡。

院子裡本來沒有人，但這時卻忽然有個人瘋狂般自大門外奔入。

一個和尚。

冷清清的燈光，照在他沒有戒疤的光頭上。

沒有戒疤，卻有血！

血還在不停的往外流，流過他的額角，流過他的眼睛，流入他眼角的皺紋，在夜色燈光下看來，這張臉真是說不出的詭秘可怖。

他衝入院子，看到了窗口的方龍香，踉蹌奔過來，指著大門外，像是想說什麼？

他眼睛裡充滿了驚懼悲憤之色，嘴角不停的抽動，又像是有隻看不見的手，用力扯住了他的嘴角。

方龍香一掠出窗，沉聲道：「是誰？誰下的毒手？」

這和尚喉嚨裡格格的響，嘶聲道：「青……青……青……」

方龍香道：「青什麼？」

方龍香皺著眉，喃喃道：「青什麼？……青龍？」

這和尚第二個字還未說出，四肢突然一陣痙攣，跳起半尺，撲地倒下。

他慢慢的轉過頭，青龍會的三個人一排站在簷下，神色看來也很吃驚。

鮮血慢慢的從頭頂流下，漸漸凝固，露出了一點金光閃動。

方龍香立刻蹲下去，將他的頭擺到燈光照來的一邊。

他立刻看到了一枚金環。

直徑七寸的金環，竟已完全嵌在頭殼裡，只留一點邊。

方龍香終於明白這和尙剛才為何那麼瘋狂，那麼恐懼。

一枚直徑七寸的金環，無論嵌入任何人的頭殼裡，這人都立刻會變得瘋狂的。

白玉京皺著眉，道：「赤髮幫的金環？」

方龍香點點頭，站起來，眼睛盯著對面的第三個門，喃喃自語：「他為什麼要殺這和尙？」

「你為什麼不問他去？」

說話的人是朱大少。

他顯然也被慘呼聲驚動，匆匆趕出，正背負著雙手，站在燈下。

那黑衣人又影子般貼在他身後。

方龍香看著他，淡淡道：「萬金堂是幾時和赤髮幫結下深仇的？」

朱大少道：「深仇？誰說萬金堂跟他們那些紅頭髮的怪物有仇？」

方龍香道：「金魚缸是怎麼破的？」

朱大少笑了笑，道：「也許他們跟金魚有仇……你為什麼不問他去？」

方龍香道：「你想要我去問他？」

朱大少道：「隨便你。」

方龍香忽然冷笑著，突然走過去。

第三個門一直是關著的，但卻不知在什麼時候亮起了燈光。

方龍香沒有敲門，門就開了。

一個人站在門口，耳上的兩枚金環在風中「叮叮」的響，眼睛裡彷彿有火燄在燃燒著。

方龍香看著他耳上的金環，道：「苗峒主？」

苗燒天沉著臉，道：「方老闆果然好眼力。」

方龍香道：「剛才……」

苗燒天道：「剛才我在吃飯，我吃飯的時候從不殺人的。」

桌上果然擺著個金盤，盤子裡還有半條褪了皮的蛇。

苗燒天的嘴角彷彿還留著血跡。

方龍香忽然覺得胃部一陣收縮，就好像被條毒蛇纏住。

苗燒天用眼角瞟著院子裡的朱大少，冷冷道：「莫忘記只要是有金子的人，就可以打金環，只要有手的人，就可以用金環殺人。」

方龍香點點頭，他已不能開口。

他生怕會嘔吐。

隔壁的屋子裡，又有那老太太淒慘的哭聲隱隱傳了出來。

苗燒天「砰」的關上門，又去繼續享受他那頓豐富的晚餐。

青龍會的三個人已退了回去。

袁紫霞緊緊拉住白玉京的手，好像生怕他會忽然溜走。

和尚的屍體已僵硬。

方龍香皺著眉走過來，道：「是誰殺了他？爲什麼要殺他？」

白玉京道：「因爲他是個假和尚。」

方龍香道：「假和尚？……爲什麼有人要殺假和尚？」

沒有人能回答這句話。

方龍香嘆了口氣，苦笑道：「若是我算得不錯，外面一定還有個死和尚。」

白玉京道：「死的假和尚？」

三

袁紫霞緊緊拉住白玉京的手，走上小樓。

她的手冰涼。

白玉京道：「你冷？」

袁紫霞道：「不是冷，是怕，這地方忽然怎會來了這麼多可怕的人？」

白玉京笑了笑，道：「也許他們都是爲了你而來的。」

袁紫霞臉色更蒼白，道：「爲了我？」

白玉京道：「愈可怕的人，愈喜歡好看的女人。」

袁紫霞笑了，展顏道：「你呢？你豈非也是個很可怕的人？」

白玉京道：「我……」

他忽然發現袁紫霞的房門是開著的，他記得他們下樓時曾經關上門，而且還留著一盞燈。

現在燈猶未熄，屋裡卻已亂得好像剛有七八個頑童在這裡打過架一樣。

袁紫霞隨手帶的箱子，也被翻得亂七八糟。一些女人不該讓男人看到的東西，散落一地。

袁紫霞又羞，又急，又害怕，失聲道：「有……有賊。」

白玉京的手推開隔壁的窗子，他的屋裡更亂。

袁紫霞不讓他再看，已拉著他奔入自己的屋裡，先將一些最不能讓男人看的東西藏在被裡，連耳根都紅了。

白玉京道：「有沒有什麼東西不見？」

袁紫霞紅著臉，道：「我……我根本就沒什麼東西好讓賊偷的。」

白玉京冷笑道：「來的也許不是賊。」

袁紫霞道：「不是賊爲什麼要闖進別人屋裡來亂翻東西？」

白玉京道：「看來他們果然是來找我的。」

袁紫霞道：「找你？誰？爲什麼要找你？」

白玉京沒有回答，走過去推開後窗。

陰沉沉的小巷子裡，已沒有人。

要飯的、賣藕粉的、戴紅纓帽的官差，已全部不知到哪裡去了。

白玉京道：「我出去看看。」

他剛轉身，袁紫霞已衝過來拉住他的手，道：「你……你千萬不能走，我……我……我死也不敢一個人留在這屋子裡。」

白玉京嘆了口氣，道：「可是我……」

袁紫霞道：「求求你，求求你，現在我真的怕得要命。」

她的臉蒼白如紙，豐滿堅實的胸膛起伏不停。

白玉京看著她，目光漸漸柔和，道：「現在你真的怕得要命？」

袁紫霞道：「嗯。」

白玉京道：「剛才呢？」

袁紫霞垂下頭，道：「剛才……剛才我還有點假裝的。」

白玉京道：「爲什麼要假裝？」

袁紫霞道：「因爲我……」

她蒼白的臉又紅了，忽然用力搥他的胸，道：「你爲什麼一定要逼著人家說出來？你真不是好人。」

白玉京道：「我既然不是好人，你還敢讓我留在屋子裡？」

袁紫霞的臉更紅，道：「我……我可以把床讓給你睡，我睡在地上。」

白玉京道：「我怎麼忍心讓你睡在地上。」

袁紫霞咬著嘴唇，道：「沒關係，只要你肯留下來，什麼都沒關係。」

白玉京道：「還是你睡床。」

袁紫霞道：「不……」

四

袁紫霞睡在床上。

白玉京也睡在床上。

他們都脫了鞋子躺在床上——只脫了鞋子，其餘的衣服卻還穿得整整齊齊的。

兩個人都睜大了眼睛，看著屋頂。

過了很久，袁紫霞才輕輕嘆息了一聲，道：「我真沒有想到你是個這樣的人。」

白玉京道：「我也沒有想到。」

袁紫霞道：「你……是不是怕有人闖進來？」

白玉京道：「不完全是。」

袁紫霞道：「不完全是？」

白玉京道：「我雖然不是君子，卻也不是乘人之危的小人。」他伸出手，輕撫著她的手，柔聲道：「也許就因爲我喜歡你，所以才不願意乘你害怕的時候欺負你，何況，這種情況本就是我造成的。」

袁紫霞瞪著眼道：「你難道故意叫那些人來嚇我？」

白玉京苦笑道：「那倒不是，但他們卻的確是來找我的。」
袁紫霞道：「爲什麼來找你？」
白玉京道：「因爲我身上有樣東西，是他們很想要的東西。」
袁紫霞眼波流動，道：「你會不會認爲我也是爲了想要你那樣東西，才來找你的？」
白玉京道：「我從來沒有這麼想過。」
袁紫霞道：「假如我也是呢？」
白玉京道：「那麼我就給你。」
袁紫霞道：「把那樣東西給我？」
白玉京道：「嗯。」
袁紫霞道：「那樣東西既然如此珍貴，你爲什麼隨隨便便就肯給我呢？」
白玉京道：「無論什麼東西，只要你開口，我立刻就給你。」
袁紫霞道：「真的？」
白玉京道：「我現在就給你。」
他真的已伸手到懷裡。
袁紫霞卻忽然翻過身，緊緊的抱住了他。
她全身都充滿了感情，柔聲道：「我什麼都不要，我只要你陪著我……」
她聲音哽咽，眼淚忽然流了下來。
白玉京道：「你在哭？」

袁紫霞點點頭，道：「因爲我太高興了。」

她在白玉京臉上，擦乾了她自己臉上的眼淚，道：「可是我也有些話要先告訴你。」

白玉京道：「你說，我聽。」

袁紫霞道：「我是從家裡偷偷跑出來的，因爲我母親要逼我嫁給個有錢的老頭子。」

這是個很平凡，也很俗的故事。

可是在這一類的故事裡，卻不知包含著多少人的辛酸眼淚。

只要這世上還有貪財的母親，好色的老頭子，這一類的故事就永遠都會繼續發生。

袁紫霞道：「我跑出來的時候，身上只帶了一點點首飾，現在卻已經快全賣光了。」

白玉京在聽著。

袁紫霞道：「我自己又沒有賺錢的本事，所以……所以就想找個男人。」

女人在活不下去的時候，通常都一定會想去找個男人。

這種事也是永遠不會改變的。

袁紫霞道：「我找到你的時候，並不是因爲我喜歡你，只不過因爲我覺得你好像很能幹，一定可以養得活我。」

白玉京在笑，苦笑。

袁紫霞輕輕嘆息了一聲，道：「可是現在不同了。」

白玉京道：「有什麼不同？」

他的聲音還是有點發苦。

袁紫霞柔聲道：「現在我才知道，我永遠再也不會找到比你更好的男人，我能找到你，實在是我的運氣，我……我實在太高興。」

她的淚又流下，緊擁著他，道：「只要你肯要我，我什麼都給你，一輩子不離開你……」

白玉京情不自禁，也緊緊的抱住了她，柔聲道：「我要你，我怎麼會不要你。」

袁紫霞破涕爲笑，道：「你肯帶我走？」

白玉京道：「從今後，無論我到哪裡，都一定帶你去。」

袁紫霞道：「真的？」

她不讓白玉京開口，又掩住他的嘴，道：「我知道你是真的，我只求你不要再去跟那些人嘔氣，我們可以不理他們，可以偷偷的走。」

白玉京輕吻著她臉上的淚痕，道：「我答應你，我絕不再去跟他們嘔氣。」

袁紫霞道：「我們現在就走？」

白玉京嘆道：「現在他們只怕還不肯就這樣讓我們走，只要等到明天早上，我一定有法子帶你走的，以後誰也不會再來麻煩我們。」

袁紫霞嫣然一笑，目光中充滿了喜悅，也充滿了對未來幸福的憧憬。

她終於已得到她所要的。

美麗的女人，豈非總是常常能得到她們所要的東西。

四　長夜未盡

一

長夜未盡。

剛剛有星昇起，又落了下去。大地寂靜，靜得甚至可以聽見湖水流動的聲音。

大門上的燈籠，輕輕的在微風中搖曳，燈光也更暗了。

袁紫霞蜷伏在白玉京懷裡，已漸漸睡著。

她實在太疲倦，疲倦得就像是一隻迷失了方向的鴿子，現在終於找到了她可以安全棲息之處。

也許她本來不想睡的，但眼簾卻漸漸沉重，溫柔而甜蜜的黑暗終於將她擁抱。

白玉京看著她，看著她挺直的鼻子，長長的睫毛，他的手正輕撫著她的腰。

然後他的手突然停下，停在她的睡穴上。

他沒有用力，只輕輕一按，卻已足夠讓她甜睡至黎明了。

於是他悄悄的下了床，提起了他的靴子，悄悄的走了出去。

他怎麼能放心留下她一個人在屋裡呢，難道他不怕那些人來傷害她？

他不怕。因爲他已決心要先去找那些人，他決心要將這件事在黎明前解決。

那時他就可以帶著她走了。

他答應過她的。

他不是鴿，是鷹，但他也已飛得太疲倦，也想找個可以讓他安全棲息之處。

燈光冷清清的照著院子裡的一棚紫藤花，花也在風中搖曳。

白玉京穿上靴子，靴子陳舊而舒服。

他心裡也覺得很舒服，因爲他知道他已作了最困難的決定，他今後一生都將從此改變。

奇怪的是，一個人生命中最重大的改變，卻往往是在一刹那間決定的。

這是不是因爲這種情感太強烈，所以才來得如此快？

——愛情本就是突發的，只有友情才會因累積而深厚。

方龍香住的地方，就在小樓後。

白玉京剛走過去，就發現方龍香已推開門，站在門口看著他。

他看來完全清醒，顯然根本沒有睡過。

白玉京道：「你屋裡有女人？」

方龍香道：「今天的日子不好，所以這地方連女人都忽然缺貨。」

白玉京道：「你爲什麼不娶個老婆，也免得在這種時候睡不著。」

方龍香道：「我還沒有瘋。」

白玉京道：「我卻瘋了。」

方龍香道：「每個男人都難免偶爾發一兩次瘋的，只要能及時清醒就好。」

白玉京笑了笑，只笑了笑。

他知道自己現在的感情，絕不是小方這種人能了解的。

方龍香也笑了笑，道：「但我倒沒想到你這麼夠朋友，今天晚上居然還有空來找我。」

白玉京道：「我不是來找你的，我要你去找人。」

方龍香道：「找誰？」

白玉京道：「你知不知道那戴紅纓帽的官差，和那賣藕粉的到哪裡去了？」

方龍香皺了皺眉，道：「他們沒有去找你，你反倒要找他們？」

白玉京道：「你難道不懂得先發制人？」

方龍香想了想，道：「也許我可以找得到他們。」

白玉京道：「好，你去找他們來，我在吃飯的餐廳等。」

方龍香看著他，有些猶疑，又有些懷疑，忍不住問道：「你究竟想幹什麼？」

白玉京道：「只不過想送點東西給他們。」

方龍香道：「什麼東西？」

白玉京道：「他們要什麼，我就給什麼。」

方龍香嘆了口氣，道：「好吧，我去找，只希望你不要在那裡殺人，也不要被人殺，免得我以後吃不下飯去。」

二

朱大少似也睡著。

突然間，窗子「砰」的被震開，一個人站在窗口，在一瞬間，這人已到了他床前，手裡的劍鞘已抵住了他的咽喉。

「跟我走。」

朱大少只有跟著走。

他從未想到世上竟有這麼快的身手。他走出門時，那黑衣人又影子般跟在了他身後——不是爲了保護他，是爲了要他保護。

他走出門，就發現苗燒天和青龍會的那三個人已站在院子裡，臉色也並不比他好看多少。

燈已燃起，十盞燈。

燈光雖明亮，但每個人的臉色卻還是全都難看得很。

白玉京卻是例外，他臉上甚至還帶著微笑。

只可惜沒有人去看他的臉，每個人眼睛都盯在他的劍上。

陳舊的劍鞘，纏在劍柄上的緞子也同樣陳舊，已看不出本來是什麼顏色。

「這把劍一定殺過很多人的。」

在這陳舊劍鞘中的劍，一定鋒利得可怕，因爲這本就是江湖中最可怕的一把劍。

長生劍！

他只有殺人，從沒有人能殺死他。

朱大少忽然懊悔，不該得罪苗燒天，否則他們兩人若是聯手，說不定還有希望，但現在……

現在他忽然看到白馬張三和趙一刀走了進來，這兩人無疑也是江湖中的一流高手。

朱大少眼睛裡立刻又充滿希望——

每個人心裡都知道現在自己只有兩種選擇。

殺人！或者被殺！

三

每個人都想錯了。

白玉京也知道他們想錯了，卻故意沉下了臉，道：「各位爲什麼到這裡來，原因我已知道。」

沒有人答話，在這屋裡的人，簡直沒有一個不是老江湖，老江湖不到必要時，是絕不肯開口說話的。

白玉京說完了這句話也停下來，目光盯著朱大少，然後一個個看過去，直看到趙一刀，才緩緩道：「我是誰，各位想必也知道。」

每個人都點了點頭，眼睛不由自主又往那柄劍上瞟了過去。

白玉京忽然笑了笑，道：「各位想要的東西，就在我身上。」

每個人的眼睛都睜大了，眼睛裡全都充滿了渴望、企求、貪婪之色。

白馬張三本來是個很英俊的男人，但現在卻忽然變得說不出的可憎。

只有那黑衣人，臉上還是全無表情，因為他心裡沒有慾望。

他平常本是個很醜陋的人，但在這群人中，看來卻忽然變得可愛起來。

白玉京道：「各位若想要這樣東西，也簡單得很，只要各位答應我一件事。」

朱大少忍不住道：「什麼事？」

白玉京道：「拿了這樣東西，立刻就走，從此莫要再來找我。」

大家的眼睛睜得更大了，顯得又驚奇，又是歡喜，誰也想不到他的條件竟是如此簡單容易。

朱大少輕咳了兩聲，勉強笑道：「我們和白公子本來沒有過節，白公子的俠名，我們更早已久仰，只要能拿到這樣東西，我們當然立刻就走，而且，我想以後也絕不會有人敢再來打擾白公子。」

趙一刀立刻點頭表示同意；白馬張三和青龍會的三個人當然也沒什麼話可說；苗燒天卻有話說。

他忽然問道：「卻不知白公子打算將這樣東西給誰？」

白玉京道：「這就是你們自己的事了，你們最好自己先商量好。」

白馬張三看了看苗燒天，又看了看朱大少，皺眉不語。

青龍會的三個人好像要站起來說話，但眼珠子一轉，卻又忍住。

朱大少忽然道：「這東西本是從青龍會出來的。自然應該交還給青龍會的大哥們。」

趙一刀拊掌道：「不錯！有道理。」

青龍會的三個人也立刻站起來，向他們兩人躬身一揖。

其中一人道：「兩位仗義執言，青龍會絕不敢忘記兩位的好處。」

趙一刀欠身道：「不敢。」

朱大少微笑道：「萬金堂日後要仰仗青龍會之處還有很多，三位大哥又何必客氣！」

這人看來雖然像是個飽食終日的大少爺，但說話做事，卻全都精明老練得很，正是個標準的生意人。

見風轉舵，投機取巧，這些事他好像天生就懂得的。

苗燒天狠狠瞪了他一眼，心裡雖然不服，卻也無可奈何。

白玉京道：「這件事是不是就如此決定了？」

苗燒天道：「哼。」

白玉京長長吐出口氣，從懷裡拿出個織金的錦囊，隨手拋在桌上，不管囊中裝的是什麼，這錦囊看來已經是價值不菲之物，但他卻隨手一拋，就好像拋垃圾一樣。

大家眼睛盯著這錦囊，面面相覷，卻沒有一個人說得出話來。

白玉京冷冷道：「東西已經在桌上，你們爲什麼還不拿去？」

青龍會的三個人對望了一眼，其中一人走過來，解開錦囊一抖，幾十樣彩色繽紛的東西，就立刻滾落在桌上，有波斯貓眼石、天竺的寶石、和闐的美玉、龍眼般大的明珠，連燈光都彷彿亮了起來。

白玉京懶洋洋地靠在椅子上，看著這堆珠寶，眼睛裡露出種很奇怪的表情。

這些東西得來並不容易，他也曾花過代價。

他很了解它們所代表的是什麼東西——好的酒、華麗的衣服、乾淨舒服的床、溫柔美麗的女人，和男人們的羨慕尊敬。

這些都是一個像他這樣的男人不可缺少的，但現在，他捨棄了它們，心裡卻絲毫沒有後悔惋惜之意。

因爲他知道他已得到更好的，因爲世上所有的財富，也不能塡滿他心裡的寂寞空虛。

而現在他卻已不再寂寞空虛。

財富就擺在桌上，奇怪的是，到現在還沒有人伸手來拿。

更奇怪的是，這些人眼睛裡非但沒有歡喜之色，反而顯得很失望。

白玉京抬起頭，看見他們，皺眉道：「你們還想要什麼？」

朱大少搖搖頭，青龍會的三個人也搖了搖頭。

朱大少忽然道：「白公子在這裡稍候，我們出去一趟，馬上就回來。」

白玉京道：「你們還要商量什麼？」

朱大少勉強笑道：「一點點小事。」

白玉京看著他，遲疑著，終於讓他走了出去。

所有的人全都走了出去。

白玉京冷笑著，對這些人，他根本全無畏懼，也不怕他們有什麼陰謀詭計。

他甘心付出這些，只因為他要好好地帶著她走，不願她再受到任何驚嚇傷害。

他自己也不願再流血了，為了這些東西流血，實在是件愚蠢可笑的事。

但他們現在還想要什麼呢？他猜不透。

窗戶是開著的，他可以看見他們的行動，沒有一個人到小樓那邊去，小樓上還是很平靜。

她一定還睡得很甜。

睡著了時，她看來就像是個嬰兒，那麼純真，那麼甜蜜。

白玉京嘴角不禁露出一絲笑意——

忽然間，所有的人居然真的全回來了，每個人手裡都提著個包袱，放在桌上，解開。

白馬張三帶來的是一斛明珠。

苗燒天是一疊金葉子。

青龍會是一箱白銀票。

朱大少是一張嶄新的銀票。

這些東西無論對誰說來，都已是一筆財富，價值絕不在白玉京的珠寶之下。

白玉京忍不住問道：「各位這是做什麼？」

朱大少站起來，道：「這是我們對白公子的一點敬意，請白公子收下。」

白玉京本是很難被感動的人，但現在卻也不禁怔住。

他們不要他的珠寶，反而將財富送來給他。

這是爲了什麼？

他也想不通。

朱大少輕輕的咳嗽著，又道：「我們……我們也想請白公子答應一件事。」

白玉京道：「什麼事？」

朱大少道：「白公子在這裡不知道還打算逗留多久？」

白玉京道：「我天亮就要走的。」

朱大少展顏笑道：「那就好極了。」

白玉京道：「你說是什麼事？」

朱大少笑道：「白公子既要走了，還有什麼別的事。」

白玉京又怔住。

他本來以爲他們不讓他走的，誰知他們卻只希望他快走，而且還情願送他一筆財富。

這又是爲了什麼？

他更想不通。

朱大少遲疑著，又道：「只不過，不知道白公子是不是一個人走？」

白玉京忽然明白了。

原來他們要找的並不是他，而是袁紫霞，只不過因爲顧忌他的長生劍，所以才一直都不敢下手。

他們不惜付出如此大的代價，也要得到她，對她究竟有什麼目的？

她若真的只不過是個逃婚出走的女孩子，又怎麼會引動這麼多威鎮一方的武林高手？

難道她說的全是謊話？

難道她這麼樣說，只不過是爲了要打動他，要他保護她？

是不是就因爲這緣故，所以她才求他不要再理這些人，求他帶著她悄悄的走？

白玉京的心沉了下去。

每個人都在看著他，等著他回答。

桌上的珠寶黃金，在燈下閃著令人眩目的光，但卻沒有人去看一眼。

他們所要的，價值當然更大。

那是什麼呢？

是袁紫霞這個人，還是她身上帶的東西？

朱大少看著他臉上的表情，試探著道：「我們也已知道，白公子和那位袁姑娘，只不過是萍水相逢而已，白公子當然不會為了她而得罪朋友。」

白玉京冷冷道：「你們不是我的朋友。」

朱大少陪笑道：「我們也不敢高攀，只不過，像袁姑娘那樣的女人，白公子以後一定還會遇見很多，又何必……」

白玉京打斷了他的話，道：「你們要的不是她這個人？」

朱大少笑了，道：「當然不是。」

白玉京道：「你們究竟要的是什麼？」

朱大少目光閃動，道：「白公子不知道？」

白玉京搖搖頭。

朱大少臉上露出了詭譎的笑容，緩緩道：「也許白公子還是不知道的好。」

他顯然生怕白玉京也想來分他們一杯羹，所以還是不肯說出那樣東西是什麼。

那東西的價值，無疑比這裡所有的黃金珠寶更大。

白玉京卻更想不通了。

袁紫霞身上哪有什麼珍貴之物？她整個房子豈非已全都被他們翻過。

朱大少道：「依我看，這件事白公子根本就不必考慮，有了這麼多金銀珠寶，還怕找不著美如天仙的女人？」

白玉京慢慢的將自己的珠寶，一粒粒拾起來，放回錦囊裡。

然後他就走了出去。

他連一句話都不再說，就走了出去。

每個人都在瞪著他，目中都帶著懷恨之色，但卻沒有人出手。

因爲他們還要等一個人，一個能對付長生劍的人。

他們對這個人有信心。

四

長夜猶未盡。

正是黎明前最黑暗的時候，但空氣卻是寒冷清新的。

白玉京抬起頭，長長的呼吸——

他忽然發現小樓上的窗戶裡，被燈光映出了兩條人影。

一個人的影子苗條纖秀，是袁紫霞，還有一個人呢？

兩個人的影子距離彷彿很近。

他們是不是正在悄悄的商議著什麼？

朱大少、趙一刀、苗燒天、白馬張三和青龍會的三個全都在樓下。

樓上這個人是誰呢？

白玉京手裡緊握著劍鞘，他的手比劍鞘更冷。

他實在不知道自己是不是應該上樓去。

五 殭屍

一

長夜未盡。風中卻似已帶來黎明的消息，變得更清新，更冷。

白玉京靜靜的站在冷風裡。

他希望風愈冷愈好，好讓他清醒些。

從十三歲的時候，他就開始在江湖中流浪，到現在已十四年。

這十四年來，他一直都很清醒，所以他直到現在還活著。

無論誰若經歷過他遭遇到的那些折磨、打擊和危險，要想活著都不太容易。

「仙人撫我頂，結髮受長生。」

他心裡在冷笑。

江湖中對他的傳說，他當然也聽說過，只有他自己心裡知道，他能活到現在，只不過因爲他頭腦一直都能保持冷靜。

現在他更需要冷靜。

窗上的人影，彷彿又靠近了些。

他儘量避免去猜這個人是誰，因爲他不願猜疑自己的朋友。

小方是他的朋友。

既然別的人都在樓下，樓上這人不是方龍香是誰？

小方無疑也是個很有吸引力的男人，也許比他更有力量保護她。

她就算投向小方的懷抱，也並不能算是很對不起他，因爲他們之間本就沒有任何約束。

「這樣也許反倒好些，反倒沒有煩惱。」

白玉京長長吐出口氣，儘力使自己不要再去想這件事。

但也不知爲什麼，他心裡卻還是好像有根針在刺著，刺得很深。

他決心要走了，就這樣悄悄的走了也好，世上本沒有什麼值得太認真的事。

他慢慢的轉過身。

但就在這時，他忽然聽到袁紫霞的一聲驚呼。

呼聲中充滿驚懼之意，就像一個人看見毒蛇時發出的呼聲一樣。

白玉京的人已箭一般竄上了小樓。「砰」的，撞入了窗戶。

屋裡當然有兩個人。

袁紫霞臉上全無血色，甚至比看見毒蛇時還要驚慌恐懼。

她正在看著對面的一個人，這人的確比毒蛇可怕。

他長髮披肩，身子僵硬，一張臉上血跡淋漓，看來就像是個殭屍。

這人不是小方。

在這一刹那，白玉京心裡不禁掠過一絲歉疚之意，一個人實在不該懷疑朋友的。

但現在已沒有時間來讓他再想下去。

他的人剛撞進窗戶，這殭屍已反手向他抽出了一鞭子。

鞭子如靈蛇，快而準。

這殭屍的武功竟然也是江湖中的絕頂高手。

白玉京身子凌空，既不能退，也無力再變招閃避，眼見長鞭已將捲上他的咽喉。

但世上還沒有任何人的鞭子能捲住他咽喉。

他的手一抬，就在這間不容髮的刹那間，用劍鞘纏住了長鞭，扯緊。

他另一隻手已閃電般拔出了劍。

劍光是銀色的，流動閃亮，亮得令人幾乎張不開眼睛。

他腳尖在窗櫺上一點，水銀般的劍光已向這殭屍削了過去。

這殭屍長鞭撒手，凌空翻身。

猝然間，滿天寒星，暴雨般向白玉京撒下。

白玉京劍光一捲，滿天寒星忽然間就已全部沒有了消息。

但這時殭屍卻已「砰」的撞出了後面的窗戶。

白玉京怎麼能讓他走？

他身形掠起，眼角卻瞥見袁紫霞竟似已嚇得暈了過去。

那些人就在樓下，他也不忍將她一個人留在這裡。

是追？還是不追呢？

在這一瞬間，他實在很難下決定，幸好這時他已聽見了小方的聲音：「什麼事？」

「我把她交給你……」

一句話未說完，他的人已如急箭般竄出窗子。

誰知這個殭屍看來雖僵硬如木，身法卻快如流星。

就在白玉京微一遲疑間，他已掠出了七八丈外，人影在屋脊上一閃。

白玉京追過去時，他的人已不見了。

遠聲忽然響起雞啼。

難道他真的是殭屍，只要一聽見雞啼聲，就會神秘的消失？

東方已露出淡青，視界已較開闊。

附近是空曠的田野，空曠的院子，那樹林還遠在三十丈外。

無論誰也不可能在這一瞬間，掠出三四十丈的，就連昔日輕功天下無雙的楚香帥，也絕不可能有這種能力！

風更冷。

白玉京站在屋脊上，冷靜的想了想，忽然跳了下去。

下面是一排四間廂房，第三間本是苗燒天住的地方，現在屋裡靜悄悄，連燈光都已熄滅。

第二間屋裡，卻還留著盞孤燈。

慘淡的燈光，將一個人的影子照在窗上，佝僂的身形，微駝的背，正是那白髮蒼蒼的老太婆。

她顯然還在爲了自己親人的死而悲傷，如此深夜，還不能入睡。

也許她並不完全是在哀悼別人的死，而是在爲自己的生命悲傷。

一個人到了老年時，往往就會對死亡特別敏感恐懼。

白玉京站在窗外，靜靜的看著她，忍不住輕輕嘆息了一聲。

奇怪的是，人在悲傷時，有些感覺反而會變得特別敏銳。

屋子裡立刻有人在問：「誰？」

「我。」

「你是誰？」

白玉京還沒有回答，門已開了。

這白髮蒼蒼的老太婆，手扶著門，駝著背站在門口，用懷疑而敵視的目光打量著他，又問了一句：「你是誰？來幹什麼？」

白玉京沉吟著，道：「剛才好像有個人逃到這裡來了，不知道有沒有驚動你老人家？」

老太婆怒道：「人？三更半夜的哪有什麼人，你是不是活見鬼了！」

白玉京知道她心情不好，火氣難免大些，只好笑了笑，道：「也許是我看錯了，抱歉。」

他居然什麼都不再說了，抱了抱拳，就轉過身，走下院子，長長的伸了個懶腰，彷彿覺得非常疲倦。

就在這時，他聽到了「咕咚」一聲。

那老太婆竟倒了下去，疲倦、悲哀，和蒼老，就像是一包看不見的火藥，忽然在她身體裡爆炸，將她擊倒。

白玉京一個箭步竄過去，抱起了她。

她的脈搏還在跳動，還有呼吸，只不過都已很微弱。

白玉京鬆了口氣，用兩根手指捏住她鼻下人中，過了很久，她蒼白的臉上才漸漸有了血色，脈搏也漸漸恢復正常。

但她的眼睛和嘴卻都還是緊緊閉著，嘴角不停的流著口水。

白玉京輕聲道：「老太太，你醒醒——」

老太婆忽然長長吐出口氣，眼睛也睜開了一線，彷彿在看著白玉京，又彷彿什麼都沒有看到。

白玉京道：「你不要緊的，我扶你進去躺一躺就沒事了。」

老太婆掙扎著，喘息著，道：「你走，我用不著你管。」

可是在這種情況下，白玉京又怎麼能拋下她不管。

他用不著費力，就將她抱起來。

這也許還是他第一次抱著個超過三十歲的女人進房門。

棺材就停在屋裡，一張方桌權充靈案，點著兩支白燭，三根線香。

香煙繚繞，燭光暗淡，屋子裡充滿了陰森淒涼之意，那小男孩子躺在床上，也像是個死人般睡著了。

小孩子只要一睡著，就算天塌下來，也很難驚醒的。

白玉京遲疑著，還不知道該將這老太婆放在哪裡。

忽然間，老太婆的人在他懷裡一翻，兩隻鳥爪般的手已扼住了他的咽喉。

她出手不但快，而且有力。

白玉京呼吸立刻停止，一雙眼珠子就像是要在眼睛中迸裂。

他的劍剛才已插入腰帶，此刻就算還能抓住劍柄，也已沒力氣拔出來。

老太婆臉上露出獰笑，一張悲傷、疲倦、蒼老的臉，忽然變得像是條惡狼。

她手指漸漸用力，獰笑看著道：「長生劍，你去死吧！……」

這句話還未說完，突然覺得有件冰冷的東西碰觸到了自己的肋骨。是柄劍。

再看白玉京的臉，非但沒有扭曲變形，反而好像在微笑。

她忽然覺得自己扼住的，絕不像是一個人的脖子，卻像是一條又滑又軟的蛇。

然後又是一陣尖錐般的刺痛，使得她十根手指漸漸鬆開。

劍已在白玉京手上。

劍尖已刺到她的肋骨，滲出一滴鮮血，染上她剛換上的麻衣。

白玉京看著她，微笑道：「你的戲演得實在不錯，只可惜還是瞞不過我。」

老太婆目中充滿驚惶恐懼，顫聲道：「你……你早已看出來了。」

白玉京笑道：「真正的老太婆，醒得絕沒有那麼快，也絕沒有這麼重。」

劍光一閃，削去了她頭上一片頭髮。

她蒼蒼的白髮下，頭髮竟烏黑光亮如綢緞。

老太婆嘆了口氣，道：「你怎麼知道老太婆應該有多重？」

白玉京道：「我就是知道。」

他當然知道，他抱過的女人也不知有多少，更少有人的經驗能比他更豐富。

老太婆筋肉已鬆，骨頭也輕了，他一抱起她，就知道她絕不會超過三十五歲。

三十五歲的女人，若是保養得好，胴體仍然是堅挺而有彈性的。

老太婆道：「現在你想怎麼樣？」

白玉京道：「這就得看你了。」

老太婆道：「看我？」

白玉京道：「看你是不是肯聽話？」

老太婆道：「我一向聽話。」

她的眼睛忽然露出一種甜蜜迷人的笑意，用力在臉上搓了搓，就有層粉末細雨般掉了下來。

一張成熟、美麗、極有風韻的臉出現了。

白玉京嘆了口氣，道：「你果然不是老太婆。」

這女人媚笑道：「誰說我老？」

她的手還在解著衣鈕，慢慢的拉開了身上的白麻衣服。

衣服裡沒有別的，只有一個豐滿、堅挺、成熟而誘人的胴體，甚至連胸膛都沒有下墜。

白玉京看著她胸膛時，她胸膛上頂尖的兩點就漸漸挺硬了起來。

她用自己的指尖輕撫著，一雙眼睛漸漸變成了一條線，一根絲。

她輕咬著嘴唇，柔聲道：「現在你總該已看出，我是多麼聽話了。」

白玉京只有承認。

她媚笑道：「我看得出你是個有經驗的男子，現在爲什麼卻像個孩子般站著？」

白玉京道：「你難道要我就在這裡？」

她笑得更媚更蕩，道：「這裡爲什麼不行？老鬼已死了，小鬼也已睡得跟死人差不多，你只要關上房門……」

門是開著的，白玉京不由自主，去看了一眼，忽然間，床上死人般睡著的孩子鯉魚打挺，一個翻身，十餘點寒星暴射而出，這孩子的出手竟也又快又毒，是可怕的星，絕沒有人能想到這麼樣一個孩子出手也會如此狠毒，何況白玉京面前是站著個赤裸裸的女人，世上還有什麼能比一個赤裸著的美麗女人更能令男人變得軟弱迷糊？

這暗器幾乎已無疑必可致命。

但白玉京卻似又早已算準這一著，劍光一圈，這些致命暗器又已全沒了消息。

女人咬了咬牙，厲聲道：「好小子，老娘跟你拚了。」

那孩子身子躍起，竟從枕頭下拔了兩柄尖刀，已拋了柄給女人。

兩柄尖刀立刻閃電般向白玉京劈下。

就在這時，棺材的蓋子突然掀起，一根鞭子毒蛇般捲出，捲住了白玉京的腰。

這一鞭才是真正致命的。

白玉京的腰已被鞭子捲住，兩柄尖刀閃電般向他刺了過來，他完全沒有閃避的餘地，他沒有閃避，反而向尖刀上迎了過去，棺材裡的人只覺得一股極大的力量將他一拉，已將他的人從棺材裡拉出，這人正是剛才突然在曙色中消失了的殭屍。

他眼看著兩柄刀已刺在白玉京身上，誰知突然又奇蹟的跌下，「噹」的，跌在地上。

女人和孩子的手腕已多了一條血口。

白玉京的劍本身就像是奇蹟，劍光一閃，削破了兩人的手腕，再一閃，就削斷了長鞭。

殭屍本來正用力收鞭，鞭子一斷，他整個人就立刻失去重心，「砰」的一聲撞在後面的窗戶上。

孩子和女人的驚呼還沒有出聲，白玉京已反手一個肘拳，打中孩子的胃。他只覺眼前一陣黑暗，連痛苦都沒有感覺到，就已暈了過去，那女人的臉已因驚懼而扭曲，轉身想逃，她上身剛轉過去，白玉京的劍柄已敲在她後腦上——她暈得比孩子還快。

殭屍背貼著窗戶，看著白玉京，眼睛裡也充滿了恐懼之色，他幾乎不相信自己現在看著的是一個人，人怎會有這麼快的出手？

白玉京也在看著他，冷冷道：「這次你爲什麼不逃了？」

殭屍忽然長長嘆了口氣，道：「我本就沒有得罪你，爲什麼要逃。」

白玉京道：「你的確沒有得罪我，只不過想要我的命而已。」

殭屍道：「那也是你逼著我們的。」

白玉京道：「哦。」

殭屍道：「我想要的，只不過是那女人從我這裡騙走的東西。」

白玉京皺了皺眉，道：「她騙走了你什麼？」

殭屍道：「一張秘圖。」

白玉京道：「秘圖！什麼秘圖？藏寶的秘圖？」

殭屍道：「不是。」

白玉京道：「不是？」

殭屍道：「這張圖的本身就是寶藏，無論誰有了這張圖，不但可以成爲世上最富有的人，也可以成爲世上最有權力的人。」

白玉京道：「爲什麼？」

殭屍道：「你不必問我爲什麼，但只要你答應放過我，我就可以幫你找到這張圖。」

白玉京道：「哦。」

殭屍道：「只有我知道，這張圖一定在她身上。」

白玉京沉吟著，忽然笑了笑，道：「既然一定在她身上，又何必要你幫我去找？」

殭屍道：「因爲她絕不會對你說實話的，她絕不會對任何人說實話的，可是我不但知道她的秘密，還知道……」

他的聲音突然停頓、斷絕，一隻鐵鈎從窗外伸進來，一下子就鈎住了他的咽喉，他沒有再說一個字，眼睛已凸出，鮮血已從迸裂的眼角流下來。

然後他整個人就像是突然被抽乾，突然萎縮，若不是親眼看見的人，絕想不到這種情況有多麼可怕。看見過的人，這一生就永遠不會忘卻。

白玉京只覺得自己的胃也在收縮，幾乎已忍不住開始要嘔吐。

他看著方龍香慢慢的走進來，用一塊雪白的絲巾，擦著鐵鈎上的血。

白玉京沉著臉，道：「你不該殺他的。」

方龍香笑了笑，道：「你爲什麼不看看他的手？」

殭屍已倒下，兩隻手卻還是握得很緊。

方龍香淡淡道：「你以爲他真的在跟你聊天，我若不殺了他，你現在只怕已變成了蜂窩。」

他用鐵鈎挑斷了殭屍手上筋絡，手鬆開，滿把暗器散落了下來，一隻手裡，就握著四種形狀不同的暗器。

方龍香道：「我知道你的長生劍是暗器的剋星，但我還是不放心。」

白玉京道：「爲什麼？」

方龍香道：「因爲我也知道這人的暗器一向很少失手的。」

白玉京道：「他是誰？」

方龍香道：「長江以南，用暗器的第一高手公孫靜。」

白玉京道：「青龍會的公孫靜？」

方龍香道：「不錯。」

白玉京嘆了口氣，道：「但你還是不該這麼快就殺了他的！」

方龍香道：「爲什麼？」

白玉京道：「我還有很多話要問他。」

方龍香道：「你可以問我。」

他走過去，帶著欣賞的眼光，看著地上的女人，嘆息著道：「想不到公孫靜不但懂得暗器，也很懂得選女人。」

白玉京道：「這是他的女人？」

方龍香道：「是他的老婆。」

白玉京道：「這小孩是他的兒子？」

方龍香又笑了，道：「小孩子？……你以爲這真是個小孩。」

白玉京道：「不是？」

方龍香道：「這小孩子的年紀至少比你大十歲。」

他用腳踢這孩子的臉，臉上也有粉末落了下來。

這孩子的臉上竟已有了皺紋。

方龍香道：「這人叫毒釘子，是個天生的侏儒，也是公孫靜的死黨。」

白玉京忍不住嘆了口氣，苦笑道：「死人不是死人，孩子不是孩子，老太婆不是老太婆——這倒真妙得很。」

方龍香淡淡道：「只要再妙一點點，你就已經是個死人了。」

白玉京道：「青龍會的勢力遍佈天下，他們既然是青龍會的人，行蹤爲什麼要如此詭秘？」

方龍香道：「因爲最想要他們的命的，就是青龍會。」

白玉京道：「爲什麼？」

方龍香道：「因爲公孫靜做了件讓青龍會丟人的事。」

白玉京道：「什麼事？」

方龍香道：「一樣關係很重大的東西，在他的手裡被人騙走了，當然他知道青龍會的規矩。」

白玉京道：「所以他才帶著他的老婆和死黨，易容改扮到這裡，爲的就是想追回那樣東西？」

方龍香道：「不錯。」

白玉京道：「這些事你怎麼會知道的？」

方龍香笑了笑，道：「你難道忘了我是幹什麼的？」

白玉京道：「那樣東西真的在袁紫霞身上？」

方龍香道：「這你就該問她自己了。」

白玉京道：「她的人呢？」

方龍香道：「就在外面。」

白玉京立刻走出去，方龍香就讓路給他出去，突然間，一把鐵鈎劃破他手腕，長生劍「叮」的跌落在地，接著，一個比鐵鈎還硬的拳頭，已打在他腰下京門穴上，他也倒了下去。

燭光在搖動，整個屋子都像是在不停的搖動著，白玉京還沒有睜開眼睛，就已感覺到有個冰冷的鐵鈎在磨擦著他的咽喉。

他終於醒了，也許他永遠不醒反倒好些，他實在不願再看到方龍香的臉，那本是張非常英俊的臉，現在卻似也變得說不出的醜陋。

這張臉正在微笑著，面對著他的臉，道：「你想不到吧！」

白玉京道：「我的確想不到，因為我一直認為你是我的朋友。」

他儘力使自己保持平靜——既然已輸了，為什麼不輸得漂亮些？

方龍香微笑道：「誰說我不是你的朋友，我一直都是你的朋友。」

白玉京道：「現在呢？」

方龍香道：「現在就得看你了。」

白玉京道：「看我是不是肯聽話？」

方龍香道：「一點也不錯。」

白玉京道：「我若不肯聽話呢？」

方龍香忽然長長嘆了口氣，看著自己手上的鐵鈎，慢慢道：「我是個殘廢，一個殘廢了的人，要在江湖上混，並不是件容易事，若沒有硬的後台支持我，我就算死不了，也絕不會活得這麼舒服。」

白玉京道：「誰在支持你？」

方龍香道：「你想不出？」

白玉京終於明白，苦笑道：「原來你也是青龍會的人。」

方龍香道：「青龍會的壇主。」

白玉京道：「這地方也是青龍會的三百六十五處分壇之一？」

方龍香嘆道：「我知道你遲早總會完全明白的，你一向是個聰明人。」

白玉京只覺滿嘴苦水，吐也吐不出。

方龍香道：「三年前，我也跟你現在一樣，躺在地上，也有人用刀在磨擦我咽喉。」

白玉京道：「所以你非入青龍會不可？」

方龍香道：「那人倒也沒有一定要逼我入青龍會，他給了我兩條路走。」

白玉京道：「哪兩條路？」

方龍香道：「一條是進棺材的路，一條是進青龍會的路。」

白玉京道：「你當然選了後面的一條。」

方龍香笑了笑道：「我想很多人都會跟我同樣選這條路的。」

白玉京道：「不錯，誰也不能說你選錯了。」

方龍香道：「我們既然一向是好朋友，我當然至少也得給你兩條路走！」

白玉京道：「謝謝你，你真是個好朋友。」

方龍香道：「第一條路近得很，現在棺材就在你旁邊。」

白玉京道：「這口棺材太薄了，像我這樣有名氣的人，你至少也得給我口比較像樣的棺材。」

方龍香道：「那倒用不著，我可以保證你躺進去的時候，已分不出棺材是厚是薄了。」他手上的鐵鈎又開始在動，微笑著說：「但無論如何，睡在床上總比睡在棺材裡舒服些，尤其是在床上還有個女人的時候。」

白玉京點點頭，道：「那倒一點都不假，只不過還得看床上睡的是個什麼樣的女人。」

方龍香道：「哦！」

白玉京道：「裡邊床上睡的若是條母豬，我則情願睡在棺材裡了。」

方龍香道：「你當然不會認爲那位袁姑娘是母豬。」

白玉京道：「她的確不是，她是母狗。」

方龍香又笑了，道：「憑良心講，說她是母狗的人，你已不是第一個。」

白玉京道：「第一個是公孫靜？」

方龍香笑道：「你又說對了，誰能想到像公孫靜這樣的老狐狸，也會栽在母狗手裡呢？」

白玉京嘆了口氣道：「憑良心講，我倒真有點同情他。」

方龍香道：「我也同情他。」

白玉京道：「所以你殺了他。」

方龍香嘆道：「我若不殺他，他死得也許還要更慘十倍。」

白玉京道：「哦。」

方龍香道：「青龍會對付像他這樣的人，至少有一百三十種法子，每一種都可以讓他後悔自己爲什麼要生到這世上來。」

白玉京道：「他究竟做了什麼丟人的事？」

方龍香沉吟著，道：「你聽說過『孔雀翎』這三個字沒有？」

白玉京動容道：「孔雀山莊的孔雀翎？」

方龍香道：「你果然聽說過。」

白玉京嘆道：「江湖中沒有聽說過這三個字的人，也許比沒有聽過長生劍的還少。」

方龍香笑道：「你倒真謙虛得很。」

白玉京也微笑著道：「謙虛本就是我這人的美德之一。」

方龍香道：「哦？你還有些什麼美德？」

白玉京道：「我不賭錢，不喝酒，不好色，我只有一種毛病。」

方龍香道：「什麼毛病？」

白玉京道：「我說謊，只不過每天只說一次而已。」

方龍香道：「今天你說過沒有？」

白玉京道：「還沒有，所以我現在就要趕快說一次，免得以後沒機會了。」

他笑了笑，又道：「所以現在我無論說什麼，你最好都不要相信。」

方龍香笑道：「多謝你提醒，我一定不會相信的。」

白玉京道：「我若說剛被你殺了的公孫靜又復活了，你當然不相信。」

六　好亮的刀

方龍香道：「當然！」

白玉京微笑道：「我說他的老婆已醒了過來，正準備暗算你，你還是不信。」

方龍香道：「還是不信。」

他嘴裡雖然說不信，還是忍不住回過頭去，他的手也跟著動了動，手上的鐵鉤，距離白玉京的咽喉也就遠了些。

白玉京的肘、背、股，突然同時用力，向右翻出，彈起。

長生劍就落在公孫靜的屍體上。

他的人一翻出去，手已握住了劍柄。

但就在這時，他剛提起的力氣，突然又莫名其妙的消失。

他的人剛躍起三尺，又重重的跌了下去。

然後他就聽到了方龍香得意而愉快的笑聲，他的心也沉了下去。

因爲他知道這已是他最後一次機會，現在機會已錯過，就永遠不會再來了。

地上冷而潮濕。

白玉京伏在地上，連動都不願再動，但鐵鉤卻又鉤住了他的腰帶，將他的身子翻過來。

方龍香正在看著他微笑，笑得就像是條正在看著他爪下老鼠的貓。貓抓到一隻老鼠時，通常都會給老鼠一兩次機會逃走的，因為牠知道這老鼠一定逃不了。

白玉京嘆了口氣，道：「想不到你點穴的手法又進步了些，可喜可賀。」

方龍香道：「其實你根本用不著騙我回頭，我也會讓你試一次的。」

白玉京道：「哦？」

方龍香道：「你以為你剛才真的騙過了我？」

白玉京道：「若換了是我，也忍不住要回頭去看看的。」

方龍香道：「但我卻不必。」

白玉京道：「哦。」

方龍香笑得更愉快，道：「因為我知道公孫靜的老婆已死了。」

白玉京道：「你……你剛才已經殺了她？」

方龍香道：「我不喜歡讓活人留在我背後，雖然現在女人缺貨，我也只好忍痛犧牲了。」

白玉京嘆道：「我記得你以前好像是個很憐香惜玉的人。」

方龍香目中露出一絲怨毒之色，冷冷道：「以前我也是個有兩隻手的人。」

白玉京道：「自從你只剩下一隻手後，就不再信任女人？」

方龍香道：「只信任一種，死的。」他臉上忽又露出愉快的微笑，道：「現在我們是不是可以接著繼續談下去了。」

白玉京道：「談什麼？孔雀翎？」

方龍香點點頭，道：「據說天下的暗器一共有三百六十幾種，但自從世上有暗器以來，孔雀翎無疑是其中最成功、最可怕的一種。」

白玉京道：「我承認。」

這一點幾乎沒有人會不承認。

據說這種暗器發出來時，美麗得就像孔雀開屏一樣，不但美麗，而且輝煌燦爛，世上絕沒有任何事能比擬。

但就在你被這種驚人的神靈感動得目瞪神迷時，它已經要了你的命。

方龍香道：「最可怕的是，除了孔雀山莊的嫡系子孫外，世上從沒有任何人能知道這種暗器的秘密，更沒有人知道它是如何打造的。」

白玉京道：「的確沒有。」

方龍香道：「但現在卻有了。」他眼睛裡發著光，道：「公孫靜被人騙去的那張秘圖，就是打造孔雀翎的圖形，和使用孔雀翎的方法。」

白玉京也不禁動容道：「這張圖怎麼會落在他手上的呢？」

方龍香微笑道：「青龍會若想得到一樣東西，通常都有很多種法子的。」

白玉京道：「難道是從孔雀山莊盜出來的？」

方龍香道：「也許。」他不讓白玉京再問，接著又道：「孔雀山莊就因爲有這樣暗器，所以才能雄踞江湖數十年，從沒有任何人敢去打他們的主意，甚至連青龍會都不願去惹這種麻煩。」

白玉京道：「我知道青龍會一向對孔雀山莊很不滿意。」

方龍香道：「但別人若也能打造孔雀翎，孔雀山莊的威風還能剩下來的就不多了，這些年來，他們傳下的仇怨卻不少。」

白玉京沉思著，道：「白馬、赤髮、快刀、萬金堂，這些人好像都跟他們有很大的仇恨。」

方龍香道：「所以他們才會不惜傾家蕩產，來搶購這張秘圖，何況，他們若能將孔雀翎打造成功，非但立刻可以報仇出氣，而且很快就會將本錢收回來的。」

白玉京道：「不錯，江湖中肯不惜重價來買孔雀翎的人，一定還有很多。」

方龍香笑道：「也許比想買你的長生劍的人還多。」

白玉京道：「但青龍會爲什麼不自己打造這孔雀翎？爲什麼要賣給別人？」

方龍香道：「因爲青龍會老大只對一樣東西有興趣。」

白玉京道：「黃金。」

方龍香道：「白銀、珠寶也行。」他笑得很神秘，又道：「青龍會能得到這樣東西，當然也花了本錢，青龍會開支可大得嚇人，所以青龍老大才急著要將這東西脫手。」

白玉京也笑了笑，道：「而且這東西本就燙手得很，能早點甩出去，麻煩豈非就是別人的了。」

方龍香道：「對極了。」

白玉京道：「何況，江湖中擁有孔雀翎的人若是多了起來，死的人也就多了，你若用孔雀翎殺了他，他家人想也免不了要弄個孔雀翎來復仇。」

方龍香目中露出讚賞之意，道：「那想必是一定免不了的。」

白玉京道：「這種事若是一天天多了起來，江湖中就難免要一天比一天亂，江湖愈亂，青龍會混水摸魚的機會就愈多。」

他嘆了口氣，接著道：「你們的青龍會老大真是個天才，連我都不能不佩服。」

方龍香大笑，道：「想不到你居然是他的知己，我也佩服你。」

白玉京淡淡道：「我手裡若有了這麼樣一件東西，至少是絕不會被人騙走的。」

方龍香道：「公孫靜機智深沉，辦事老練，本也是青龍會裡的第一流好手，只可惜他也犯了個和你一樣的毛病。」

白玉京道：「他也說謊？」

方龍香笑了一笑，道：「他好色，比你還好色，更不幸的是，他也跟你一樣，他也是看上了那位袁姑娘。」他嘆息了一聲，道：「她實在是我見到的女人中，最懂得騙男人的。男人遇見她，不上吊只怕也要跳河。」

白玉京目中已露出痛苦之色，卻還是微笑著道：「幸好我現在已用不著上吊，也用不著跳河了，我有個好朋友照顧我。」

方龍香居然沒有臉紅，微笑著道：「所以我說你運氣一向不錯。」他接著又道：「袁姑娘究竟是怎麼樣將這東西盜走的，現在我倒還是不大清楚，據我所猜想，她一定是趁著公孫靜累極了的時候，將他的鑰匙打成模子，另外做了一副，再買通了看守地道的人盜走的。」

白玉京道：「你們想得很合理。」

方龍香道：「她算準事發之後，公孫靜一定也會趕快逃走，被她買通了的守衛，自己也脫不了罪，當然也不會將這件事洩露出來。」他接著道：「這位袁姑娘的確算得很精，只可惜還是忘了一件事。」

白玉京道：「哦！」

方龍香道：「她忘了青龍會若要人說話，只怕連死人都會開口的。」

白玉京道：「是不是那守衛說出了她的行蹤了。」

方龍香點點頭，道：「她買通了兩個守衛，乘著換班的時候，混入秘道，用她自己複製的鑰匙，盜走了孔雀圖，再乘著換班時溜了出來。」

白玉京淡淡道：「她爲什麼不將這兩個守衛殺了滅口？」

方龍香道：「因爲她怕驚動別人，因爲她武功不高明，何況那時她剩下的時間已不多。」他又笑了笑，接著道：「所以你若認爲她的心還不夠狠，你就錯了。」

白玉京道：「我看人總是常常看錯的，否則我怎會交到你這樣的好朋友。」

方龍香也不睬他，道：「青龍會耳目遍佈天下，既然已知道她是這麼樣的一個人，當然就不會查不出她的行蹤下落。」

白玉京道：「當然。」

方龍香道：「公孫靜當然也不甘心，也想將這東西要回來，但青龍會處置叛徒的法子，他也一向清楚得很。」

白玉京道：「所以他才假裝死人，躲在棺材裡。」

方龍香冷笑道：「他以爲這法子已經高明極了，安全極了，但他只怕永遠也不會想到，他買棺材那家店，也是青龍會開的。」

白玉京嘆了口氣，道：「青龍會對自己兄弟照顧得倒真周到，你只要一進了青龍會，他就已將後事替你準備好了。」

方龍香淡淡道：「那至少總比死了被人拋去餵狗好。」

白玉京道：「那兩個和尙呢？已經餵了狗？」

方龍香道：「那兩人當然也是他的同黨，臨時扮成和尙混到這裡來。」

白玉京道：「只可惜他們的頭太光，衣服太新，而且眼睛太喜歡看大姑娘。」

方龍香道：「就因爲他們的行跡被看破，所以毒針才會將他們殺了滅口，卻想嫁禍在苗燒天身上。」

白玉京道：「去翻箱子的人是誰呢？是不是你？」

方龍香笑道：「這種事又何必我自己動手，別人把東西搜出來，豈非也一樣是我的。」

白玉京點點頭，道：「若不是你，就一定是張三或趙一刀，那時只有他們有機會。」

方龍香道：「我只可惜你送去的那些好菜好酒。」

白玉京道：「公孫靜雖然沉得住氣，但也怕夜長夢多，所以發現我們都在樓下時，就急著去找袁紫霞了。」

方龍香笑道：「我看著他上去的，他本來還想跟袁紫霞好好商量，誰知道這位小姐竟是軟硬不吃，因爲她知道只要一叫起來，你就會趕上去英雄救美的。」

白玉京苦笑道：「最好笑的是，我居然還將她交給了你，居然還要你去保護她。」

方龍香道：「受人之託，忠人之事，我一定會將她保護得很好的。」

白玉京道：「現在你總已大功告成了，你還要什麼？」

方龍香道：「大功還沒有告成，還差一點。」

白玉京道：「哪一點？」

方龍香道：「孔雀圖還在別人手裡。」

白玉京道：「在誰手裡？」

方龍香道：「你。」

白玉京道：「在我手裡？」

方龍香沉下臉道：「你不承認？」

白玉京嘆了口氣，喃喃道：「女人……唉，她自己明明叫我死也不要說出這秘密，誰知道她自己反而先說了出來。」

方龍香面上又露出得意的微笑，道：「我早已告訴過你，青龍會若要人說話，連死人都要開口，何況女人？」

白玉京嘆道：「你若要女人保守秘密，只怕比要死人開口還困難些。」

方龍香悠然道：「我也告訴過你，你還有兩條路可走，第二條路保證比第一條路愉快多了。」

白玉京道：「第二條路怎麼走？」

方龍香道：「帶著你的孔雀圖入青龍會，公孫靜那一壇就讓給你做壇主。」

白玉京忽然笑了。方龍香道：「你笑什麼？」

白玉京道：「我笑我自己。」

方龍香道：「笑你自己？爲什麼？」

白玉京道：「因爲我幾乎又要相信你的話了。」

方龍香道：「你不信。」

白玉京道：「其實你顯然已知道孔雀圖在我這裡，既然有法子能要我開口，又何必說這種好聽的話來騙我高興？」

方龍香道：「因爲你是個人才，青龍會需要各種人才。」

白玉京沉吟著，道：「但我還是不相信。」

方龍香道：「要怎麼樣你才相信？」

白玉京道：「你先放了我，我就將孔雀圖交出來，絕不騙你。」

方龍香也笑了，道：「幸好你剛才提醒過我，否則幾乎又要相信你的話了。」

白玉京嘆道：「我也知道這交易是談不成功的，但我也有件事要告訴你。」

方龍香道：「你說。」

白玉京道：「我若不想說話的時候，世上絕沒有任何人能要我開口，我若不說出孔雀圖在哪裡，世上絕沒有任何人找得到。」

方龍香目光閃動，微笑道：「這一日一夜裡，你根本沒有到別的地方去過，我最多將這地方每一寸都翻過來，還怕找不到？」

方龍香接著沉下了臉，道：「要找，自然要從你身上找起。」

白玉京道：「歡迎得很。」

方龍香盯著他，目光就像是正在追狐狸的獵狗。

白玉京一雙眼睛卻在東張西望，絕不去接觸他的目光，彷彿生怕被他從自己眼睛裡看出什麼秘密來。

屋子裡的東西很多，他一樣樣的看過去，從牆上掛著的畫，看到桌上的白燭，看到棺材，從棺材看到地上的死人，他也沒有去看自己的那柄劍，連一眼都沒有看。

方龍香的眼睛突然亮了，忽然道：「我若是你，我會將那孔雀圖藏在什麼地方呢？」

白玉京道：「你不是我。」

方龍香笑道：「不錯，我不是你，我也沒有你的長生劍。」

白玉京的臉色似乎變了，變得全無血色。方龍香已大笑著從他身上掠過，「叮」的，用鐵鈎抓起了地上的長生劍，劍光燦爛如銀，劍柄上纏著的緞子卻已變成紫黑色。

方龍香輕撫著劍脊，用眼角瞟著白玉京，喃喃道：「好劍，果然是好劍，可惜劍柄做得太壞了些。」

白玉京勉強笑道：「以後有機會，我一定會去換一個。」

方龍香忽然笑道：「用不著，我現在就可以替你換。」

白玉京笑得更勉強，道：「不必費神了，你的好意我心領了就是。」

方龍香道：「大家既然是好朋友，又何必客氣。」

他慢慢的倒轉劍鋒，「哧」的，插入地上，劍柄猶在不停的搖曳。

他用兩根手指一彈，聽見了聲音，道：「咦，這裡面怎麼好像是空的。」

他用舌頭舐了舐發乾的嘴唇，連舌頭都乾得像是條鹹魚。

方龍香慢慢的點一點頭，道：「嗯，果然是空的，——裡面好像有捲紙。」

白玉京長長嘆息了一聲，閉上眼睛。方龍香大笑，用三根手指拍劍柄上的鍔一轉——劍柄果然是空的，一轉就開了，但藏在劍柄的卻不是一捲紙，是一篷針，牛芒般的毒針。

「叮」的一響，幾十根牛芒般的毒針，已全部打在方龍香臉上，打在他眼睛裡。

他以手掩面，狂吼著，撲到白玉京身上，彷彿還想跟白玉京拚命，可是他的人一跌，就已不會動了。

他身上的鐵鈎已鈎入了自己的臉，將半邊臉都扯了下來。

他雖然只有一隻手，卻是個兩面人，就正像他現在的樣子——一邊臉蒼白，一邊臉血紅。

地上冷而潮濕，但曙色卻已從窗外淡淡的照了進來，長夜總算真已將過去。

白玉京躺在地上，甚至還可以感覺到方龍香臉上的血在流，血已浸透了他的衣裳，他心裡忽然覺得一陣說不出的傷痛，無論如何，這人總曾經是他的朋友，假如還有選擇的餘地，他實在不願這麼做，可是他知道沒有，他就算交出孔雀圖，小方還是不會放過他的，何況他根本連看都沒有看見過那見鬼的孔雀圖。

小方當然絕不會放過他的，因爲他們曾經是朋友。

你若出賣過你的朋友一次，以後就絕不會放過他，因爲你已無顏再見他。

門窗都已關緊，閂上，遠處的雞啼聲此起彼落，曙色已漸漸染白窗紙。

門外忽然響起了很多人的腳步聲。

白玉京在心裡嘆息著：「終於來了。」他知道小方剛才的那些大吼，必定會將這地方所有的人全都引來的。

「方店主，你在哪裡？」

「出了什麼事？」

「你能斷定剛才是方老闆的聲音？」

「絕不會錯。」

「但這間房卻是那老太婆住的。」

「我早就覺得那老太婆有點鬼鬼祟祟的樣子。」

朱大少、苗燒天、趙一刀、白馬張三，和青龍會的三人果然全都來了。

白玉京只希望他們能在外面多商議一陣子，等他以真氣將穴道撞開後再進來，但這時窗口已發出一聲輕呼，剛才小方用鐵鈎穿過的破洞裡，已露出一個人的眼睛——滿佈血絲像火燄般燃燒著的眼睛。

白馬張三道：「你看見了什麼？」

苗燒天道：「死人，一屋子死人。」

這句話剛說完，門已「砰」的被撞開，青龍會的三個人當先衝進來，只看了一眼，立刻又退了回去。

這屋子裡的情況實在太悲慘，太可怕。

又過了半晌，趙一刀和白馬張三才慢慢的一步一步的走了進來，兩個人同是輕呼一聲。

白馬張三道：「果然全都死了。」

趙一刀道：「方店主怎麼會跟這老……」他忽然發現老太婆並不老，瞪大了眼睛，下面的話再也說不出來。

白馬張三道：「這人又是誰？……公孫靜？怎麼會是公孫靜？」

突聽朱大少冷笑道：「各位難道未看出這裡還有個活的？」

趙一刀道：「誰？」

朱大少道：「當然是位死不了的人。」

白玉京本來的確是想暫時裝死的，但朱大少卻已走到他面前，蹲下來，看著他，帶著微笑道：「白公子睡著了麼？」那個黑衣人當然還是影子般貼在他身後。

白馬張三失聲道：「白玉京也在這裡，他果然還沒有死！」

朱大少悠然道：「莫忘記白公子是長生的。」

白馬張三用眼角瞟著趙一刀，冷冷道：「卻不知他的頭疼不疼？」

趙一刀道：「想必是疼的。我試試。」

白玉京剛張開眼睛，就看到一柄雪亮的鋼刀已向他咽喉砍了下來——

好亮的刀！

七 衛天鷹的陰影

一

好亮的刀！

冰冷的刀鋒，一下子就已砍在白玉京咽喉上，他卻連眼睛都沒有眨一眨。

這一刀並沒有砍下去，刀鋒到了他咽喉上，就突然停頓。

趙一刀盯著他的眼睛，忽然笑著道：「白公子莫不知道這一刀砍在脖子上，頭就會掉的。」

白玉京道：「我知道。」

趙一刀道：「可是你不怕。」

白玉京道：「我知道這一刀絕不會砍下來。」

趙一刀道：「哦！」

白玉京道：「因爲我脖子上有樣東西撐著。」

趙一刀道：「什麼東西？」

白玉京道：「孔雀圖。」

趙一刀動容道：「你已知道孔雀圖？」

白馬張三搶著道：「你知道孔雀圖在哪裡？」

白玉京卻閉起了嘴。

趙一刀沉下了臉，道：「你爲什麼不開口？」

朱大少淡淡道：「我脖子上若有柄刀，也一樣說不出話的。」

趙一刀哈哈一笑，「嗆」的，刀已入鞘。

朱大少又蹲了下來，微笑道：「我們剛才答應白公子的話，現在還是一樣算數，只要白公子幫我們找到孔雀圖，我們立刻就恭送白公子上路——帶著終身享受不盡的黃金珠寶上路。」

白玉京笑了笑，道：「果然還是萬金堂的少東講理些。」

朱大少道：「我是個生意人，當然懂得只有公道的交易，才能談得成。」

白玉京道：「這交易我們一定談得成。」

朱大少道：「我早就看出白公子是個明白人。」

白玉京道：「孔雀圖當然還在那位袁姑娘手裡，只要你解開我穴道，我就帶你去找她。」

白玉京這句話說出，心裡已後悔。

他本不該讓別人知道他穴道已被點住的，現在別人顯然已看出，也未必能確定。

一個人心裡光是太急切想去做一件事，就難免會做錯了。

誰知朱大少卻答應得很快，立刻道：「好。」

好字一出口，他的手已拍下——並沒有拍開白玉京的穴道，反而又點了他左右雙膝上的環跳穴。

白玉京胃裡在流著苦水，面上卻不動聲色，淡淡道：「你莫非不想要孔雀圖了？」

朱大少微微一笑，道：「當然還想要，只不過若是勞動白公子的大駕，也是萬萬不敢當的。」

白玉京道：「朱大少真客氣。」

朱大少道：「只要白公子說出那位袁姑娘在哪裡，只要我們能找到她，立刻就回來送白公子上路，這麼樣豈非就不要勞動白公子的大駕了？」

白玉京道：「好，這法子好極了。」

趙一刀忍不住插嘴道：「你既然也覺得好，爲什麼還不說？」

白玉京道：「只可惜我雖然知道她在哪裡，卻說不出來。」

趙一刀道：「怎麼會說不出來。」

白玉京道：「我忘記那地方的名字了。」

朱大少嘆了口氣，道：「各位有誰能令白公子想起那名字來？」

苗燒天冷冷道：「我。」

他忽然走過來，一隻手從腰畔的麻布袋伸出，手裡竟赫然盤著條毒蛇。赤練蛇。

連趙一刀都不由自主，後退了兩步。

苗燒天冷笑道：「蛇肉最是滋補，白公子若是吞下了這條蛇，記性想必就會變得好些的。」

他的手忽然向白玉京伸出，蛇的紅信幾乎已舔上了白玉京的鼻子。

白玉京只覺面上的肌肉漸漸僵硬，冷汗已漸漸自掌心沁出。

突然院子裡有個非常迷人的聲音，帶著笑道：「各位可是在找我麼？」

二

晨霧剛昇起，煙雲般繚繞在院子裡，紫藤花上彷彿蒙上層輕紗，看起來更美了。

袁紫霞就站在紫藤花下，就站在這輕紗般的迷霧裡，手裡還舉著根蠟燭。

她看起來也更美了，一種神秘而朦朧的美，使得她身旁的紫藤花卻似已失去顏色。

苗燒天與白馬張三已想衝出去。

袁紫霞道：「站住。」她忽然將另一隻手也舉起，道：「兩位若真的過來，我就將這樣東西燒了。」

燭光閃動，她晶瑩如玉的纖手裡，高舉著一捲素紙，距離燭光才半尺。

苗燒天和白馬張三果然立刻站住，眼睛裡已不禁露出貪婪之色。

白馬張三勉強笑了笑，道：「姑娘想必也知道這樣東西就等於是座金山，當然捨不得真燒了的。」

袁紫霞道：「我當然明白，可是我若死了，要金山又有什麼用？」

苗燒天和白馬張三對望了一眼，慢慢的退了回去。

朱大少卻走了出來，長長一揖，微笑道：「姑娘芳蹤忽然不見，在下還著急得很，想不到姑娘竟又翩然歸來了。」

袁紫霞嫣然道：「多蒙關心，真是不敢當。」

朱大少道：「好說好說。」

袁紫霞道：「久聞朱大少不但年少多金，而且溫柔有禮，今日一見，果然是名下無虛。」

朱大少道：「像姑娘這樣仙子般的佳人，在下今日有緣得見，更是三生有幸。」

苗燒天忍不住冷笑道：「這裡又不是萬金堂的客廳，哪裡來的這麼多廢話。」

袁紫霞笑道：「苗峒主這你就不懂了，女人最愛聽的，就是廢話，各位若想要我心裡歡喜，就應該多說幾句廢話才是。」

苗燒天瞪眼道：「我爲什麼要你心裡歡喜？」

袁紫霞悠然道：「因爲我心裡一歡喜，說不定就會將這東西送給各位了。」

朱大少忽然大聲道：「不行不行，萬萬不行，這東西姑娘得來不易，怎麼能隨隨便便就送給我們。」

袁紫霞笑得更甜了，道：「我本來也在這麼想，可是現在卻不同了。」

朱大少道：「哦！」

袁紫霞道：「我只不過是個孤苦伶仃的女人，若是身上帶著這樣東西，遲早總有一天，難免會死在別人手裡的。」

朱大少嘆息了一聲，顯得無限同情，道：「江湖中步步都是凶險，姑娘的確還是小心些好。」

袁紫霞道：「但我若將這東西送了出去，豈非就沒有人會來找我了？」

朱大少勉強掩飾住面上的喜色，道：「這倒也有道理，只不過，姑娘就算要將這東西送出去，也得多少收回些代價才行。」

袁紫霞眨著眼，道：「那麼，朱大少你看，我應該收回多少呢？」

朱大少正色道：「至少也得要一筆足夠姑娘終生享受不盡的財富，而且絕不能收別的，一定要珠寶、黃金。」

袁紫霞嘆了口氣，道：「我也這麼想，可是……這麼大一筆財富，又有誰肯給我呢？」

苗燒天忍不住大聲道：「只要你肯要，這裡每個人都肯給的。」

袁紫霞大喜道：「那就太好了，只不過……」

苗燒天搶著問道：「只不過怎樣？」

袁紫霞道：「裡面還有個人是我的朋友，你們能不能讓我看看他？」

忽然間沒有人說話了，誰也不肯負這責任。

袁紫霞嘆道：「我的手已舉酸了，若是一不小心，把這東西燒了，怎麼辦呢？——只要燒掉一個角，也是麻煩的。」

她手裡的紙捲距離燭光似已愈來愈近。

朱大少忽又笑了，道：「白公子既然是姑娘的朋友，姑娘要看他，當然也是天經地義的事，姑娘就請過來吧。」

袁紫霞用力搖著頭，道：「不行，我不敢過去。」

朱大少道：「爲什麼？」

袁紫霞道：「你們這麼多大男人站在那裡，我怕得很。」

朱大少道：「姑娘要我們走？」

袁紫霞道：「你們若是能退到走廊那邊去，我才敢進去。」

朱大少道：「然後呢？」

袁紫霞抿嘴笑道：「有這麼多人在外面，我難道還會跟他做什麼事？只不過說兩句話，我就會出來，然後就可以將這東西交給各位了，各位也正好乘此機會，先商量好是誰來拿這東西。」

朱大少看了看趙一刀，趙一刀看了看白馬張三。

白馬張三忽然道：「我先進去問問他，看他肯不肯見你。」

他不等別人開口，已竄進屋子，閃電般出手，又點了白玉京五處穴道，然後才轉身推開窗戶。

點穴道的道理雖然相同，但每個人的手法卻並不一定相同的。

無論誰若被三種不同的手法點住了穴道，要想解開就很難了。

他們若發現袁紫霞有替他解開穴道的意思，再出手也還來得及。

朱大少微微一笑，道：「白公子想必是一定很想見姑娘的，我們爲什麼不識相些呢？」

白玉京躺在地上，看著袁紫霞走進來，卻像是在看著個陌生人似的，臉上全無表情。

袁紫霞也在凝視著他，臉上的表情卻複雜得很，也不知是歉疚？是埋怨？是悲傷？還是歡喜。

白玉京冷冷道：「你來幹什麼？」

袁紫霞淒然一笑，道：「你……你真的不知道我來幹什麼？」

白玉京冷笑道：「你當然是來救我的，因爲你又善良又好心，而且跟方龍香一樣，都是我的朋友。」

袁紫霞垂下頭，道：「我本可以溜走的，但若不是爲了關心你，爲什麼要來？」

她眼眶已紅了，眼淚似已將流下。

突然青龍會的一個人在外面大聲道：「這東西本是青龍會的，自然該交還給青龍會，朱大少和趙幫主剛才豈非也已同意？」

袁紫霞眼睛裡雖然已有淚盈眶，但嘴角卻似乎露出了一絲笑意。

一陣風吹過，苗燒天耳上的金環叮噹作響，一雙火燄般燃燒著的眼睛，瞪著青龍會的三個人。

趙一刀倚著欄杆，對這件事彷彿漠不關心，但目光卻在不停的閃動著。

白馬張三用手指輕敲著柱子，好像受不了這種難堪的靜寂，似是故意弄出點聲音來。

黑衣人動也不動的貼在朱大少身後，臉上還是無表情。

這件事本就和他無關係，他關心的好像只是家裡等著他拿錢回去吃飯的那八個人。

青龍會的三個人緊握著雙拳，其中一人突又忍不住道：「朱大少說的話，素來最有信用，這次想必也不會食言反悔的。」

朱大少終於笑了笑，道：「當然不會，當然不會，只不過……」

「只不過怎麼樣？」

這人身材魁偉，滿臉大鬍子，一看就知道是個脾氣很急的人。

朱大少道：「我雖然答應三位，可是別人……」

虬髯大漢立刻搶著道：「朱大少一言九鼎，只要朱大少答應，我兄弟就放心了。」

朱大少又笑了笑，道：「只要我答應，三位就真的能放心了？」

虬髯大漢道：「正是！」

朱大少嘆了口氣，道：「好，我就答應你。」

虬髯大漢喜動顏色，展顏道：「這次的事，青龍會絕不會忘了朱大少……」

突聽「叮」的一聲，他聲音突然斷絕。

接著又是一聲慘呼，慘呼是別人發出來的，一枚金環忽然嵌入了他的咽喉，沒有看見血，也沒有聽見慘呼，他的人已仰面倒了下去，然後，鮮血才慢慢的從他脖子裡流出來……

他站在左邊，慘呼聲卻是右邊一個人發出來的。

就在苗燒天出手的那一瞬間，白馬張三也突然出手，反身一掌，打在他鼻樑上，鮮血狂濺而出，他慘呼著捧著臉，白馬張三的膝蓋已撞上他的小腹，他彎下腰，突然像爛泥般倒下，身子已縮成一團，眼淚、鼻涕，隨著鮮血一起流出，然後突又一陣痙攣，就不再動了。

中間的一個人本來正在滿心歡喜，這次他們若能將孔雀圖要回，無疑是大功一件，青龍會一向有功必賞，而且絕不吝嗇，他心裡正幻想著即將到手的黃金、美女和榮耀，忽然間他左右兩個的伙伴全都倒下。

趙一刀正站在他對面，冷冷的看著他。

他只覺得胃在收縮，恐懼就像是一隻看不見的手，在用力拉扯著他的胃。

他勉強忍住嘔吐，哽聲道：「趙……趙幫主剛才豈非也同意……」

趙一刀冷冷的道：「剛才誰都不知道孔雀圖是否能夠到手，也沒有人真的看見過孔雀圖，現在……」他向那邊開著的窗戶看了看，微笑道：「現在孔雀圖等於已在我們手上，我們爲何要送給青龍會？」

這人道：「青龍會一向恩怨分明，趙幫主今日殺了我們，難道未曾想到青龍會的報復之慘？」

趙一刀淡淡道：「你們明明是被公孫靜殺了的，青龍會爲什麼要找我們報復？」

這人終於明白了，青龍會豈非也時常嫁禍給別人呢？

他全身都已在發抖，用力咬著牙，道：「青龍會的人縱然已死光，趙幫主也未必能得到孔雀圖，何況青龍會的衛天鷹說不定馬上就要來了……」說到「衛天鷹」三個字，他彷佛突然有了勇氣，大聲道：「現在他說不定已到了門外，我們三個人雖然死在你們手裡，你們三個人也休想能活著。」

聽到「衛天鷹」三個字，苗燒天、趙一刀、白馬張三的臉果然都不禁變了，情不自禁，同時往大門外看了一眼。

門上的燈籠已熄滅，聽不見人聲，也看不見人影。

趙一刀冷笑道：「不管我們是死是活，你總還要先走一步的。」

白馬張三道：「現在他的頭一定很痛。」

趙一刀道：「我替他治。」刀光一閃，鋼刀忽然已出鞘，一刀往這人脖子上砍了下去。

趙一刀號稱一刀，這一刀之迫急沉猛，當然可想而知，這人的手也握住刀柄，但還未及拔出刀來，只好翻身先閃避，誰知趙一刀的招式竟在這一剎那間突然改變，橫著一刀，砍在他胸膛上，鮮血亂箭般標出。

這人慘呼一聲，嘶聲道：「衛天鷹，衛堂主，你一定要……要替我們報仇！」

慘厲的呼聲突然斷絕，他的人也已倒在血泊中。

靜，靜得可怕，雖然還沒有人看見衛天鷹，但每個人心裡卻似已多了一個龐大、神秘、可怕的影子。

趙一刀在靴底上擦乾了刀鋒上的鮮血，苗燒天也取下了那人咽喉上的金環。

白馬張三輕撫著自己的拳頭，雙眉皺得很緊。

朱大少忽然長長地嘆息了一聲，道：「他們三個人現在總算已真的放心了，但下一個要輪到誰呢？」

白馬張三臉色變了變，盯著苗燒天。

苗燒天冷笑道：「小張三，你放心，下一個絕不是我。」

趙一刀突然大聲咳嗽，道：「好教各位得知，快刀幫已和赤髮幫結爲兄弟，從此以後，苗幫主的事，就是我趙一刀的事。」

苗燒天哈哈大笑，道：「飯鍋裡的茄子，先撿軟的挑，這句話你懂不懂？」

趙一刀道：「懂。」

苗燒天大笑道：「白馬小張三，下一個是誰，現在你總該明白了吧？」

白馬張三臉如死灰，道：「好，你們好，我也未必就怕了你們。」

苗燒天道：「你試試。」

他手中金環一振，突然撲上了去。

趙一刀道：「苗幫主只管放心，我在後面替你掠陣。」

苗燒天獰笑道：「小張三，你來吧。」

白馬張三怒吼一聲，突然搶攻三拳，竟已完全是拚命的打法。

苗燒天已是十拿九穩，勝券在握，當然不會跟他拚命，身形半轉，後退了三步，大笑道：「你拚命也沒有用……」

笑聲突然變爲怒吼慘叫。

趙一刀已一刀砍在他背脊上，刀鋒砍入骨頭的聲音連慘呼都能蓋住，苗燒天身往前一撲，白馬張三的鐵拳已痛擊他的臉上，又是一陣骨頭碎裂的聲音。

苗燒天倒在欄杆上，手裡金環「叮」的嵌入了欄杆。

他身子用金環支持著，還未倒下，一張臉已流血變形，火燄般燃燒的眼睛也凸出，充滿了驚懼與憤怒，嗄聲道：「趙一刀，你……你這畜生，我死也不會饒了你！」

趙一刀又在靴底擦著刀鋒上的血，長嘆道：「這也是沒法子的事，快刀幫早已和白馬幫結爲兄弟，誰叫你看不出呢？」

白馬張三哈哈大笑，道：「別人結誓喝血酒，我們喝的卻是藕粉。」

苗燒天咬著牙，一隻手插入腰畔的麻袋。

趙一刀和白馬張三卻不禁後退三步，並肩而立，盯著他的手。

苗燒天現在雖已不行了，但赤髮幫驅使五毒的本事，別人還是畏懼三分。

誰知他的手剛伸進去，整個人突然躍起，「砰」的撞上了廊簷，又重重的摔下來，不會動了。

他的手已伸出，一條毒蛇咬在他流血的手背上，彷彿還在欣賞著苗燒天鮮血的美味，正如苗燒天欣賞蛇血的美味一樣。

朱大少長長嘆了口氣，搖著頭道：「主人流血，毒蛇反噬……蛇就是蛇，誰若認為牠們也會像人一樣講交情，誰就要倒楣了。」

白馬張三冷冷道：「人也未必講交情的。」

趙一刀道：「不錯。」

兩人同時轉身，面對著朱大少。

朱大少仰頭道：「苗燒天雖然已死了，莫忘記還有赤髮九怪。」

趙一刀冷笑道：「赤髮九怪早已在地下等著他了，你用不著替他們擔心。」

他的手又握住了刀柄，目光炯炯，瞪著朱大少，突然一個肘拳，打在白馬張三肋骨上，打得真重。

白馬張三整個人竟被打得陀螺般轉了出去，「砰」的，也撞上了欄杆。

他還未及轉身，趙一刀又是一刀！

好快的刀。

血又濺出，他的血更新鮮，苗燒天手背上的蛇，嗅到了血腥，就忽然滑了過來，滑入他的刀口裡。

趙一刀在靴底擦去了刀上的血，冷笑道：「你自己說過，人也不講交情的，與其等你不講交情，倒不如我先不講交情了。」

朱大少點著頭道：「有理有理，對不講交情的人，這法子正是再好也沒有。」

趙一刀轉身笑道：「但我們卻都是講交情的呀。」

朱大少道：「那當然。」

趙一刀哈哈大笑，道：「只可笑萬金堂和快刀幫已結盟了三年，他們竟一點也不知道。」

朱大少道：「我是個守口如瓶的人。」

趙一刀道：「我也是。」

朱大少微笑道：「所以這件事以後還是一樣沒有人知道。」

三

門外的慘呼，就像是遠處的雞啼一樣，一聲接著一聲。

白玉京臉色蒼白，嘴角帶著冷笑，但目中卻又不禁露出悲傷之色。

他悲傷的並不是這些人，他悲傷的是整個人類——人類的貪婪和殘暴。

袁紫霞的臉色也是蒼白的，忽然輕輕嘆息一聲，道：「你猜最後留的一個是誰？」

白玉京道：「反正不會是你。」

袁紫霞咬起嘴唇，道：「你……你以爲我欺騙了你，所以希望看著我死在你面前。」

白玉京闔起眼，嘴角的冷笑已變得很淒涼，深嘆道：「這並不是你的錯。」

袁紫霞道：「不是？」

白玉京也嘆息了一聲，道：「在江湖中混的人，本就要互相欺騙，才能生存，我讓你欺騙了我，就是我的錯，我並不怨你。」

袁紫霞垂下頭，目中也露出痛苦之色，黯然道：「可是我……」

白玉京忽然打斷了她的話，道：「可是你也錯了一次。」

袁紫霞道：「哦！」

白玉京道：「你若以為你可以用手裡的孔雀圖要脅他們，你就錯了。」

袁紫霞道：「為什麼？」

白玉京道：「孔雀圖雖然在你手裡，就等於在他們手裡一樣，只要他們高興，隨便什麼時候都可以拿走的。」

袁紫霞道：「你難道以為我不敢燒了它？」

白玉京道：「你不敢，因為你若燒了它，也是一樣要死，死得更快，而且，以他們的武功，要打滅你手裡的蠟燭，也並不是件很困難的事。」

袁紫霞道：「可是他們剛才……」

白玉京又打斷了她的話，道：「他們剛才故意那樣做，只不過是為了要先找個機會殺人，等到沒有人搶奪時，再來拿你的孔雀圖。」他倖倖的接著道：「朱大少做事，一向仔細得很，為了這孔雀圖，他付出的代價已不少，當然絕不肯冒險的。」

袁紫霞霍然回頭，因為這時她已聽到朱大少的笑聲，然後她就看見那黑衣人和朱大少。

朱大少背負著雙手，站在門口，微笑道：「想不到白公子居然也是我的知己。」

袁紫霞失聲道：「你出去，否則我就……」

「燒」字還沒有說出口，突然刀光一閃，她手裡的蠟燭已被削斷。

但燭光並沒有熄滅。

削下的半截蠟燭，還留在刀鋒上。

刀在趙一刀手裡。

他平舉著手裡的刀，冷冷的看著袁紫霞。

袁紫霞面無血色，忽然咬了咬牙，用力將手裡的孔雀圖向朱大少拋出，大聲道：「拿去！」

趙一刀道：「多謝。」

這兩個字出口，他的人已竄出，反手一刀，挑起了孔雀圖，一腳踏滅了自刀上落下去的蠟燭，乘勢將孔雀圖抄在手裡。

他的手抓得好緊。

袁紫霞突又大聲道：「朱大少，這東西我是給你的，你難道就眼看著它被人搶去？」

趙一刀面上狂喜之色似又變了。

朱大少卻微笑著道：「我們是自己兄弟，這東西無論誰拿著都一樣。」

袁紫霞道：「你不怕他獨吞？」

朱大少道：「我們是講交情的。」

趙一刀展顏大笑道：「不錯，我們才是真正講交情的，無論誰想來挑撥離間，我就先要他的性命！」

朱大少悠悠然道：「既然如此，你還等什麼，這位袁姑娘現在想必也已頭痛得很了。」

趙一刀獰笑道：「治頭痛我最拿手。」

朱大少道：「我看你最好還是先治白公子，他是個憐香惜玉的人，絕不忍看著袁姑娘的頭先不痛。」

趙一刀道：「誰先誰後都無所謂，有時我一刀就可以治好兩個人的頭痛。」

朱大少笑道：「這一刀想必好看得很。」

趙一刀大笑道：「保證好看。」

袁紫霞垂下頭，凝視著白玉京，悽然道：「是我害了你……」

白玉京道：「沒關係。」

袁紫霞道：「我只希望你明白一件事。」

白玉京道：「你說。」

袁紫霞道：「有些話我並沒有說謊，無論我做了什麼事，但我對你……」

八　第一種武器

一

朱大少微笑道：「我知道你對他是真心的，所以我才成全你，讓你陪著他一起死，你們無論有什麼話要說，都可以等到黃泉路上……」

這句話還沒說完，他身子突然僵硬，眼角突然迸裂，就像是突然有柄看不見的鐵鎚自半空中擊下，打在他頭上。

接著，他的臉也扭曲變形，突然噴出一口鮮血，身子向前衝出，帶了一股血箭。

這次黑衣人並沒有跟著他，還是動也不動的站在那裡，臉上還是全無表情，只不過手裡多了一柄刀，刀尖還在滴著血……

最後留下的一個人並不是朱大少，這只怕連他自己都想不到。

天亮了。

雞啼已住，天地間彷彿只剩下朱大少的喘息聲。

他伏在地上，牛一般喘息著，鮮血還不停的從他腰上的傷口往外流。

黑衣人冷冷的看著他，眼睛裡還是帶著那種奇特的嘲弄之色。

他嘲弄的並不是自己，是別人。

趙一刀張大了嘴，瞪大了眼睛。

他親眼看到了這件事，卻還是不能相信這是真的。

突然間，連喘息聲也停止。

朱大少的人已變成了一灘泥，血中的泥。

黑衣人看著刀鋒上最後一滴鮮血滴下去，才抬起頭，道：「你看，我殺人只要一刀就夠了。」

趙一刀一步步向後退，道：「但是他……他並沒有馬上死。」

黑衣人道：「那只因我不想讓他死得太快，還要他多受點罪。」

趙一刀道：「你究竟是誰？」

黑衣人道：「你還猜不出？」

趙一刀看看他全無表情的臉，目中的恐懼之色更深，嘆息道：「衛天鷹……你就是衛天鷹。」

黑衣人笑了，他眼睛裡露出一絲尖刀般的笑意，臉上卻還是全無表情。

趙一刀道：「原來你早就來了，原來你一直都在跟著我們。」

衛天鷹道：「現在你是不是也覺得很好笑？」

趙一刀突然大喝道：「袁姑娘，快解開白玉京的穴道，我先擋他一陣。」

袁紫霞嘆了口氣，道：「你爲什麼直到現在才肯讓我解開他的穴道呢？現在豈非已太遲了。」她轉過頭，向衛天鷹嫣然一笑，道：「二哥，你說現在是不是已太遲了？」

「二哥」這兩個字喚出來，趙一刀整個人就像是已自半空中落入冰窟裡。

二哥，衛天鷹竟是她的二哥，他們竟是串通的。

趙一刀簡直連死都不能相信，這種事實在太荒謬、太離奇。

袁紫霞明明偷了青龍會的「孔雀圖」，青龍會明明想殺了她。

衛天鷹明明就是青龍會派出來追殺她的人。

他們兩人怎麼可能是同黨呢？這種事有誰能解釋？

二

趙一刀垂著頭，看著手裡的刀和孔雀圖，就像是一個母親在看著自己垂死的獨生子一樣。

他沒再說一句話，他拋下刀，用兩隻手將孔雀圖捧過去給衛天鷹。

若是換了別的時候，他也許還會拚一拚，但現在，所有不可能發生的事都已發生，他忽然發現自己已落入一個極複雜、極巧妙、極可怕的圈套裡。

最可怕的是，到現在爲止，他還不知道自己是怎樣掉下來的，就只這一點，已使他完全喪失了鬥志。

衛天鷹看著他手裡的孔雀圖，眼睛裡的嘲弄之色更明顯，淡淡道：「你不想留著它？」

趙一刀道：「不想。」

衛天鷹道：「我也不想。」

他接過孔雀圖，連看都沒有看一眼，就撕得粉碎，拋了出去。

一陣風吹過，吹起了片片粉碎的孔雀圖，就像是一隻隻蝴蝶。

趙一刀又怔住。

爲了這捲孔雀圖，有人出賣了自己，有人出賣了朋友，爲了這捲孔雀圖，所流的血，已可將外面的湖水染紅，但現在衛天鷹卻連看都沒有看一眼，就隨手撕得粉碎，這又是爲了什麼？

趙一刀只覺得滿嘴都是苦水，忍不住轉過頭，瞪著袁紫霞，道：「這是假的？」

袁紫霞道：「不錯，這是假的。」

趙一刀道：「真的呢？」

袁紫霞道：「沒有真的，真的還在孔雀山莊呢！」

趙一刀道：「你……你從公孫靜手裡盜出的那一捲呢？」

袁紫霞道：「我盜出的就是這一捲。」

趙一刀道：「但這一捲是假的。」

袁紫霞道：「我知道。」

趙一刀道：「你明知是假的，爲什麼還要冒險將它盜出來？」

袁紫霞微笑著，道：「因爲這件事本來就是個圈套。」她笑得又甜蜜、又嫵媚，慢慢的接著道：「這圈套最巧妙的一點，就是我們早已知道孔雀圖是假的，這一點我們若不說出來你們只怕永遠也想不到。」

趙一刀簡直要暈過去了，他們爲了這捲圖，不惜拚命、流血，甚至不惜像野狗互相亂咬，但這捲圖卻是一張一文不值的假貨，想到那些爲這捲圖慘死的人，看到地上還未乾透的鮮血，他非但笑不出，連哭都哭不出，他還是想不出衛天鷹和袁紫霞葫蘆裡賣的究竟是什麼藥。

袁紫霞道：「孔雀圖本是衛二哥經手買的，花的錢也不少。」

趙一刀舐了舐發乾的嘴唇，道：「但買回來後，你們就發現買的是假貨。」

袁紫霞道：「不錯。」

趙一刀道：「你們吃了個啞巴虧，還不敢張揚出去，因爲無論誰若花了青龍會的銀子買張假貨回去，青龍會都不會饒了他的。」

袁紫霞嘆了口氣，道：「何況衛二哥也丟不起這個臉，所以我只好替他出了個主意。」

趙一刀道：「什麼主意？」

袁紫霞道：「我要衛二哥將這捲圖給公孫靜，叫他經手賣出去，衛二哥本是他的頂頭上司，他當然不敢對衛二哥懷疑。」

趙一刀道：「這一來燙山芋豈非就已到了公孫靜手裡？」

袁紫霞道：「他本不該接下來的，只可惜他又不能不接下來。」

趙一刀道：「可是……你爲什麼又要從他手裡將這燙山芋盜走呢？」

袁紫霞道：「因爲我一定要你們相信這捲圖是真的。」

趙一刀道：「我還是不懂。」

袁紫霞道：「你們都是很精明的人，當然不會做吃虧的生意。」

趙一刀道：「的確不會。」

袁紫霞道：「你總該也知道青龍會的規矩，是一向不肯得罪江湖朋友的。」

趙一刀嘆了口氣，苦笑道：「我的確知道。」

袁紫霞道：「所以你們出價之前，一定要先看看這張圖的真假，按照青龍會以前的規矩，也一定不會拒絕——」她嫣然笑道：「這一看，豈非就要看出毛病來了嗎？」

趙一刀道：「所以你就索性將圖盜走，叫我們根本看不見。」

袁紫霞道：「何況你們若發現這捲圖被人盜走，就一定不會再懷疑它是假的。」

這本就是人類心理的弱點之一，她不但很了解，而且利用得很好。

趙一刀嘆道：「再加上公孫靜一畏罪逃走，我們當然就更不會懷疑了。」

袁紫霞道：「所以你們就一定會急著來追。」

趙一刀道：「不錯。」

袁紫霞道：「但我若很容易就被你們追到，你們說不定又會開始懷疑的。」

趙一刀苦笑道：「不錯，愈不容易到手的東西，總是愈珍貴。」

袁紫霞道：「可是我非要被你們追到不可。」

趙一刀又不懂了，忍不住問：「爲什麼？」

袁紫霞道：「因爲這圈套最重要的一點，就是要你們相信這捲圖是真的，要你們看到這捲圖，要你們爲了這捲圖自相殘殺，然後……」

趙一刀道：「然後怎麼樣？」

袁紫霞悠然笑道：「等你們死光了之後，我們才能將你們的黃金珠寶拿回去——不費吹灰之力就拿回去，而且不必擔心有人會來找我們麻煩，因爲你們本就是互相殺死的，本就和我們完全沒有關係。」

趙一刀道：「原來你們這樣做，爲的就是要我們帶來的黃金珠寶。」

袁紫霞道：「財帛動人心，這句話你總該也明白的。」

趙一刀道：「你們拉白玉京下水，爲的也是要他身上的東西。」

袁紫霞道：「還有他身上的那柄劍。」她突然嘆息了一聲，道：「但我還是很感激他，若不是他在保護我，這計劃也許就不會完全成功了。」

趙一刀道：「爲什麼？」

袁紫霞道：「因爲若是要計劃完全成功，公孫靜就一定要先死，方龍香也非死不可。」

趙一刀道：「爲什麼？」

袁紫霞道：「因爲他們若不死，這捲圖你們就未必有把握能到手，也未必肯拚命了。」

趙一刀想了想，苦笑道：「不錯，就因爲我們已有把握拿到這捲孔雀圖，所以剛剛才會殺了苗燒天和白馬張三。」

袁紫霞又嘆了一口氣，道：「但若不是白公子的長生劍，公孫靜和方龍香又怎會死得那麼容易呢？」

趙一刀道：「難道公孫靜也和我們一樣被蒙在鼓裡？」

袁紫霞道：「當然。」

趙一刀道：「他難道不認得你？不知道你也是青龍會的人？」

袁紫霞淡淡道：「他只不過是個小小的分壇堂主而已，青龍會裡的人，十個中他只怕有九個是不認得的。」

趙一刀道：「你怎麼能要他上當的？」

袁紫霞笑了笑，道：「我就算要他的命，也容易得很，何況要他上當。」

趙一刀看著她臉上又甜蜜、又嫵媚的笑容，忍不住又長長嘆了口氣，道：「我若是他，只怕也一樣會被騙的。」

袁紫霞嫣然道：「只怕你被騙得還要慘些。」

趙一刀道：「但方龍香既然也是青龍會的人，你們為什麼要殺他？」

袁紫霞道：「因為他若不死，你們的黃金珠寶，就要變成青龍會的了。」

趙一刀愕然道：「現在難道不是？」

袁紫霞道：「當然不是。」

她笑得更甜，接著道：「現在這裡每分銀子，都是我跟衛二哥兩個人的。」

趙一刀怔住半晌，苦笑道：「我也算是個老江湖了，也曾看過不少陰險毒辣的人，聽過不少巧妙狡猾的詭計，但若和你一比，那些人簡直就像是還在吃奶的小孩子。」

袁紫霞笑道：「謝謝你的誇獎，我一定永遠不會忘記的。」

衛天鷹忽然道：「你的話問完了嗎？」

趙一刀道：「問完了。」

衛天鷹道：「現在你是不是也已有些頭疼？」

趙一刀道：「的確疼得很。」

衛天鷹道：「你自己會不會治你自己的頭疼呢？」

趙一刀嘆了口氣，道：「幸好我還會治，否則只怕就要疼得更厲害了。」

他果然治好了他自己的頭疼。——一個人的頭若被砍了下來，就絕不會再疼了！

白玉京一直在看著，聽著，臉上彷彿也跟衛天鷹一樣，戴上了層人皮面具。

易容本就是忍術中的一種。

但朱大少始終未認出他，倒並不是因爲他的忍術高明。那只不過因爲朱大少從未關心過他扮成的這個人——一個老實聽話的保鏢，在朱大少眼睛裡，並不比一條狗重要多少。

他若肯對別人多關心些，自己也許就不會死得這麼慘了。

衛天鷹看著自己手裡的刀，冷冷道：「趙一刀是個聰明人，所以他的頭很快就不疼了。」

袁紫霞道：「聰明人做事，總是用不著麻煩別人的。」

衛天鷹道：「白玉京呢？」

袁紫霞眨了眨眼，道：「好像不如趙一刀那麼聰明。」

衛天鷹道：「所以他只好麻煩你了。」

他忽然伸出手，將刀送到袁紫霞面前。

袁紫霞道：「你知道我不喜歡拿刀。」

衛天鷹道：「你殺人不用刀？」

袁紫霞嫣然道：「而且不見血。」

衛天鷹道：「能不能破例一次？」

袁紫霞嘆了口氣，道：「你要我做的事，我怎麼會不答應？」她接過刀，轉過身，看著白玉京，幽然道：「我實在不忍殺你的，但我若不殺你，衛二哥一定會生氣，所以我只好對不起你了。」

白玉京道：「不必客氣。」

袁紫霞道：「我很少用刀，若是一刀殺不死你，也許會疼的。」

白玉京道：「沒關係。」

袁紫霞道：「好，那麼我就真的不客氣了。」

她忽然轉身，一刀向衛天鷹刺了過去。

好快的刀。除了她自己之外，絕沒有別人能說她不會用刀。

衛天鷹眼睛裡還是帶著那種嘲弄的笑意，看著這一刀刺來，突然雙手一拍，已將刀鋒夾住。

袁紫霞臉色終於變了，真的變了。

衛天鷹冷笑道：「你知不知道我爲什麼要將這柄刀給你？」

袁紫霞咬著嘴唇，搖了搖頭。

衛天鷹道：「我就是要你來殺我。」

袁紫霞道：「爲什麼？」

衛天鷹道：「因爲我也跟你一樣，我也想獨吞這批貨。」

袁紫霞嘆了口氣，道：「難道你一定要我先殺了你，你才能下手殺得了我？」

衛天鷹道：「不錯，否則我真有點不忍下手呢。」

袁紫霞嘆道：「看來我畢竟還是做錯了一次。」

衛天鷹道：「每個人都難免有做錯事的時候。」

袁紫霞道：「但你也想錯了。」

衛天鷹道：「哦。」

袁紫霞道：「我要殺你，並不是爲了想獨吞。」

衛天鷹冷笑道：「你難道是爲了救他？」

袁紫霞淒然笑道：「像我這種人，若非已動了真情，怎麼會做錯事？」

衛天鷹冷冷道：「只可惜他已無法來救你。」

白玉京忽然也嘆了口氣道：「你又想錯了。」

這五個字出口，袁紫霞已後退了七尺，腳尖一挑，挑起了地上的長生劍。

白玉京已動身躍起，抄著了這柄劍。等到這五個字說定，他已刺出了三劍，劍光如星雨銀河。

衛天鷹的刀若在手，也許可以架開這三劍，只可惜他的刀鋒已被他自己夾住。

他的手若是空著的，也許還可以變招閃避，只可惜他的手已夾住了自己的刀。

他反手、退步，回轉刀鋒，變招已不能算不快，只可惜，白玉京的長生劍更快。

水銀般的白劍光一閃，兩隻血淋淋的手，已跟著手裡的刀一起落下——

四

不知何時，陽光已昇起，照著窗戶，窗戶上畫著一點點楊花，用鮮紅畫成的楊花。

白玉京靜靜的站著，面對著窗戶，也不知過了多久才緩緩道：「你是不是知道我穴道已開了，所以才沒有下手殺我？」

袁紫霞垂著頭，不說話。

白玉京道：「你不知道？」

袁紫霞還是不說話。

白玉京霍然回頭，對著她：「你究竟是爲了什麼？」

袁紫霞忽然展顏一笑，嫣然道：「你猜呢？」她笑得真甜，真美。

白玉京嘆了口氣，道：「我只怕永遠猜不著的。」

袁紫霞眨著眼，忽又搔了搔頭，柔聲道：「你總有一天一定會知道的。」

白玉京又沉默了很久，忽然道：「好，現在我們走吧。」

袁紫霞道：「去哪裡？」

白玉京道：「當然是青龍會。」

袁紫霞皺眉道：「到青龍會幹什麼？」

白玉京沉下了臉，道：「你真的不知道我是誰？」

袁紫霞道：「你是誰？」

白玉京冷冷道：「我就是青龍十二煞的紅旗老么，像你這種人，當然不會認識我。」

袁紫霞臉色又變了，真的變了。

白玉京沉著臉道：「你們自己以爲這件事僞裝得神不知，鬼不覺，其實青龍老大早已看出來了，所以才要我在暗中調查。」

袁紫霞道：「你……你真的要送我回去。」

白玉京：「當然。」

袁紫霞道：「你真的這麼狠心？」

白玉京冷笑道：「對付狠心的人，我一向不客氣。」

袁紫霞看著他，突然彎下腰去大笑，笑得眼淚都流出來了。

白玉京反而怔住，吃驚的看著她，忍不住問道：「你笑什麼？」

袁紫霞道：「笑你。」

白玉京道：「笑我？我有什麼好笑？」

袁紫霞勉強忍住笑，道：「你實在很會演戲，只不過，你若是紅旗老么，我是誰呢？」

白玉京又怔住。

袁紫霞道：「老實告訴你，我才是青龍十二煞中的紅旗老么。」

白玉京道：「你……你是？」

袁紫霞微笑著道：「衛天鷹嗜賭，輸了三十萬兩，卻故意說買了幅假的孔雀圖，公孫好色，玷污了不少良家女子，方龍香貪財，吞沒了十七萬兩公賑，這些事情青龍老大都已知道，所以才特地叫我來清理門戶的。」

白玉京道：「只有你一個人？」

袁紫霞道：「我做事素來只有一個人。」

白玉京道：「你一個人就想清理門戶？」

袁紫霞道：「一個人就已夠了。」

白玉京道：「可是你的武功……」

袁紫霞淡淡道：「一個人只要懂得利用自己的長處，根本不必用武功也一樣能夠將人擊倒。」

白玉京道：「你的長處是什麼？」

袁紫霞嫣然一笑，不說話了。

她笑得真甜、真美，美極了……

「你騙了我那麼多次，我本來也想騙你一次，讓你著急的，想不到還是被你揭穿了。」

「我幾時騙過你？」

「你沒有？」

「我若是騙你，現在又何必跟你逃走，連青龍會的紅旗老么都不做了。」

「也許你根本也不是真的紅旗老么。」

「……」

「你究竟是不是？」

「你猜呢？」

白玉京知道他自己永遠猜不出的，但這也不重要。

重要的是，她就在他身旁，而且永遠不會再離開他，這就已足夠了。

這就是我說的第一個故事，第一種武器。

這故事給我們的教訓是——無論多鋒利的劍，也比不上那動人的一笑。

所以我說的第一種武器，並不是劍，而是笑，只有笑才能真的征服人心。

所以當你懂得這道理，就應該收起你的劍來多笑一笑！

霸王槍

【導讀推薦】

完成轉折，另類創新

——《七種武器：霸王槍》導讀

專欄作家、資深文學評論家 李榮德

在《霸王槍》中，古龍並不像以往那樣展示兵器的獨特風采，而仍是以兵器代表的精神，建構一個具有人格力量的人性武器，或者說是將人性的潛力依附於武器，將具象抽象化。這裏原先意義上的，只不過是一個載體，一個無實際內容的空殼。

這一個系列是古龍武俠發生重大轉折的關節，從《多情劍客無情劍》到《七種武器》是古龍武俠小說發生大轉折的關鍵時刻，他將武俠小說提高了一層次，創出了一番新意，他把人世間的種種情感推到了一個極致的地步，把各種類型的人物寫得玲瓏剔透。

七種武器表達的是不同人格力量的人性武器，《長生劍》代表的是樂觀者的笑的力量，在逆境中仍能笑的勇氣，以笑征服人心者，能不戰而屈人之兵。《孔雀翎》寫的是自信；《碧玉刀》寫的是誠實；《多情環》寫的是仇恨；而《霸王槍》則寫的是愛情，是愛心的精神力量；作者在書中這樣說：「無論多惡毒周密的計劃，都終究會失敗的，因爲人世間還有一種更強大的力量存在。」「那就是人類的信心和愛心。」

《霸王槍》中的丁喜正是因爲憑藉了這種力量，才會義無反顧，不顧一切地冒險。可以說小馬之無畏來自愛，丁喜之勇來自情。

而他的敵手正是不理解人世間親情會激發出無窮的力量，才會因此錯著而失敗。

有人認爲，古龍在同時期完成的《天涯．明月．刀》的原序中寫過：「最近我的胃很不好，心情也不佳，所以除了維持《七種武器》和《陸小鳳》兩個連續性的故事外，已很久沒開新稿。」除了不適煩躁外，在古龍生命的這一時段中並沒有大的事情發生，生活一切平靜，文壇聲名奠立，此時，他亟思在創作風格上能有異於往昔的展布。表面上，《霸王槍》開篇似淡化了古龍固有的「氣」和「勢」，文氣並未直沖牛斗，文勢亦談不上磅礡，行文顯現「另類風情」，常會使讀者努力捕捉作家真意而不得。也許，古龍需要反思，哪些獲得了成功，哪些有欠缺。古龍寫完《霸王槍》以後，停了數年才續寫《離別鈎》，或者是因爲《霸王槍》的「另類」呈現。

上述觀點不妨算作一家之言，我認爲，《霸王槍》前半部是較爲鬆散，直到第七章才開始緊湊起來。但這種鬆散大有歐風，國外有許多作品都以漫散之筆漸進，或展現風情，或展現環境，或展現親情，作較長的鋪墊，使主要事件漸露端倪。目的是一個，爲了突顯文事正本，整個過程甚像畫家作畫，有的一上手就把主要的東西布於畫布，然後去添加樹木花草，有的先畫周邊，最後進入主題。

《霸王槍》的基調前鬆後緊，也許是《七種武器》其餘幾種各具風采和特色的緣故，所以遇到《霸王槍》前面幾章細流緩淌的寫法時，就有大失水準之憾。其實沈下心來細捫其脈，《霸王槍》難道不是又一種創新的手段？文如小舟漂流，始是平緩水勢，碧波蕩漾，繼而迴旋曲折，進而巨瀾湯湯，以平鋪淡入至斷崖跌宕成飛瀑，只有縱觀小說文脈之通篇流布才有整體的美感。

一 落日照大旗

一

黃昏，未到黃昏。

落日正照在這面大旗上。

旗桿是黑色的，旗面也是黑色的，旗上卻繡著五條白犬，一朵紅花。

這就是近來在江湖中聲名最響的開花五犬旗。

五犬旗是鏢旗。

遼東的「長青鏢局」，已和中原的三大鏢局合併，組織成一個空前未有的聯合鏢局。

五犬旗就是他們的標誌。

五條白犬，象徵著五個人——長青鏢局的主人，「遼東大俠」百里長青。

鎮遠鏢局的主人，「神拳小諸葛」鄧定侯。

振威鏢局的主人，「福星高照」歸東景。

威群鏢局的主人，「玉豹」姜新。

還有一位就是中原鏢局中第一高手，「振武」的總鏢頭，「乾坤筆」西門勝。

自從這聯營鏢局的組織成立後，黑道上的朋友，日子就一天比一天難過了。

二

有風。

鏢旗飛揚。

黑色的大旗正在落日下發著光，旗上的五條白犬也在落日下發著光。

丁喜就坐在落日下，遠遠的看著這面大旗，他的臉上也在發光。

他是個很隨便的人，有好衣服穿，他就穿著，沒有好衣服穿，他就穿破的，有好酒好菜，他就猛吃，沒有得吃，就算餓三天三夜，他也不在乎。

就算餓了三天三夜後，他還是會笑，很少有人看見過他板著臉。

現在他就在笑。

他笑得很隨便，有時候會皺起鼻子來笑，有時會瞇起眼睛來笑，有時候甚至會像小女孩一樣，噘起嘴來笑。

他的笑容中，絕對看不出有一點惡意，更沒有那種尖刻的譏誚。

所以無論他怎麼笑，樣子絕不難看。

所以認得他的人，都會說丁喜這個人，實在很討人喜歡，可是恨他的人一定也有不少

——現在至少已有五個。

小馬當然絕不是這五個人其中之一。

小馬叫馬真，此刻就站在丁喜身後，你只要看見丁喜，通常就可以看見小馬站在後面。

因爲他是丁喜的朋友，是丁喜的弟兄，有時甚至像是丁喜的兒子。

可是他不像丁喜那樣隨和，也沒有丁喜能討人喜歡。

他的眼睛總是瞪得大大的，臉上總是帶著一萬個不服氣的表情，看著人的時候，好像總是想找人打架的樣子，而且真的隨時隨刻都會打起來。

所以有很多人都叫他「憤怒的小馬」。

現在他看起來很憤怒，一雙大眼睛正瞪著遠處那面飛揚的鏢旗，一雙拳頭緊緊的握著，嘴裡喃喃的罵道：「三羊開泰，五狗開花，真他媽的活見鬼，這些龜孫子爲什麼不叫五狗放屁？」

丁喜在微笑，在聽著。

他早就聽慣了，小馬說的話裡，若是沒有「他媽的」三個字，才叫奇怪。

「但我卻還是弄不懂。」小馬又罵了幾句三字經，才接著道：「這些龜孫子爲什麼不喜歡做人，偏偏要把自己當做狗。」

丁喜微笑道：「因爲狗一向是人類的朋友，會替人看門，替人帶路。」

小馬道：「黃狗、黑狗、花狗也是狗，他倒爲什麼一定要把自己比做白狗？」

丁喜道：「因爲白的總是象徵純潔和高貴。」

小馬重重的往地上吐了口口水，怪聲道：「不管怎麼樣，狗是狗，狗仗人勢，狗眼看人低，狗改不了吃屎，白狗黑狗都一樣。」

看來他對這五個人不但討厭，而且痛恨，簡直恨得要命。

因爲他是個強盜，強盜恨保鏢的，當然是天經地義的事。

小馬又道：「我雖然是個強盜，我做的事可沒有一件是見不得人的，他媽的至少不會替那些貪官污吏、惡霸奸商做看門狗。」

丁喜道：「他們做的事，雖然未免太絕了，可是他們這五個人，卻不能算太壞，尤其是『鎭遠』的鄧定侯。」

小馬道：「這趟鏢好像就是他押來的。」

丁喜道：「應該是他。」

小馬道：「聽說他押的鏢從來沒出過事。」

丁喜道：「神拳小諸葛並不是徒有虛名的人。」

小馬冷笑，道：「不管他是小諸葛也好，是大諸葛也好，這次跟斗總是要栽定了。」

三

鄧定侯騎的總是好馬，就像他喝的總是好酒一樣。

他的騎術也跟他的酒量同樣好。

江湖中人都承認，他不但是中原四大鏢局的主人中，最懂得享受的人，也是思想最開明，做事最有魄力的一個。

這次聯營鏢局的計劃，就是他發起的，他的少林神拳已經到八九分火候，據說，鄧定侯已不在少林本寺的四大長老之下。

聯營鏢局成立後，他的名聲在江湖中更響。

他的妻子美麗而賢慧，他的兒子聰明而孝順，他的朋友對他很不錯。

今年才四十四歲，正是男人生命中精力最充沛、思考最成熟的時候。

像他這麼樣的一個人，還會有什麼遺憾的事？

有！

有兩件——

中原四大鏢局中，歷史最悠久的「大王鏢局」居然不肯參加他們的聯營計劃——那王老頭子實在是個老頑固。

「這個人簡直就跟他用的那桿槍一樣，又老又硬，份量卻又偏偏很重。」

自從聯營鏢局成立之後，三個月內就開花結果，見了功效，開花五犬旗所經之處，黑道上的朋友們只有看著嘆氣。

可是近兩個月來，他所保的鏢，居然也失過兩次風，不但傷了人，而且丟了鏢。

傷的人都是他們旗下的高手，丟的鏢都是價值鉅萬的紅貨。

紅貨的意思就是金珠細軟、奇珍異寶，託他們去保這種貨的人，通常都有點見不得人的事，所以才將錢財換成紅貨。

因為這種貨不但攜帶方便，而且可以走暗鏢，在表面上裝幾箱東西作幌子，將紅貨藏在暗處，這種法子，就叫做走暗鏢。

鄧定侯這次押的就是趟暗鏢，擺在鏢車上作幌子的，是三五十鞘銀子，暗中藏著的珠寶，價值卻至少在百萬以上。

這實在不輕，鄧定侯並不嫌太重。

他對自己一向很有信心，對這趟鏢更有把握。

這次他所走鏢的路線，藏鏢的地方，都是絕對保密的。

他擺出來作幌子的貨已經很像樣，除了有限幾個人外，別人根本想不到這趟暗鏢中還藏著批紅貨，更不會想到這批紅貨藏在哪裡。

鄧定侯抬起頭，看看斜插在第一輛鏢車上的大旗，臉上不禁露出了得意的微笑。

黑緞的旗幟，旗桿是純鋼打成的，這批價值百萬的紅貨，就藏在旗桿裡。

除了他們五個人外，這秘密不會有第六個人知道。

車轔馬嘶，風蕭蕭。

風從日落處吹過來，保定府的城廓已遙遙在望。

護旗的鏢師老趙在心裡嘆了口氣，只要一到了保定，這趟鏢就可交了差。

想到保定府的燒刀子和大腳娘兒們，他心裡就像是有好幾百隻螞蟻在爬來爬去。

「就算明天一清早還得趕路回去，今天晚上我們總可以樂一樂。」

老趙回過頭，朝他的老搭檔小吳打了個眼色，兩個人的眼睛都瞇了起來。

就在這時，突聽「轟」一聲響，老趙只覺得眼前一黑，連人帶馬都跌入一個大洞裡，他守護的第一輛鏢車也跟著落下，軋在身上，車把子恰好軋在他兩腿之間。

「這下子完了。」

老趙整個人都縮成一團，想吐還沒有吐出來，就疼得暈了過去。

也就在這同一刹那間，道旁的樹木忽然成排的倒下，有的倒在馬背上，有的倒在人的身上。

行列整齊的隊伍，忽然間就已變得雞飛蛋打，人仰馬翻。

鄧定侯翻身勒韁，正想反馬衝過去，護鏢奪旗，樹叢後已有三點寒星飛過來，打在馬屁股上。

他胯下的白馬雖然是久經訓練的千里良駒，也吃疼不住，驚嘶一聲，人立而起。

他想甩蹬下馬，這匹馬卻已箭一般衝出去，越過倒下的樹幹，衝出了十餘丈。

等他甩開銀蹬翻身掠起時，樹叢後又有一條長索飛出，套住了落馬坑中鏢車上的旗桿，只聽「呼」的一聲響——

黑色的大旗迎風招展，已隨著長索飛回。

鄧定侯的人雖掠起，一顆心卻已沉了下去。

隨行的鏢師大聲呼喝：「護著鏢車，莫中了別人的調虎離山之計。」

老練的鏢師倒都知道，鏢旗丟了雖丟人，鏢車被劫卻更爲嚴重，當然應該先護鏢車，再奪鏢旗。

鄧定侯看著這些老練的鏢師們，卻連血都幾乎吐了出來。

樹叢後人影閃動，彷彿有人在笑。

鄧定侯身形斜起，乳燕投林，兩個起落間已撲過去。

少林門下的子弟雖不以輕功見長，他的輕功並不弱。

可是等他撲過去時，樹叢後卻已連人影都看不見了。

樹幹上用七管針釘著一條紙：「小諸葛今天居然變成了小豬哥，他媽的，真過癮。」

黃昏，已是黃昏。

落日的餘暉正照在北國初秋的原野上。

遠處彷彿有人在縱聲大笑，笑聲傳來處，彷彿有一面黑色的大旗迎風招展。

鄧定侯雙拳緊握，遠遠的聽著，遠遠的看著，過了很久，才長長嘆了一口氣：「這是什麼人？什麼人有這樣的本事？」

四

五犬開花，旗幟飛捲。

小馬一隻手舉著大旗，用一隻腳站在馬背上，站得穩如泰山。

這匹馬也是好馬，向前飛奔時快如急箭。

小馬仰面大聲道：「小諸葛今天竟變成了小豬哥，他媽的，真真過癮。」

他還沒有笑完，馬腹下忽然伸出一隻手，抓住了他的腳一抖。

小馬凌空翻了兩個筋斗，一屁股跌在地上，手裡的大旗也不見了。

大旗已到了丁喜手裡，馬已緩下，丁喜正襟坐在馬背上，看著他嘻嘻的笑。

小馬揉了揉鼻子，苦著笑道：「大哥，你這是幹什麼？」

丁喜微笑道：「這只不過是給你個教訓，叫你莫得意忘形。」

小馬站起來，垂著頭，想生氣可不敢生氣，倒好像隨時都要哭出來的樣子，看來那裡像是「憤怒的小馬」，簡直就是個「可憐的小驢子」。

丁喜道：「你想哭？」

小馬撇著嘴，不出聲。

丁喜道：「愛哭的人沒酒喝。」

小馬用力咬著嘴唇，終於還是忍不住問道：「不哭的人呢？」

丁喜道：「不哭的人就跟我到保定府喝酒去。」

小馬道：「可以喝多少？」

丁喜道：「今天破例，可以喝十斤。」

小馬忽然「呼喝」一聲，跳了起來，凌空翻身，丁喜的手已在等著他。

兩個人立刻又在馬背上嘻嘻哈哈，拉拉扯扯，笑成了一堆。

健馬飛馳而去，笑聲漸遠，馬上的大旗，猶自隨風飛捲。

這時落日的最後一道光，也正照在這面大旗上，然後夜色就來了。

黑色的大旗，也就沒入黑暗的夜色裡。

二 拳頭對拳頭

一

夜。

燈已燃起。

屋子裡充滿了烤肉和燒刀子的香氣。

屋樑很高，開花五犬旗高高的掛在屋樑上，隨風展動。

既然是在屋子裡，風是從哪裡來的？

是從小馬嘴裡吹出來的。

他仰著臉，躺在椅子上，喝一口酒，吹一口氣，旗子已不停的動了半個多時辰，酒已去掉了一罈。

丁喜在旁邊看著，也看了半個多時辰，忍不住笑道：「你的真氣真足。」

他不但氣足，而且氣大，可是一到了丁喜面前，他就連一點脾氣都沒有了。

屋樑上掛著旗幟，沒有旗桿。

旗桿在桌上。

丁喜輕扶著發亮的旗桿，忽然又問道：「你知不知道這旗桿裡藏著什麼？」小馬搖搖頭。

丁喜道：「你也不知道我爲什麼要你搶這面旗子？」小馬又搖搖頭。

他沒空說話，他的嘴還在吹氣。丁喜嘆道：「你能不能少用嘴吹氣，多用腦袋想想。」

小馬道：「能。」

他立刻閉上嘴，坐得筆筆直直的，揉著鼻子道：「可是大哥你究竟要我想什麼呢？」

丁喜道：「每件事你都可以想，想通了之後再去做。」

小馬道：「我用不著去想，反正大哥你要我去幹什麼，我就去幹什麼。」

丁喜看著他，忽然不笑了。

他真正被感動的時候，反而總是笑不出。

小馬盯著桌上的旗桿，連眼睛都沒有眨一眨，忽然道：「我想不出。」

丁喜道：「你想不出？」

小馬道：「這旗桿既不太粗，又不太長，我實在想不出裡面能藏多少値錢的東西。」

丁喜終於又笑了笑，旋開旗桿頂端的鋼球，只聽「叮叮咚咚」的串響，如琴絃撥動，七十二顆比龍眼還大，光澤形狀都幾乎完全相同的明珠，一連串落了下來，落在桌上。

小馬的眼睛已看得發直。

他絕不是那種見錢眼開的人，可是連他的眼睛都已看得發直。

因爲他實在沒有看見過，世上竟有如此輝煌、如此美麗的東西。

使他驚奇感動的，並不是明珠的價值，而是這種無可比擬，無法形容的輝煌與美麗。

丁喜拈起了一粒明珠，眼睛裡也流露出感動之色，喃喃道：「要找一顆這樣的珍珠也許還不太難，可是七十二顆同樣的……」

他嘆了一口氣，才接著道：「看來譚道這個人，雖然心狠手辣，倒還真有點本事。」

小馬道：「譚道？是不是那個專會刮皮的狗官譚道？」

丁喜道：「嗯。」

小馬道：「這些珠子是他的？」

丁喜道：「是他特別買來，送給他京城裡的靠山作壽禮的。」

小馬的眼睛立刻又瞪圓了，忽然跳起來，一拳打在桌子上，恨恨道：「這個老王八蛋，我早就想宰了他，虧他媽的鄧定侯還自命英雄，居然肯替這種龜孫子做走狗。」

丁喜淡然說道：「保鏢的眼睛裡只有兩種人，一種是顧客，一種是強盜，強盜永遠該死，顧客永遠是對的。」

小馬怒道：「就算這顧客是烏龜王八，也都是對的？」

丁喜道：「不管這強盜是哪種強盜，在他們眼裡都該死。」

他臉上雖然還帶著笑，眼睛裡也露出種說不出的悲哀和憤怒。

雖然沒有人叫他「憤怒的小丁」，但他無疑也是個憤怒的年輕人，恨不得將這世上所有的不平事，都連根剷平。

——唉，年輕人，多麼可愛的想法，多麼可愛的生命。

這一顆顆明珠是不是也曾有過它們自己的夢想和生命？

丁喜又拈起顆珍珠，道：「依你看，這些珍珠可以值多少？」

小馬道：「我看不出。」

他真是看不出。

有些人根本沒有金錢和價值的觀念，他就是這種人。

丁喜道：「一百萬兩。」

小馬道：「一百萬兩銀子？」

丁喜點點頭，道：「只不過這是賊贓，我們若急著賣，最多只賣六成。」

小馬道：「我們是不是急著要賣？」

丁喜道：「不但要急著賣，而且一定要現錢。」

小馬道：「為什麼？」

丁喜道：「亂石崗，沙家七兄弟都死在五犬旗下，留下了滿門孤寡，還有青風山和西河十八寨的弟兄，就算他是罪有應得，他們的孤兒寡婦並沒有罪，這些女人孩子都有權活下去，要活下去，就得有飯吃，要有飯吃，就得要銀子。」

這道理小馬明白。

像這樣的孤兒寡婦，江湖中實在太多。

可是除了丁喜外，又有誰替他們想過？

小馬眨著眼，道：「一百萬兩，六成，是不是六十萬兩？」

丁喜嘆了口氣，道：「這次你總算沒有算錯。」

小馬道：「六十萬兩銀子，要我一箱箱的搬，也得搬老半天，江湖中有誰能一下子就搬出這麼多銀子來，買這批燙手的貨？」

丁喜沒有回答，先喝了杯酒，又吃了塊烤肉，才悠然道：「保定府是個大地方，振威的總局就在保定，城裡城外，說不定到處都有他們的耳目。」

小馬承認：「這地方他們的狗腿子實在不少。」

丁喜道：「那麼你想，我爲什麼別的地方不去，偏偏要到保定來？」

小馬道：「我想不出。」

丁喜道：「你真的想不出？」

小馬揉了揉鼻子，陪笑道：「大哥既然已想出來了，爲什麼還要我想？」

丁喜道：「因爲我要先抽出你幾條懶筋，再拔出你幾根懶骨頭，治好你的懶病。」

沒有人能比他更了解小馬。

他知道有很多事小馬並不是真的想不出，只不過懶得去想而已。

丁喜道：「你知不知道張金鼎這個人？」

這次小馬總算沒有搖頭。

他來過保定。

到過保定的人，就絕不會不知道張金鼎。

張金鼎是保定的首富，也是保定的第一位大善人，用「富可敵國，樂善好施」這八個字來形容他，絕不會錯。

丁喜道：「你知不知道張金鼎是靠什麼發財起家的？」

這次小馬又在搖頭了。

丁喜道：「有種人雖然不自己動手去搶，卻比強盜的心更黑，別人賣了命搶來的貨，他三文不值二文的買下來，一轉手至少就可以賺個對本對利。」

小馬道：「你說的是不是那些專收賊贓的？」

丁喜點點頭，道：「張金鼎本來就是這種人。」

小馬怔住了。丁喜道：「現在他還是這種人，只不過是現在他的胃口大了，小一點的買賣，他已看不上眼。」

小馬道：「咱們到保定府來，爲的就是要找他？」

丁喜道：「嗯。」

小馬忽然又跳起來，大聲道：「這種人簡直他媽的不是人，大哥居然是要來找他？」

丁喜沒有開口，門外已有個人帶著笑道：「他來找的不是我，是我的銀子。」

二

張金鼎的人就像是一隻鼎，一隻金鼎。

他頭上戴的是金冠，腰上圍著的是金帶，身上穿著的是金花袍，手上戴著白玉鑲金的斑指，最少戴了七八個。

金子用得最多的，當然是他的腰帶。

他的腰帶很長，因爲他的肚子絕不比護國寺院子裡擺的那隻鼎小。

小馬衝出去打開門的時候，他就已四平八穩的站在那裡，也像是有三條腿一樣。

他後面還跟著兩個人，一身繡花緊身衣，歪戴著帽子，打扮就像是戲台上的三級保鏢。

小馬道：「你就是那姓張的？」

張金鼎道：「你就是那個憤怒的小馬？」

看來小馬在江湖中的名聲已不小，居然連這種人都已經聽過。

小馬瞪著眼睛，從他的肚子看到他的臉，厲聲道：「我怎麼知道你是不是真的張金鼎？」

張金鼎道：「你應該看得出，除了我之外，誰有我這一身肉。」

小馬冷笑道：「你這一身肥肉是從哪裡來的？」

張金鼎笑道：「當然是從你們這些人身上來的。」

他笑的時候，皮笑肉不笑，這倒不是因爲他臉上的肉太多，只不過因爲他肉太厚，幾乎連鼻子都被埋在裡面看不見了。

小馬真想一拳把他的鼻子打出來。

張金鼎道：「莫忘記我是你大哥請來的客人，你若打了我，就等於打你大哥的臉。」

小馬緊握的拳，這一拳沒有打出去。

張金鼎長長吐出口氣，微笑道：「現在我們是不是已經可以進來了，請吩咐。」

小馬道：「要進來，也只准你一個人進來。」

張金鼎道：「你們有兩個人，我當然也得帶兩個人進去，我做買賣，一向公平交易。」

小馬道：「你自己呢？」

張金鼎道：「我這個人根本不能算是個人，這是你自己剛才說的。」

小馬氣得怔住了，丁喜卻笑了。

他微笑著走過來，拉開了小馬，淡淡的道：「既然張老闆自己都不把自己當做人，你又何必生氣？」

小馬居然也笑了，道：「我只不過在奇怪，這世上爲什麼總會有些人不喜歡做人呢？」

張金鼎瞇著眼笑道：「因爲這年頭只有做人難，無論做牛做豬做狗，都比做人容易。」

看見了桌上的明珠，張金鼎瞇著的眼睛也瞪圓了，輕輕吐出口氣，道：「這就是你要賣給我的貨色？」

丁喜道：「若不是這樣的貨，我們豈敢勞動張老闆的大駕？」

張金鼎道：「你想賣多少？」

丁喜道：「一百萬兩。」

張金鼎道：「一百萬兩？」

小馬跳了起來，一把揪住他衣襟，怒道：「你是在說話，還是在放屁？」

張金鼎居然還是笑瞇瞇的，道：「我只不過是在做生意，漫天要價，落地還錢，做生意本來都是這樣子的。」

小馬道：「我們可不是生意人。」

丁喜道：「我是。」

小馬怔住，手已鬆開。

丁喜微笑道：「張老闆若喜歡討價還價，我可以奉陪。」

張金鼎道：「我最多只能出兩萬。」

丁喜道：「九十九萬。」

張金鼎道：「三萬。」

丁喜道：「九十八萬。」

張金鼎道：「四萬。」

丁喜道：「好，我賣了。」

小馬又怔住，就連張金鼎自己都怔住，他做夢也想不到居然會有人拿金子當破銅爛鐵，這簡直像是天上忽然掉下個肉包子來。

丁喜微笑道：「我是個很知足的人，知足常樂。」

珍珠是用筷子圍住在桌上的。

他移動一根筷子，珍珠就從缺口中一顆顆滾出來，落下，落入那漆黑的旗桿裡。

張金鼎看著他，忽然道：「你知不知道我出的四萬，是四萬什麼？」

丁喜道：「難道不是四萬兩銀子？」

張金鼎道：「不是。」

丁喜道：「是什麼？」

張金鼎道：「是四萬個銅錢。」

丁喜道：「四萬個銅錢我也賣了。」

小馬吃驚的看著他，就好像從來也沒有見過他這個人。

丁喜卻連看都不看他一眼，又道：「莫說還有四萬個銅錢，就算張老闆一文不給，我也賣了。」

小馬實在忍不住了，大聲道：「我大哥肯，我可不肯。」

丁喜道：「你大哥肯，你也得肯。」

小馬道：「爲什麼？」

他一向聽丁喜的話，丁喜要做的事，這是他第一次問「爲什麼？」

因爲他實在覺得奇怪，奇怪得要命。

丁喜道：「你一定要問爲什麼？」

小馬道：「嗯。」

丁喜嘆了口氣，道：「因爲我怕打架。」

小馬眼睛又瞪圓了，用手指戳了戳張金鼎的肚子，道：「你怕跟這個人打架？」

丁喜上上下下看了張金鼎兩眼，道：「像張老闆這樣的角色，就算來上七八百個，要打架我還是隨時可以奉陪。」

小馬道：「那麼你怕跟誰打架？」

丁喜道：「你真的看不出？」

小馬道：「我看不出。」

一直垂著頭站在張金鼎身後，打扮得像戲子一樣的花衣鏢客忽然笑了笑，道：「我看得出。」

小馬瞪眼道：「你？你他媽的看出了什麼？」

花衣鏢客道：「我至少已看出了一件事。」

小馬道：「你說。」

花衣鏢客道：「討人喜歡的丁喜實在不愧是黑道上的第一號智多星，憤怒的小馬卻實在是他媽的個大草包。」

小馬跳起來，道：「你是什麼東西？」

花衣鏢客道：「你還看不出？」

小馬道：「我只看出了你既不是東西，也不是人，最多只不過是他媽的一條白狗。」

花衣鏢客大笑。

他大笑著脫下身上的繡花袍，摘下頭上的歪戴帽，用脫下的花袍子擦了擦臉。

於是這個戲台上的三流小保鏢，忽然變成了江湖中頂尖兒的一流大鏢客。

嚴格說起來，江湖中夠資格被稱作一流大鏢客的人，絕不會超過十個，「神拳小諸葛」鄧定侯當然是其中之一。

這個人的面貌，目光炯炯，氣勢之從容，在王公巨卿中也很少看得見。

小馬冷笑道：「果然不錯，果然是小豬哥。」

鄧定侯微笑道：「但我卻看錯了你，你倒不是大草包，最多只不過是條小笨驢子而已。」

小馬的拳頭又握緊。

可是他這隻拳頭卻被丁喜拉住。

小馬道：「你真的怕打架？」

丁喜道：「真的，只可惜這場架看來已非打不可。」

小馬道：「那你爲什麼要拉住我？」

丁喜道：「因爲現在還沒有到開始打的時候。」

小馬道：「要等到什麼時候？」

丁喜道：「我們至少也得等西門大鏢頭先脫下戲服來再說。」

另一個花衣鏢客冷冷道：「想不到你居然也認出了我。」

丁喜看出他繡花袍裡一條凸起的地方，微笑道：「我倒沒有認出你，只不過認出了你身上這對乾坤筆而已。」

乾坤筆是用百煉精鋼打成的，此刻就斜插在西門勝繡花袍裡，緊身衣的腰帶上。

他的人也跟這對筆一樣，瘦削、修長、鋒利，已經過千錘百煉，煉成了精鋼。

開花五犬旗下的五大鏢局中，若論老謀深算，算無遺策，自然要推「遼東大俠」百里長青。

鄧定侯思路開明，魄力之大當稱第一，歸東景大智若愚，總是福星高照，是中原武林中的第一位福將，「玉豹」姜新剽悍勇猛，銳不可當。

但若論起武功，中原鏢局的第一高手，還得算是「乾坤筆」西門勝。

他的點穴、打穴、暗器和內家綿拳的功夫，在中原已不作第二人想。

近年來江湖中的確已少有人想跟他打架。

小馬卻很想。

只要他想打架，對方的武功是強是弱，他根本完全不在乎。

「你就是西門勝？」

西門勝點點頭。

小馬道：「現在是不是已到了開始打架的時候？」

西門勝冷笑。

小馬拍了拍手，道：「你說怎麼打？」

西門勝道：「打架只有一種打法。」

小馬道：「哪種？」

西門勝冷笑道：「打到對方躺下去，再也爬不起來時為止。」

小馬大笑，道：「好，這種打法正對了我的口味。」

丁喜忽然笑了笑，道：「這種打法卻不對你大哥的口味。」

西門勝道：「我找的不是你。」

丁喜道：「據我所知，打架的法子有兩種，一種是文打，一種是武打。」

西門勝道：「你想文打？」

丁喜微笑道：「像西門大鏢頭這種身分的人，總不能像兩條狗一樣咬來咬去吧。」

西門勝道：「文打怎麼打？」

丁喜道：「我說出來，你肯答應？」

西門勝冷笑道：「對付閣下這樣的人，無論怎麼打都是一樣。」

他當然很有把握。

近十年來，乾坤筆身經大小數百戰，從來也沒有敗過。

丁喜笑了，道：「好，既然如此，我們就這麼樣打。」

「打」字剛出口，他已一拳打在張金鼎的大肚子上。

張金鼎的肚子可沒有鐵鼎那麼硬，一拳就被打得彎下腰去，滿嘴都是苦水，眼淚、鼻涕甚至連小便都幾乎被打了出來。

西門勝怒道：「你怎麼能打他？」

丁喜笑道：「這就是我的打法，我們誰先把這位張老闆打得躺下去，再也爬不起來，誰就勝了，但卻只准用拳頭打。」

這個「打」字出口，他的拳頭已落在張金鼎腰眼上。

西門勝道：「哪有這種打法。」

丁喜道：「你說過，無論我要怎麼打，你都答應，你若不想敗，馬上跟我一樣打。」

這個「打」字出口，張金鼎肋骨上又挨了一拳。

丁喜的拳頭實在不輕，他的肋骨卻居然沒有被打斷。

無論誰想隔著一尺多厚的肥肉，打斷一個人的肋骨，都絕不是一件易事。

只不過肋骨雖然沒有斷，褲管卻已濕了，就算張金鼎真的是隻鐵鼎，也經不起這種打法。

西門勝是敗不得的。

他臉上毫無表情，拳頭已無影無蹤的伸出來，擊中了張金鼎的腰。

張金鼎立刻倒了下去，倒得真快。

這個人看來雖然比牛還蠢，其實卻比狐狸還精十倍。

西門勝看著他，道：「你還爬不爬得起來？」

張金鼎立刻搖頭。

西門勝抬起頭，向丁喜冷笑，道：「他已爬不起來，你就輸了。」

這簡直就像是兩個在唱雙簧一樣，一吹一唱，一搭一檔。

像丁喜這樣聰明的人，怎麼會上了這種當！

小馬的臉已因憤怒而脹紅，誰知丁喜卻反而大笑了起來。

西門勝道：「你還不認輸？」

丁喜道：「我認輸，我本來就準備認輸的。」

西門勝道：「輸了爲什麼還要笑？」

丁喜笑道：「因爲我白打了這烏龜三拳，氣已出了一半。」

他明明本來已準備認輸的，還是白打了張金鼎三拳。

原來上當的不是他，是張金鼎。

這次張老闆總算做了次虧本生意。

鄧定侯在旁邊看著，嘴角已不禁露出了微笑。

小馬卻跳起來，道：「你真的本來就準備認輸？」

丁喜道：「嗯。」

小馬道：「爲什麼？」

丁喜笑了笑，道：「西門勝戰無不勝，鄧定侯神拳無敵，就憑我們兄弟，能擊敗人家的機會實在不多。」

小馬道：「只要有一分機會，我們也得——」

丁喜打斷了他的話，道：「何況，就算我們能擊敗他們，我們自己也並沒有什麼好處，就算還沒有被打得頭破血流，也一定已精疲力竭，那裡還能對付外面的那些人？」

他又笑了笑，接著道：「所以到頭來我們還是非輸不可，既然非輸不可，為什麼不輸得漂亮些？」

小馬咬了咬牙，道：「你認輸，我可不認輸。」

一句話還沒有說完，他的拳頭已閃電般向西門勝打了過去。

他打的是西門勝的臉。

他討厭西門勝那張冷冰冰的臉。

可是他一拳剛擊出，西門勝面前就忽然多了一個人。

這個人的臉白白淨淨，斯斯文文，看起來一點也不討厭。

一拳擊出，要收回來並不容易。

小馬居然將一拳收住，大喝道：「閃開，我找的不是你。」

鄧定侯道：「現在已輪到我，你不找我也不行。」

他一拳擊出去，道：「我用的也是拳頭，我們正好拳頭對拳頭。」

三　餓虎崗

一

小馬雖然是丁喜的好兄弟、好朋友，脾氣卻不像丁喜。

他一向不肯多動腦筋去想，多用眼睛去看，多用耳朵去聽。

他一向只喜歡動拳頭，更喜歡跟別人拳頭對拳頭，硬碰硬。

拳頭比他硬的人並不多，只可惜他今天遇著的人是鄧定侯。

鄧定侯雖然被人稱爲神拳小諸葛，「神拳」兩個字既然還在小諸葛之上，可見他拳頭上的功夫一定很不錯。

事實上，他本來就是少林俗家子弟中武功拳法最好的一個。

少林神拳本就以威猛雄渾見長，若講究招式的變化，反而落了下乘。

所以他只要一拳擊出，通常都是實招，花拳繡腿的招式，少林子弟從來也不肯用出來的。

小馬也正好一樣。

他的拳快而猛，只求能打著人家，打到人家後，自己會怎樣，他根本連想也不去想。

兩個人一交上手，滿屋的桌子椅子，滿桌的大碗小碗，就全都遭了殃，只聽「喀喀、嘩啦、叮咚」之聲不絕於耳，椅子腳、桌子腿，破碟碎碗，在半空中飛來飛去，飛得一屋子都是。

比桌子椅子更遭殃的，還是張金鼎。

別人都可以躲，他卻已被打得連動都動不了，只剩下喘氣的份兒。

別人在打架，他挨著的比打架的人還多，椅子腳、桌子腿，破碗碎碟，沒頭沒腦的朝他打了下來，連氣都已喘不過來。

丁喜笑了，西門勝正皺眉。

以鄧定侯的身分與武功，本不該跟別人這麼樣打的，西門勝也從來沒有看見他這樣打過。

這實在已不像是武林高手相爭，簡直像是兩個小流氓在黑巷子裡爲了爭一個老婊子拚命。

突聽「砰」的一響，一聲大喝，兩條人影倏合又分，一個人撞在牆上，一個人凌空翻身，再輕飄飄的落下來。

撞在牆上的居然是鄧定侯。

從牆上滑下來，他就靠著牆，站在那裡，不停的喘息。

小馬卻站得很穩，正瞪大了眼睛，瞪著他。

這憤怒的年輕人，難道真擊敗了成名多年的神拳小諸葛？

鄧定侯喘著氣，忽然在笑，道：「好，好痛快，三十年來，我都沒有這麼樣痛痛快快的打過架了，今天才算打了個痛快。」

小馬又瞪了他半天，才一字字道：「好，老小子，算你有種。」

鄧定侯道：「你服了？」

小馬咬著牙，想說話，剛張開口，一口鮮血就噴了出來。

但他卻還是穩穩的站著，眼睛還是睜得大大的，絕不肯倒下。

鄧定侯嘆了口氣，道：「這小子挨了我兩拳，肋骨已斷了三根，居然還能站著，我倒也服了他。」

小馬咬緊了牙，深深吸口氣，道：「你用不著服我，我打不過你。」

鄧定侯道：「好，打不過別人雖然並不是什麼丟臉的事，能承認卻不容易。」

小馬道：「可是我總有一天要把你打得躺下爬不起來。」

鄧定侯道：「我等著。」

小馬道：「現在你想怎麼樣？」

鄧定侯道：「我要你跟我走。」

小馬道：「走就走。」

要走就走。

要砍腦袋也絕不皺一皺眉頭，何況走？

丁喜拍了拍小馬的肩，微笑道：「好兄弟，我們一起跟他走。」

鄧定侯道：「你也不問我要帶你們到哪裡去？」

丁喜笑了笑，道：「我們既然已答應跟你走，湯裡火裡一樣跟你去，問個什麼？」

二

這地方是家客棧，這家客棧果然已被五犬旗下的鏢客們包下。

一輛黑漆大車停在大門外，趕車的一直在那裡揚鞭待命。

他們早就算準丁喜和小馬這次是跑不了的。

丁喜和小馬也一點都沒有要跑的意思，大搖大擺的坐上了車，就像是鄧定侯特地來請去赴宴的客人。

西門勝一直沉著臉，鄧定侯卻一直盯著丁喜，直等到大家都坐下來，車已前行，才輕輕嘆了口氣，道：「好，有種。」

丁喜道：「你是在說我？」

鄧定侯點點頭，道：「我本來實在沒有想到，你居然有這樣的種。」

丁喜笑了笑，道：「其實我也許並不如你想像中那麼有種。」

鄧定侯道：「至少你勇於認輸。」

丁喜道：「我認輸，只因爲我已發現自己犯了個該死的錯誤。」

鄧定侯道：「哦！」

丁喜道：「我本該想到你一定會找到張金鼎這條線。」

鄧定侯道：「爲什麼？」

丁喜道：「因爲你知道我一定急著要將這批貨脫手，能吃下這批貨的人，只有張金鼎。」

小馬冷笑道：「那姓張的王八蛋又是個爲了五兩銀子就肯出賣自己親娘的雜種。」

鄧定侯居然同意：「他的確是個雜種。」

小馬瞪著他：「你呢？」

鄧定侯微笑道：「至少我還敢跟你用拳頭拚拳頭。」

小馬也只有同意：「這一點你的確比別的雜種強得多。」

鄧定侯道：「在你眼睛裡，保鏢的人只怕沒有一個不是雜種。」

小馬道：「尤其是你們五個。」

鄧定侯道：「那麼你很快就要見到另一個了。」

小馬道：「誰？」

鄧定侯道：「福星高照歸東景。」

三

歸東景的年紀不像別人想像中那樣老，最多不過三十五六。

第一眼看過去，你一定會先看見他的嘴。

他的嘴長得並不特別，可是表情卻很多，有時歪著，有時呶著，有時抿著，有時還會做出很多讓你想不到的樣子。

那些樣子雖然並不十分可愛，也不討厭，我可以保證，你絕未見過任何男人的嘴，會有他那麼多表情。

這是他第一點奇怪之處。

他的臉看來幾乎是方的，鬍子又粗又密，卻總是刮得很乾淨。

江湖中留鬍子的人遠比刮鬍子的多幾百倍，所以這也可以算是他第二點奇怪之處。

他這人看來也是方的，方方扁扁的身子，方方扁扁的手腳，全身上下除了肚臍之外，很可能沒有一個地方是圓的。

這是他第三點奇怪之處。

他不但是中原鏢局的大豪，也是兩河織布業的鉅子，家財萬貫，可算是他們這些兄弟中的第一豪富，但是他看來卻一點也不像，反而像是從來不用大腦的小工。

其實他的腦筋動得絕不比任何人慢，能夠讓別人去做的事，他絕不肯自己去做，能夠答應別人的事，他絕不會拒絕。

若遇見不能答應的事，他說「不行」這兩個字，說得比誰都快。

他說得比誰都堅決，絕不給別人一點轉圜的餘地，就算來求他的人是他兄弟，也絕沒有例外。

雖然他有這麼奇怪的地方，可是無論誰看見他，都會認爲他是個誠懇的人，而且很夠義氣。

這種人豈非正是一個成功者的典型。

所以他也像其他那些成功者一樣，也有他的弱點——女人。

這裡沒有女人。

振威鏢局裡裡外外，絕沒有一個女人。

這一點是歸東景一向堅持的。

女人是他的弱點，是他的嗜好，是他的娛樂，絕不是他的事業。

男人做事時，絕不能牽涉到女人——這就是他一向堅守的原則。

丁喜第一眼看到他，就知道這個人遠比任何人想像中都難對付。

也許歸東景對這年輕人的看法也一樣，所以他一直在盯著丁喜。

丁喜笑了笑，道：「你好。」

歸東景也笑了笑，道：「你就是那討人喜歡的丁喜，對嗎？」

丁喜道：「我就是。」

歸東景道：「看來你果然很討人喜歡。」

小馬忽然道：「你就是老歸？」

歸東景道：「我姓歸。」

小馬道：「你明明是個老烏龜，為什麼偏偏要把自己當做狗？」

歸東景沒有生氣，反而笑了，大笑道：「說得好，有賞。」

鄧定侯微笑道：「你準備賞他什麼？」

歸東景道：「酒。」

是好酒，也是烈酒。

好酒豈非通常都是烈酒。

歸東景是好酒量，西門勝的酒量也不差，鄧定侯當然更強。

三個人居然都陪著丁喜和小馬喝酒，居然真的像是特地請他們來赴宴的。

喝完了第六杯，丁喜忽然放下了杯子，道：「你們當然知道兩次劫鏢都是我。」

鄧定侯微微笑道：「我們都知道討人喜歡的丁喜，又叫做聰明的丁喜。」

丁喜道：「你們當然也知道我專門要對付開花五犬旗。」

鄧定侯道：「嗯。」

丁喜看了看他們三個人，道：「你們有毛病沒有？」

鄧定侯道：「沒有。」

丁喜道：「有沒有瘋？」

鄧定侯道：「也沒有。」

丁喜道：「你們既沒有毛病，又沒有瘋，我劫了你們兩次鏢，你們為什麼反而請我飲酒？」

歸東景還在盯著他，忽然道：「你有沒有上過別人的當？」

丁喜道：「無論誰都難免要上別人當的，我也是人。」

歸東景道：「你是在什麼時候上的當？」

丁喜道：「在我十二歲的時候。」

歸東景道：「你今年貴庚？」

丁喜道：「二十二。」

歸東景道：「這十年來你都沒有上過別人的當？」

丁喜道：「沒有。」

歸東景盯著他，不說話了。

丁喜笑道：「我上了別人一次當，已經覺得足夠。」

歸東景又盯著他看了半天，忽又大笑，道：「既然如此，我們最好也不必想要你上當了。」

丁喜道：「最好不必。」

歸東景道：「所以我們最好還是說老實話。」

丁喜道：「不錯。」

歸東景道：「那麼我告訴你，我們請你喝酒，只因爲我們想灌醉你。」

丁喜道：「爲什麼？」

歸東景道：「因爲我們想要你說出一件事。」

丁喜道：「什麼事？」

歸東景道：「這次我們走鏢的日程路線，藏鏢的地方都是秘密，甚至連我們保的這趟鏢，也是件秘密。」

丁喜道：「我明白的。」

歸東景道：「這秘密你本來絕不該知道的，但你卻知道了。」

丁喜微笑。

歸東景道：「是誰把這秘密告訴你的？」

丁喜道：「你們要我說出的，就是這件事？」

歸東景道：「也只有這件事。」

丁喜道：「你們以爲我被灌醉了之後，就會說出來？」

歸東景道：「酒後吐真言，喝醉了的人，總比較難守秘密。」

丁喜道：「可是這次你們錯了。」

歸東景道：「哦？」

丁喜道：「我喝醉了之後，只會做一件事。」

歸東景道：「什麼事？」

丁喜道：「睡覺。」

歸東景又笑了，道：「這毛病倒跟我差不多。」

丁喜道：「只有一點不同。」

歸東景道：「哪一點？」

丁喜道：「你要找女人睡覺，我卻是一個人睡，而且一睡就像死豬，敲鑼打鼓都吵不醒。」

歸東景道：「所以你一醉之後，非但不會說真話，連假話都不會說了。」

丁喜道：「一點也不錯。」

歸東景道：「我們有沒有法子要你說真話？」

丁喜道：「有。」

歸東景道：「什麼法子？」

丁喜道：「這法子已經用出來了。」

歸東景道：「哦？」

丁喜道：「別人跟我說實話，我一定也會對他說實話。」

他微微笑著，拍了拍歸東景的肩，道：「你剛才已經跟我說了老實話，你一定早就明白，要人對你誠實，只有先以誠待人，我以前一直想不通，你的運氣爲什麼總是那麼好，總是福星高照，現在我才知道，你的運氣是怎麼來的。」

運氣當然絕不是從天上掉下來的。

歸東景大笑，道：「我是個粗人，我不懂你這些道理，可是我總算懂了一件事。」

丁喜道：「你知道我已準備說實話。」

歸東景點點頭，道：「所以我已在準備聽。」

丁喜道：「將秘密洩露給我的，是個死人。」

歸東景道：「死人？」

振威鏢局的大廳裡，忽然變得沒有聲音了，歸東景、鄧定侯、西門勝，三個人全都板著臉。

他們瞪著眼，盯著丁喜。

只有丁喜一個人還在笑，笑得還是那麼討人喜歡。

他忽然發現歸東景不笑的時候，樣子變得很可怕、很難看，就像忽然變了一個人。

丁喜道：「我說的是老實話。」

歸東景冷笑。

丁喜道：「那個人本來當然沒有死，但現在卻的的確確已是個死人。」

鄧定侯搶著問道：「是誰殺了他？」

丁喜道：「我。」

鄧定侯道：「他把我們的秘密洩露給你，你反而殺了他？」

丁喜道：「我非殺了他不可。」

鄧定侯道：「爲什麼？」

丁喜道：「因爲這也是我們以前談好的條件之一。」

鄧定侯道：「什麼條件？」

丁喜道：「三個月前，有人送了封信來，說他可以將你們的秘密洩露給我，條件是我劫鏢之後，要分給他三成，我若肯接受他的條件，就得先將送信來的這個人殺了滅口。」

鄧定侯道：「你接受了他的條件？」

丁喜點點頭，道：「所以過了不久，就又有人送了第二封信來。」

鄧定侯道：「信上是不是告訴你，我們從開封運到京城那趟鏢的秘密？」

丁喜道：「不錯。」

鄧定侯道：「所以你就設計去劫下了那趟鏢？」

丁喜道：「我當然還得先把送信來的那個人殺了滅口。」

鄧定侯道：「你劫下的那批貨，是不是分了三成給那個寫信來的人？」

丁喜道：「我雖然有點不甘願，可是為了第二次生意，只好照辦。」

鄧定侯道：「你是怎麼送給他的？」

丁喜道：「我劫下了那趟鏢之後，他又叫人送了封信來，要將他應得的那一份，送到他指定的地方去，送走之後，立刻就得走，假如我敢在那裡窺伺跟蹤，就沒有第二次生意了。」

鄧定侯道：「所以你不得不聽他的話。」

丁喜道：「嗯。」

鄧定侯道：「所以你直到現在為止，沒有見過他的真面目？」

丁喜道：「我甚至連他是男是女，是老是少都不知道。」

歸東景道：「到現在爲止，他是不是已送了六封信給你？」

丁喜笑道：「你果然會算帳。」

歸東景道：「六個送信給你的人，全部已被你殺了滅口？」

丁喜道：「我雖然沒有自己殺他們，但他們卻是因我而死。」

歸東景看了小馬，小馬冷笑道：「你用不著看我，那些人還不値得我出手。」

鄧定侯目光閃動，道：「看來寫信給你們的那個人，非但對我們的行動瞭如指掌，對我們的行蹤，也知道得很清楚。」

丁喜問道：「我們一向東遊西盪，居無定處，可是無論我們走到哪裡，他的信都從來也沒有送錯過地方。」

鄧定侯皺起了眉，他實在猜不出這個神秘的人物是誰？

歸東景和西門勝當然也猜不出。

丁喜笑道：「我們知道的，就只有這麼多了，所以你們請我喝這麼多的酒，實在是浪費……」

鄧定侯忽然打斷了他的話，道：「你至少還知道一件我們不知道的事。」

丁喜道：「哦？」

鄧定侯道：「你當然一定知道，那六個死人現在在哪裡？」

丁喜承認。

鄧定侯道：「還有那六封信。」

丁喜道：「信也就與死人在一起。」

鄧定侯道：「在哪裡？」

丁喜道：「難道你還是想去看看他們？」

鄧定侯笑了笑，道：「老江湖都知道，死人有時也會洩露出一些活人不知道的秘密。」

丁喜道：「你想要我帶你去？」

鄧定侯目光炯炯，迫視著他，道：「難道你不肯？」

丁喜笑了，道：「誰說我不肯，只不過……」

鄧定侯道：「不過怎樣？」

丁喜微笑道：「我只怕我縱然肯帶你們到那裡去，你們也未必有膽子去。」

鄧定侯也在微笑，道：「那地方，難道是龍潭虎穴不成？」

丁喜淡淡笑道：「雖不是龍潭卻是虎穴。」

鄧定侯微笑道：「那裡真的有虎？」

丁喜笑道：「不但有虎，而且是餓虎。」

鄧定侯失聲笑道：「餓虎崗？」

丁喜大笑道：「不錯，就是餓虎崗。」

屋子裡忽然又靜了下來，因爲每個人都知道，那餓虎崗是多麼危險、多麼可怕的地方。

據說大江以北，黃河兩岸，黑道上所有可怕的人物，幾乎已全部聚集在餓虎崗。

因爲他們也正在計劃組織一個聯盟，以對付開花五犬旗。

開花五犬旗下的人，若是到了那裡，豈非正像是肥豬拱門，飛蛾撲火。

西門勝的臉上雖然還是全無表情，但瞳孔已在收縮。

歸東景已站起來，背負著雙手，不斷地繞著桌子走來走去。

鄧定侯拿起杯酒，準備乾杯，才發現杯子是空的。

丁喜看著他們，悠然道：「只要三位真的敢去，我隨時可以帶路。」

歸東景忽然笑了笑，道：「我們並不是不敢去，只是不必去。」

丁喜道：「不必去？」

歸東景道：「對死人我一向沒有這麼大的興趣，無論是男死人、女死人都是一樣。」

西門勝道：「我——」

歸東景走過去拍了拍他的肩，道：「你非但不必去，也不能去。」

西門勝道：「爲什麼？」

歸東景道：「因爲我們這裡剛接下一批重鏢，明天就得啓程。」

他緊拍著西門勝的肩，笑道：「我這鏢局全靠你，你走了，我怎麼辦？」

鄧定侯霍然飛身而起，道：「我可以走，我去。」

江湖豪傑們押解犯人時，從來不會用腳鐐和手銬。

因爲他們有種更好的工具——

點穴。

點穴的手法有輕重，部位有輕重，重的可以致人於死，輕的也可以叫人失去行動自由。

無論是輕是重，一個人若是被人點中了穴道，那滋味總是很不好受的。

小馬現在的滋味就很不好受。

他想罵人，卻張不了口，他想揮掌，卻動不了手，他整個人都像是被一條看不見的繩子，綁得緊緊的，連血脈都被綁住。

他整個人都已將爆炸。

鄧定侯看著他，微笑道：「這是不是你第一次被人點住穴道？」

小馬咬著牙，只恨不得咬他一口。

——這烏龜明明知道我說不出話，問個什麼鳥？

鄧定侯又笑道：「我看你一定是的，因爲你現在看起來很難受，而且很生氣，等你以後習慣了，就會覺得舒服多了。」

小馬簡直恨不得一口把他的鼻子咬下來。

無論什麼事都不妨養成習慣，但是這種事一次就已嫌太多了。

鄧定侯道：「點住你們穴道的人是西門勝，你們也總該知道，他的點穴和打穴手法，可算是中原第一，別人根本解不開。」

他忽然又笑了笑，道：「幸好我不是別人，恰巧是少林門下。」

佛門子弟本應以慈悲爲懷，講究普渡眾生，救苦救難。

所以少林門下點穴的手法雖不高明，可是對各門各派的解穴手法卻都很熟悉。

少林本就是天下武術之宗。

鄧定侯又笑道：「你們一定不相信我會替你們解開穴道，因爲我實在不是你們兩個人的對手，你們的手腳一鬆，很可能我就要遭殃了。」

小馬的確不信，一千一萬個不信。

可是就在他又想咬這烏龜一口時，鄧定侯居然真的把他們穴道解開了。

丁喜還是沒有動，只是靜靜的看著他。

小馬也沒有動，別人剛爲他解開穴道，他當然總不能立刻就動拳頭。

但他卻忍不住問道：「你這是幹什麼？」

鄧定侯淡淡道：「我也沒幹什麼，只不過一個人閒著無聊，想找你們聊聊而已。」

小馬瞪著眼道：「你不是想我們把你的骨頭拍散？」

鄧定侯笑道：「你們是這種人？」

小馬說不出話了。

他們的確不是這種人。

鄧定侯道：「你們是強盜，也許會殺人，也許會搶劫，但我卻知道你們一定不會做這種食言違信，忘恩負義的事。」

他微笑著，看著丁喜，道：「我也知道，你既然答應過我，要帶我去找那六個死人和六封信，你就一定會帶我找到。」

小馬瞪著他，忽然嘆了口氣，喃喃道：「看來這老小子對人的確有兩套。」

丁喜微笑道：「看來好像還不止兩套。」

鄧定侯大笑。

現在他們是在歸東景自備的馬車上。

歸東景吃得不講究，穿得不講究，除了女人外，最講究的就是馬車。

他用的馬車，永遠是最舒服、最豪華、設備最齊全的。

鄧定侯大笑著，打開了車座下的暗門，拿出了一罈酒。

這罈酒當然是好酒。

鄧定侯拍開了封泥，就有一股強烈的酒香撲鼻而來。小馬立刻道：「這是瀘州的大麯。」

他雖然不喜歡用眼睛看，用耳朵聽，鼻子卻很靈，尤其是對於酒。

鄧定侯道：「旅程寂寞，酒可忘憂，我們飲兩杯如何？」

小馬道：「好。」

丁喜道：「不好。」

鄧定侯道：「爲什麼？」

丁喜道：「我喝酒不但人要對，酒對，還得要地方對。」

鄧定侯道：「附近有什麼地方對你的口味？」

丁喜道：「杏花村。」

三

清明時節雨紛紛，
路上行人欲斷魂。
借問酒家何處有？
牧童遙指杏花村。

這首家傳戶誦的詩，幾乎每個地方都有人在曼聲低吟這首詩。

所以每個地方也幾乎都有杏花村。

這地方的杏花村是在遠山前的近山腳下，是在還未被秋色染紅的楓林內，是在左近全無人家的小橋流水邊。

沒有杏花，甚至連一朵花都看不見。

可是這酒家的確就叫做杏花村。

杏花村是個小小的酒家，外面有小小的欄杆，小小的庭院，裡面是小小的門戶，小小的廳堂，當爐賣酒的，是個眼睛小小，鼻子小小，嘴巴小小的女人。

只可惜這女人年紀並不小，無論誰都看得出，她最少已有六十歲。

六十歲的女人你到處都可以看得見。

可是六十歲的女人身上還穿著紅花裙，臉上還抹著紅胭脂，指甲上還塗著紅紅的鳳仙花汁，你就很少有機會能看得見了。

丁喜剛穿過庭院，她就從裡面奔出來，像一隻依人「老」小鳥一樣，投入了丁喜的懷抱。

鄧定侯看得呆住了，直到丁喜替他介紹：「這就是這裡的老闆娘紅杏花。」

鄧定侯才勉強笑了笑，打了個招呼。

他忽然發現這「聰明的丁喜」在選擇女人這方面，實在一點也不聰明。

丁喜道：「你聽說過紅杏花這名字沒有？」

鄧定侯道：「沒有。」

他不是不會說謊，也不是不會在女人面前說謊，他不肯說謊，只不過因爲這女人實在太老。

丁喜笑道：「你沒有聽說過這名字，也許只有兩個原因。」

鄧定侯道：「哦？」

丁喜道：「若不是因爲你太老實，就是因爲你太年輕。」

鄧定侯道：「我……我並不太老實。」

他又說了實話。

因爲在這女人面前，他忽然覺得自己實在還很年輕。

近二十年來，這還是他第一次有這種感覺。

丁喜道：「你若早生幾年，你就會知道保定城附近八百里之內鋒頭最健的女人是誰了。」

鄧定侯只有苦笑。

他實在不敢相信面前這老太婆，以前也曾經是個顛倒眾生的名女人。

這位「名女人」居然還在朝他拋媚眼，居然還像個小姑娘般咯咯的笑。

鄧定侯忍不住問道：「這位紅杏花姑娘，是你的老朋友？」

丁喜道：「不能算老朋友。」

鄧定侯道：「是你的老相好？」

丁喜道：「更不能算是老相好。」

鄧定侯道：「那麼她究竟是你什麼人？」

丁喜道：「她是我的祖母。」

鄧定侯怔住。

他若騎在馬上，一定會一個跟斗從馬上栽下去，他若正在喝酒，這口酒一定立刻嗆進他的喉嚨裡。

現在他雖然並沒有喝酒，也不是騎在馬上，可是他臉上的表情，卻好像已跌了七八十個跟斗，喉嚨裡還嗆進了七八十斤酒。

「紅杏花」用一雙手捧著肚子，已笑得直不起腰。

她咯咯地笑著，指著鄧定侯，道：「這個人是什麼人？」

丁喜道：「他叫做神拳小諸葛。」

紅杏花道：「就是五犬開花裡面的一個？」

丁喜道：「嗯。」

紅杏花忽然不笑了，反手一個耳光摑在丁喜臉上，摑得真重。

丁喜卻還在笑。

紅杏花又是一個耳光摑了過去，大聲道：「你幾時肯認這種人做朋友的？」

丁喜道：「我從來也沒有。」

紅杏花道：「他不是你的朋友？」

丁喜道：「我也不是他的朋友。」

紅杏花道：「你是他的什麼人？」

丁喜道：「犯人。」

紅杏花上上下下看了他幾眼，道：「你也有被人抓住的時候？」

丁喜嘆了口氣，苦笑道：「人有失手，馬有失蹄。」

紅杏花「哼」了一聲，忽然一拳打在他肚子上，怒罵道：「你這小王八蛋真沒出息。」

丁喜只有笑。

紅杏花道：「你既然已做了他的犯人，還到這裡來幹什麼？」

丁喜道：「來喝酒。」

紅杏花道：「滾！」

紅杏花道：「我叫你滾，只因爲你是我孫子。」

丁喜道：「我們是來照顧你生意的，就算你是我祖母，也不能叫我滾。」

丁喜道：「爲什麼？」

紅杏花用眼色往裡面一瞟，道：「我叫你滾，你最好就趕快滾。」

丁喜眼珠子轉了轉，道：「難道裡面有個人是我見不得的？」

紅杏花道：「不是人。」

丁喜道：「不是人？」

紅杏花道：「裡面連一個人都沒有。」

丁喜道：「裡面有什麼？」

紅杏花道：「有一桿槍。」

丁喜道：「槍？一桿什麼槍？」

紅杏花道：「霸王槍。」

四

霸王！

力拔山河兮氣蓋世。

槍！

百兵之祖是爲槍。

槍也有很多種，有紅纓槍、有鈎鎌槍、有長槍、有短槍、有雙槍、還有練子槍。

這桿槍是霸王槍。

霸王槍長一丈三尺七寸三分，重七十三斤七兩三錢。

霸王槍的槍尖是純鋼，槍桿也是純鋼。

霸王槍的槍尖若是刺在人身上，固然必死無疑，就算槍桿打在人身上，也得嘔血五斗。

江湖中甚至很少有人能親眼見到這霸王槍。

可是江湖中每個人都知道，世上最霸道的七種兵器中，就有一種是霸王槍。

普天之下，獨一無二的霸王槍。

現在，這桿霸王槍就擺在丁喜面前的桌子上，杏花村雖然又叫做不醉無歸小酒家，地方卻並不小，靠牆的三張桌子已併了起來，上面鋪著紅氈，墊著錦墩，還綴著有鮮花。

這桿一丈三尺七寸三分長的大鐵槍，正擺在上面，就像是人們供奉的神祇。

它的槍尖雖銳利，線條卻是纖秀柔和的，經常被擦拭的槍桿，閃耀著緞子般的光澤，顯得既尊貴，又美麗，又像是個美麗而驕傲的女神，正躺在那裡等著接受人們的膜拜。

丁喜走過去，摸了摸柔軟的紅氈和錦墩，嗅了嗅新摘下的花香，輕輕嘆了口氣，喃喃道：「看來這桿槍日子過得簡直比人還舒服。」

紅杏花瞪著他，冷冷道：「因為它的確比大多數人都有用。」

丁喜瞪了瞪眼，笑道：「你的意思是說，它也比我有用？」

紅杏花道：「哼。」

丁喜道：「它會不會替你搥背，會不會替你端茶倒酒？」

紅杏花雖然還想板著臉，卻還是忍不住笑了。

她笑的時候，一雙遠山般迷濛的眼睛，忽然變得令人無法想像的明亮和年輕。

在這瞬間，連鄧定侯都幾乎忘記了她是個六七十歲的女人。

丁喜拍了拍光滑的槍桿，道：「無論你日子過得多麼舒服，我也不羨慕你。」

他走回來自己替自己倒了杯酒，一口喝了下去，微笑著道：「你至少沒法子自己站起來為自己倒杯酒喝。」

紅杏花忽又嘆了口氣，道：「所以它也不會為了一杯酒，就做出比豬還蠢的事。」

丁喜道：「我做了比豬還蠢的事？」

紅杏花道：「我警告過你，叫你不要進來的。」

丁喜道：「現在我已經進來了，好像也沒有出什麼事。」

紅杏花又嘆了口氣，道：「現在雖然還沒有什麼事，可是我保證你以後一定會後悔。」

丁喜道：「爲什麼？」

紅杏花也倒了杯酒喝下去，她喝酒的速度居然不比丁喜慢。

一口氣喝了三杯酒之後，她忽然問道：「你知不知道這桿槍的主人是誰？」

丁喜道：「我聽說過。」

紅杏花道：「你說給我聽聽。」

丁喜道：「霸王槍的主人姓王，也就是大王鏢局的主人，『一槍擎天』王萬武，據說這個人不但脾氣剛烈，而且是薑桂之性，老而彌辣，這次聯營鏢局成立，他說不加入，就是不加入，甚至不惜跟他的老朋友百里長青翻臉。」

鄧定侯忽然也嘆了口氣，在旁邊接著道：「他甚至還拍著桌子，叫百里長青滾出去。」

丁喜笑道：「王老頭子脾氣之壞，早就天下聞名，可是這件事他倒沒做錯。」

紅杏花道：「但你卻錯了。」

丁喜道：「我錯了？什麼地方錯了？」

紅杏花道：「你說錯了。」

丁喜道：「難道這桿槍不是王萬武的？」

紅杏花道：「以前是的。」

丁喜道：「現在呢？」

紅杏花又倒了杯酒，好像想用酒塞住自己的嘴。

難道她心裡還藏著些不可告人的秘密？

——每個人都有權保留自己的秘密，只要這秘密不危害公益，誰也沒有權逼他說出來。

丁喜還很小的時候，紅杏花就常常告訴他這道理。

現在他當然不敢再問。

鄧定侯卻忍不住問道：「這桿槍怎麼會在這裡的？」

紅杏花朝他翻了個白眼，才冷冷道：「因爲它的主人馬上就要來了。」

鄧定侯道：「到這裡來？來幹什麼？」

紅杏花道：「你是來幹什麼的？」

鄧定侯道：「我是來喝酒的。」

紅杏花冷笑道：「你能到這裡來喝酒，別人爲什麼不能來？」

鄧定侯看著她，忽然笑了。

他忽然覺得這老太婆的脾氣，和那王老頭子倒是天生的一對。

他也看得出，這老太婆不願說的話，只怕天王老子也休想叫她說出來。

所以他只有坐下來喝酒。

他們坐下來的時候，才發現小馬爲什麼會一直都沒有說話。

小馬的嘴正忙著在喝酒。

剛開封的一罈酒已經快被他喝光了，他的眼睛已經有點發直。

鄧定侯忍不住悄悄道：「你能不能勸他少喝點，別喝醉了？」

丁喜道：「不能。」

鄧定侯道：「你喜歡讓他喝醉？」

丁喜道：「不喜歡。」

鄧定侯道：「可是你也不勸他？」

丁喜道：「他清醒的時候，我不許他喝酒，他絕不會喝，可是現在……」

他看了看小馬的眼睛，苦笑道：「現在只怕連天王老子都勸不住他了。」

鄧定侯嘆了口氣，也只有苦笑。

他實在不懂，爲什麼這些人全都是這種連天王老子都無可奈何的脾氣。

現在第一罈酒也快被他們喝光了。

紅杏花一直手插著腰，在旁邊盯著他們，忽然道：「你們槍也看過了，酒也喝夠了，現在你們總該走了吧。」

丁喜道：「你真要趕我走？」

紅杏花冷冷道：「難道你真想看著小馬在這裡醉得滿地亂爬？」

丁喜還沒有開口，鄧定侯已站起來，笑道：「我們應該走了，再喝下去，很可能連我都會醉得滿地亂爬。」

他剛想去拉小馬，外面忽然間走入了十七八個人，看他們的裝束打扮，就知道他們不但全是在江湖中混的，而且混得不錯。

這些人一進了門，就搶著問道：「決鬥開始了沒有？」

紅杏花又翻了翻白眼，道：「什麼決鬥？」

一個錦衣佩刀大漢道：「金槍銀梭徐三爺，今天要在這裡決鬥霸王槍，你難道不知道？」

紅杏花狠狠瞪了他一眼，還沒有開口，別的人已搶著。

「這桿槍一定就是霸王槍。」

「槍既然還在這裡，我們就一定沒有來遲。」

「聽說這裡的酒還不錯，我們先喝它幾杯，等著好戲開鑼。」

「不管怎麼樣，這次決鬥我們都絕不能錯過，就算要我等三天三夜，我也一樣會等的。」

鄧定侯看了看丁喜，丁喜看了看鄧定侯，兩個人全都坐了下去。

紅杏花走過來，瞪著他們，忽然嘆了口氣，道：「看樣子你們現在是不會走的了。」

丁喜笑道：「現在你就是用掃把來趕我們，也趕不走。」

鄧定侯笑道：「用鞭子抽也抽不走。」

紅杏花看看他，又看看丁喜，忽然又笑了，道：「老實說，我若是你們，用刀砍都砍不走。」

她自己也坐下來，跟他們坐在一起，喃喃道：「但我卻還是不懂，那邊的那些小兔崽子是怎麼會知道這件事的。」

剛才進來的那些人，現在已開始在喝酒。

若有十七八個江湖人已開始在一起喝酒，旁邊就算天塌了下來，他們也不會注意。

丁喜看了他們一眼，道：「我看他們一定是金槍徐找來的。」

紅杏花道：「哦？」

丁喜道：「有膽子找霸王槍決鬥，不管勝負，都已經是很了不起的事，金槍徐當然要找些朋友在旁邊看著，日後也好替他在外面宣揚宣揚。」

鄧定侯道：「所以我正在奇怪。」

丁喜道：「奇怪什麼？」

鄧定侯道：「我想不通金槍徐是怎麼會有膽子找霸王槍決鬥的？」

丁喜道：「也許他膽子本來就很大，也許他這幾年忽然得了本武功秘笈，練成了種獨門槍法。」

鄧定侯笑道：「我看你一定是看傳奇故事看得太多了，這世上哪裡來的那許多武功秘笈？我怎麼從來也沒聽說有人找到過。」

丁喜笑道：「其實我也沒有聽說過。」

兩個人同時大笑，又同時停住，兩個人的眼睛都在瞪著門外，瞪得很大。

門外正有兩頂轎子停下來。

轎子很新，裝飾得很華麗。

可是無論多華麗的轎子，都不會很好看，他們看的是兩個人。

兩個人剛從轎子裡走下來——當然是女人，很好看的女人。

五

桌上有一壺茶，一壺酒。

轎子裡的女人現在已坐下來，一個在喝茶，一個在喝酒。

喝茶的是個很文靜的女孩子，很美，很害羞，只要有男人多看她兩眼，她就會臉紅。

有些女人就像是精美的瓷器一樣，只能遠遠的欣賞，輕輕的捧著，只要有一點粗心大意，她就會碎了。

這女孩就正是屬於這一類的。

喝酒的女孩子看來也很文靜，也很美，甚至可以說比她的同伴更美。

只不過她的美是另一種美。

若說她的同伴美如新月，那麼她的美就像是陽光，美得令人全身發熱，美得令人心跳。

她們穿的都是一身雪白的衣服，既沒有打扮，也沒有首飾。

喝酒的女孩子臉色好像有點蒼白，喝茶的女孩子卻一直在紅著臉。

因爲屋子裡所有男人的眼睛，都在瞪著她們，丁喜也不例外。

鄧定侯嘆了口氣，喃喃道：「難怪有很多女人都認爲，天下男人的眼睛都該挖出來。」

丁喜笑道：「其實說這話的女人，心裡一定最喜歡男人看她。」

鄧定侯道：「看來你好像很了解女人？」

丁喜道：「自己覺得自己很了解女人的男人，若不是瘋子，就一定是笨蛋。」

鄧定侯道：「你既不是瘋子，也不是笨蛋。」

丁喜道：「我不是。」

鄧定侯又看了看那兩個女孩子，忽然笑了。

丁喜道：「你笑什麼？」

鄧定侯道：「我在笑她們。」

他微笑著悄悄道：「這兩個女孩子一個喝起茶來像喝酒，一個喝起酒來卻像喝茶。」

丁喜大笑。

他們說話的聲音本來很低，笑的聲音卻很大。

喝茶的女孩子頭垂得更低，喝酒的女孩子卻抬起頭，狠狠瞪了他們一眼。

沒有人能形容她的眼睛。

丁喜被這雙眼睛瞪著的時候，竟也忽然覺得全身發熱，心跳加快。

他今年已二十二，見過的女人已不少，可是他從來也未曾有過這種感覺。

他趕快喝酒。

小馬卻反而不喝酒了。

別人看的是兩個女孩子，他的眼睛卻始終盯在其中一個人臉上。

喝茶的女孩子臉紅的原因，很可能也不是因爲別人，而是因爲他。

男人都喜歡看女人，卻很少有人會像他這樣看法的。

他已不僅是用眼睛在看，他看著這女孩子時，就好像在看著他童年夢境中的女神，又好像在看著他相思已久的情人。

一個女孩子被一個英俊的年輕人這麼樣看著，心裡會有什麼感覺？

那高大的錦衣佩刀客忽然笑嘻嘻的走過來，擋在他和這女孩子之間。

小馬抬起頭，瞪著他。

他也笑嘻嘻的看著小馬，眼睛裡也有了酒意，忽然道：「你不認得我？」

小馬搖搖頭。

這人道：「我姓郭，叫郭通。」

小馬道：「我不認得郭通。」

郭通道：「我也不認得你。」

小馬道：「你來幹什麼？」

郭通道：「來看你。」

小馬道：「看我？」

郭通笑道：「因爲我從來也沒有看過，像你這樣盯著女人的男人，我特地來看看你，是不是得了花癡。」

他的同伴們全都笑了，大笑。

丁喜卻在嘆氣——這個人當然是來找麻煩的，可是他一定想不到，他找上的這麻煩有多大。

所以他還在笑，笑得很得意。

一個男人若能在漂亮的女人面前，侮辱另一個男人，總會覺得自己很了不起，總會認爲那女人也會覺得他很了不起，甚至會看上他。

也許就因爲這原因，所以女人們才會覺得大多數男人都很愚蠢可笑。

郭通還在笑，還沒有笑夠，他的臉已開了花，人也飛了出去。

飛出去三四丈，越過了那兩個女孩子，「砰」的一聲，跌在他自己桌子上，桌上的一碗紅燒獅子頭正好壓在他屁股下，被他壓得稀爛粉碎。

他自己的臉卻已跟這碗紅燒獅子頭差不多。

沒有人看見他是怎麼樣飛起來的，也沒有人看見小馬出手。

小馬還是癡癡的坐在那裡，癡癡的看著那喝茶的女孩子。

郭通的同伴們怔了半天，才跳起來，有的捲袖子，有的拔刀。

「這小子敢打人，咱們先去把他一雙招子廢了再說。」

十六七個人大叫大罵，摔杯子、踢椅子，已準備衝過去。

沒有人阻攔他們。

小馬好像根本不知道這世上還有別的人，紅杏花也不見了。

自從這兩個女孩子一進門，她就已人影不見。

丁喜嘆了口氣，道：「你想不想打架？」

鄧定侯道：「不想。」

丁喜道：「我也不想。」

鄧定侯道：「只可惜看樣子我們已非打不可。」

「呼」的一聲響，那些人還沒有衝過來，已有三四個碗飛了過來。

丁喜還沒有出手，突聽「叮，叮，叮」三聲響，三隻碗在半空中就已被打得粉碎。

破碗的碎片和三樣打破碗的暗器一起落在地上，赫然竟是三枚發亮的銀梭。

「金槍銀梭徐三爺來了。」

一個瘦削長臉，高顴鷹鼻，穿著很考究，氣派很大的中年人，背負著雙手，施施然走進來，顧盼之間，凜凜有威。

兩個勁裝急服的彪形大漢，扛著個很長很長的布袋，站在他身後。

布袋的份量很沉重，裡面裝的，顯然就是他的金槍。

本來已準備打一場混戰的江湖人，看見了他，居然全都安靜了些。

金槍徐成名多年，稱霸一方，憑掌中一桿金槍，囊中一袋銀梭，也曾會過不少高人，一向很少遇見敵手。

在這些江湖豪傑心目中，他一向是個很受尊敬的人物。

「徐三爺一來，這件事就好辦了。」

金槍徐沉著臉，冷冷道：「這件事是什麼事？你們是來看我打架？還是來打架給我看的？」

一個精壯的小伙子大聲道：「我們並不想打架，可是我們也不能看著郭老大被人欺負。」

這少年叫曹虎，是郭通拜把子的老么，郭通挨了揍，最火的就是他。

金槍徐道：「你是不是想替你們的老大出氣？」

曹虎握緊拳頭，道：「這氣非出不可。」

金槍徐道：「那麼你最好先去找坐在那裡那個穿寶藍色衣服的人。」

曹虎道：「動手的並不是他，咱們爲什麼要先找他？」

金槍徐淡淡道：「因爲你們既然想找死，就不如索性快點死，你們找上了他，我保證你們一定可以死得很快。」

曹虎動容道：「他是什麼人？」

金槍徐冷笑道：「他也不是什麼了不起的人，只不過是個保鏢的，叫鄧定侯。」

曹虎的臉色變了。

每個人的臉色都變了。

「神拳小諸葛」的名頭，他們當然也不會不知道。

近年來正是「開花五犬旗」鋒頭最勁，勢力最大的時候，若有人去惹了他們，簡直就像是在太歲頭上動土。

這些剛才還威風十足的江湖人，忽然間就已變得像洩了氣的皮囊。

金槍徐連看也不再看他們一眼，走過去向鄧定侯抱了拳。

鄧定侯也站起來抱拳還禮，他一向是個很隨和的人，一點架子也沒有。

金槍徐道：「多年不見，鄧兄風采依舊，可賀可喜。」

鄧定侯道：「一別經年，想不到徐兄居然還記得我，只不過以後若有人想找死，徐兄最好莫要勸他們來找我。」

他微笑著，又道：「因爲我可以保證，一個人若想死得快些，找我絕不如找我這兩位朋友。」

金槍徐道：「這兩位朋友是……」

丁喜道：「我姓丁，丁喜。」

金槍徐上上下下打量他幾眼，道：「討人喜歡的丁喜。」

丁喜笑道：「有時也叫做倒楣的丁喜。」

金槍徐道：「閣下既然是丁喜，這位想必就是憤怒的小馬了？」

他轉頭看著小馬，小馬卻沒有看他。

除了那個喝茶的女孩子外，他根本就沒有把別的人看在眼裡。

金槍徐的臉色又沉了下來。

鄧定侯立刻搶著道：「聽說徐兄今日要在這裡約戰霸王槍。」

金槍徐道：「不是我約他，是他來找我的。」

鄧定侯皺眉道：「他會來找你？」

金槍徐冷笑道：「鄧兄也許會認爲我根本不值得他出手，我自己也自知不敵，可是他既然已找上了我，我就萬無退縮之理。」

他臉上露出種奇怪的表情，接著道：「使槍的人，能死在霸王槍下，豈非也是人生一快！」

丁喜立刻挑起拇指，道：「好，好漢子。」

金槍徐看看他，冷酷的眼睛裡已有了溫暖之意，緩緩道：「像我們這種江湖中混的人，豈非本就該死在刀槍之下，以草蓆裹屍。」

丁喜微笑道：「我死後若能有條草蓆裹屍，已經很不錯了，要能做幾件大快人心的事，就算把我拋在陰溝裡餵狗，我也毫無怨言。」

他臉上雖然帶著笑，可是一種說不出的憤怒和悲哀，卻是微笑也掩飾不了的。

那喝酒的女孩子居然回過頭來瞟了他一眼，眼波居然也變得很溫柔。

金槍徐也挑起了拇指，大聲道：「好，好漢子。」

丁喜道：「你既然來早了，爲何不先坐下來喝兩杯。」

金槍徐道：「我來得並不早，我已遲到了半個時辰，因爲……」

他臉上又露出那種奇怪的表情，慢慢的接著道：「因爲我還有些後事要料理清楚，我來得乾淨，去得也要乾淨。」

一個人明知必死，卻還是要來應約，這種勇氣絕不是那些住在高樓上的人們所能了解的。

能活著固然好，死了也只不過是脖子上多了個碗大的疤口而已。

那又算得了什麼？

丁喜臉上也露出種奇怪的表情，過了很久，才問道：「霸王槍呢？」

金槍徐道：「不知道。」

丁喜道：「你跟他有仇？」

金槍徐道：「沒有。」

丁喜道：「你以前沒有見過他？」

金槍徐道：「素不相識。」

丁喜道：「但他卻找上了你。」

金槍徐淡淡道：「這也許只不過因爲我用的也是槍。」

丁喜冷笑道：「除了他之外，難道別人都用不得槍？」

金槍徐淡淡道：「就算要用槍，也不該太出名。」

丁喜眼睛裡似已有了怒意，對人世間所有不平的事，他都覺得很憤怒。

金槍徐又道：「我只不過在奇怪，既然是他約我的，但自己爲什麼還不來？」

這句話剛說完，他身後就有個人冷冷道：「我早已來了。」

說話的聲音雖然很冷，卻又很嬌脆、很好聽。

說話的竟是個女人。

金槍徐霍然轉身，就看見一雙可以令人心跳加快的眼睛，正在盯著他。

她手裡還拿著杯酒，一雙手柔若無骨。

就憑這麼樣一雙手，也能舉得起七十三斤七兩三錢的霸王槍？

金槍徐皺了皺眉，道：「這位姑娘莫非是在開玩笑？」

喝酒的女孩子板著臉，臉如秋霜。

她不是在開玩笑。

金槍徐看了看擺在桌上的大鐵槍，道：「難道你就是……」

喝酒的女孩子打斷了他的話，一字字道：「我就是霸王槍！」

四 王大小姐

一

她就是霸王槍？

這桿槍長一丈三尺餘，至少比她的人要高出一倍多。

這桿槍重七十三斤餘，也遠比她的人重。

她真的就是霸王槍？

金槍徐不信，丁喜不信，鄧定侯也不信，無論誰都不會相信。

但是他們又不能不相信。

金槍徐試探著在問：「姑娘貴姓？」

「姓王。」

「芳名？」

「王大小姐。」

金槍徐笑了笑，道：「這當然不是你的真名字。」

喝酒的女孩子板著臉道：「你用不著知道我的真名，你只要記住『霸王槍王大小姐』這七個字就行了。」

金槍徐道：「這七個字倒很容易記得住。」

王大小姐道：「就算你現在還記不住，以後也一定會記住的。」

金槍徐道：「哦？」

王大小姐冷冷道：「你身上多了個槍口後，就一定永遠再也忘不了。」

金槍徐大笑，道：「你約戰比槍，莫非就是要我記住這七個字？」

王大小姐道：「不但要你記得，也要江湖中人人都知道，霸王槍並沒有絕後。」

金槍徐道：「王老爺子呢？」

王大小姐咬著嘴唇，臉色蒼白，過了很久才大聲道：「我爸爸已經死了，他老人家雖然沒有兒子，卻還有個女兒。」

她說話的聲音就像是在吶喊。

也許她這句話並不是說給屋子裡這些人聽的，她吶喊，只因為她生怕她遠在天上的父親聽不見。

——女兒並不比兒子差。

這件事她一定要證明給她父親看。

「一槍擎天」王萬武真的死了？

像那麼樣一個比石頭還硬朗的人，怎麼會忽然就死了？

鄧定侯在心裡嘆息，忍不住道：「令尊身子一向康健，怎麼會忽然仙去？」

王大小姐瞪眼道：「你管不著。」

鄧定侯勉強笑道：「在下鄧定侯，也可算是令尊的老朋友。」

王大小姐道：「我知道你認得他，但你卻不是他的朋友，他死的時候已連一個朋友都沒有。」

她美麗的眼睛裡，忽然湧出了淚光，心裡彷彿隱藏著無數不能對人訴說的委屈和悲傷。

這是爲什麼？

是不是因爲她父親死得並不平靜？

丁喜忽然道：「王老爺子去世後，姑娘想必一定急著要揚名立威，所以才找上徐三爺的。」

王大小姐咬了咬嘴唇，忍住了眼淚，道：「我要找的不止他一個。」

丁喜道：「哦？」

王大小姐道：「從這裡開始，往前面去，每個使槍的人我都要會一會。」

丁喜笑了笑，道：「若是姑娘在這裡就已敗了呢？」

王大小姐連想都不想，立刻大聲道：「那麼我就死在這裡。」

丁喜淡淡道：「爲了一點虛名，大小姐就不惜用性命來拚，這也未免做得太過分了吧！」

王大小姐又瞪起眼，怒道：「我高興這麼做，你管不著。」

她忽然扭轉身，抄起了桌上的霸王槍。

她的手十指纖纖，柔若無骨。

可是這桿七十三斤重的霸王槍，竟被她一伸手就抄了起來。

她抄槍的動作不但乾淨俐落，而且姿態優美。

金槍徐脫口道：「好！」

王大小姐道：「走！」

她的腰輕輕一扭，一個箭步就竄了出去。

金槍徐看著她竄到外面的院子裡，忽然長長的嘆了口氣。

丁喜道：「你看她的身手如何？」

金槍徐道：「很好。」

丁喜道：「你沒有把握勝她？」

金槍徐又嘆了口氣，道：「我只不過有點後悔。」

丁喜道：「後悔什麼？」

金槍徐淡淡道：「我本不必急著料理後事的。」

院子裡陽光燦爛。

他們一走出去，別的人當然也全都跟著出去，屋子裡已只剩下四個人。

小馬還是癡癡的坐在那裡，癡癡的看著。

那喝茶的女孩子垂著頭，紅著臉，竟似也忘了這世上還有別人存在。

鄧定侯在門後拉著丁喜的手，道：「王老頭的脾氣雖壞，人卻不壞。」

丁喜道：「我知道。」

鄧定侯道：「不管怎麼說，他都是我的朋友，老朋友。」

丁喜道：「我知道。」

鄧定侯道：「所以……」

丁喜道：「所以你不能看著他的女兒死在這裡。」

鄧定侯點點頭，長嘆道：「可惜這位王大小姐卻絕不是金槍徐的對手。」

丁喜道：「哦？」

鄧定侯道：「我知道金槍徐的功夫，的確是經驗豐富、火候老到。」

丁喜道：「王大小姐好像也不弱。」

鄧定侯道：「可是她太嫩。」

丁喜道：「難道你認為她敗了就真的會死？」

鄧定侯道：「我也很了解王老頭的脾氣，這位王大小姐看來正跟她老子一模一樣。」

丁喜笑了笑，道：「我明白了。」

鄧定侯道：「明白了什麼？」

丁喜道：「你是想助她一臂之力，金槍徐再強，當然還是比不上神拳小諸葛。」

鄧定侯苦笑道：「這是正大光明的比武較技，局外人怎麼能插手？何況看這位王大小姐的脾氣，定是寧死也不願別人幫她忙的。」

丁喜道：「那麼你是想在暗中幫她的忙，在暗中給金槍徐吃點苦頭？」

鄧定侯嘆道：「我也不能這麼做，因爲……」

丁喜道：「因爲一個人有了你這樣的身分地位，無論做什麼事都得特別謹慎小心，絕不能讓別人說閒話。」

鄧定侯嘆道：「我的顧忌確實很多，可是你……」

丁喜道：「你是不是想要我替你在暗中修理修理金槍徐，冷不防給他一下子？」

鄧定侯道：「我的確有這意思，因爲……」

丁喜又打斷了他的話，道：「因爲我只不過是個小強盜，無論多卑鄙下流的事都可以做。」

鄧定侯道：「不管你怎麼說，只要你肯幫我這次忙，我一定也會幫你一次忙。」

丁喜看著他，臉上還是帶著那種獨特的，討人喜歡的微笑，緩緩地道：「我只希望你能明白兩件事。」

鄧定侯道：「你說。」

丁喜微笑道：「第一，假如我要去做一件事，我從來也不想要別人報答；第二，我雖然是個強盜，卻也有很多事不肯做的，就算砍下我腦袋來，我也絕不去做。」

他微笑著轉過身，大步走了出去，走入燦爛的陽光下。

鄧定侯怔在那裡，怔了很久，彷彿還在回味著丁喜剛才說的那些話。

他忽然發現他那些大英雄、大鏢客的朋友，實在有很多都比不上這小強盜。

二

現在屋子裡只剩下兩個人。

喝茶的女孩子抬起頭，四面看了看，忽然站起來，很快的走到小馬面前，叫了聲：

「小馬。」

她叫得那麼自然，就像在千千萬萬年前就已認得小馬這個人，就好像已將這兩個字呼喚過千千萬萬次。

小馬也沒有覺得吃驚。

一個陌生的女孩子忽然走過來，叫他的名字，在他感覺中竟好像也是很自然的事。

在這一瞬間，他們誰也沒有覺得對方是個陌生人。

喝茶的女孩子道：「我聽別人都叫你小馬，所以我也叫你小馬。」

小馬凝視著她，道：「我叫馬真，你呢？」

喝茶的女孩子道：「我叫杜若琳，以前我哥哥總叫我小琳，你也可以叫我小琳。」

她的膽子一向很小，一向很害羞，從來也不敢在男人面前抬起頭。

可是現在她居然也在凝視著小馬。

情感本就是件奇妙的事，世上本就有許多無法解釋的奇妙感情。

這種感情本就是任何人都無法了解的，有時甚至連自己都不能。

「小琳……小琳……小琳……」

小馬輕輕的呼喚著，輕輕的握住了她的手。

她纖弱的指尖在他強壯的手掌裡輕輕顫抖，可是她並沒有抽回她的手。

小馬的人就像是在夢中，聲音也像是從夢中傳來的。

「我一直是個很孤獨的人，沒有認得你的時候，我只有一個朋友。」

「我本來也只有一個朋友。」

「哦！」

「誰？」

「王盛蘭。」小琳道：「她不但是我的朋友，也是我的姐妹，有時我甚至會把她當做我的母親，這些年來，若不是她照顧我，也許我已經……」

小馬沒有讓她說下去，輕輕道：「我明白你的意思。」

他的確明白，沒有人能比他明白。因爲他和丁喜的感情，也正如她們一樣，幾乎完全一樣。

小琳道：「所以我想求你替我做一件事。」

小馬道：「你說。」

小琳道：「我要你替我去救她。」

小馬道：「救你的朋友？」

小琳點點頭，道：「別人都說她絕不是金槍徐的對手，可是她絕不能敗。」

小馬道：「你要我幫她擊敗金槍徐。」

小琳道：「不管你用什麼法子，我只希望你能為我做到這件事。」

她已握緊了小馬的手。

「我知道你一定能做到的。」

現在他們也已走出去。

這裡本是個充滿了歡樂的地方，現在卻忽然變得說不出的空洞寂寞。

人世間本就沒有永恆不變的事，更沒有永恆的歡樂。

紅杏花慢慢的從後面出來，用一雙洞悉人生的眼睛目送著他們走出去，喃喃自語嘆息：「我就知道你們只要一見面，就會互相糾纏，自尋煩惱的，我早就知道……」

有些人就像是釘子和磁鐵，只要一遇見，就會黏在一起。

小馬和小琳是這樣子。

丁喜和王大小姐呢？

紅杏花嘆息著又道：「小馬這樣子已經夠糟的了，可是丁喜以後只怕還要更糟，我實在不應該讓他們見面的，我早就知道……」

三

陽光燦爛。

發亮的長槍，在陽光下更亮得耀眼。

藍天白雲，遠山青翠，竹籬下開滿了鮮花，蜜蜂和蝴蝶在花叢中飛舞，甚至連風都在傳播著生命的種子。

這本是個生命孕育成長的季節，在這種季節裡，沒有人會想到死。

只可惜死亡還是無法避免的。

金槍徐慢慢的解開了套在他金槍上的布袋，眼睛一直在盯著他的對手。

他心裡還在想著「死」。

很少有人能比他更了解「死」的意義，因爲他已有無數次接近過死亡。

——不是我死，就是你死。

這就是他對於「死」的原則。

這原則簡單而殘酷，其間絕沒有容人選擇的餘地。

在江湖中混了二十年之後，無論誰都會被訓練成一個殘酷而自私的人。

金槍徐也不例外，所以才能活到現在。

可是現在他面對著的這個對手，實在太年輕，年輕得連他都不忍看著她死。

——不是她死，就是我死！

——她不能敗，我又何嘗能敗？

他在心裡嘆了口氣，從布袋裡抽出了他的槍。

金槍！

金光燦爛，亮得耀眼，二十年來，已不知有多少人死在這耀眼的金光下。槍的型式削銳，槍尖鋒利，槍桿修長，就算拿在手裡不動，也同樣能給人一種毒蛇般靈活兇狠的感覺。

丁喜遠遠的看著，脫口而讚：「好槍。」

鄧定侯同意：「的確是好槍。」

丁喜道：「霸王槍若是槍中的獅虎，這桿槍就可以算是槍中的毒蛇。」

鄧定侯道：「江湖中本來就有很多人，把這桿槍叫做蛇槍。」

丁喜道：「據說這桿槍本來就是用黃金混合精鐵鑄成的，不但比普通的鐵槍輕巧，而且槍身還可以隨意彎曲。」

鄧定侯道：「所以金槍徐用的槍法，也獨創一路，與眾不同。」

丁喜道：「我也聽說過，他用的槍法，就叫做蛇刺。」

鄧定侯道：「他們家傳的槍法，本有一百〇八式，金槍徐又加了四十一式，才變成現在的蛇槍一百四十九刺。」

丁喜道：「霸王槍呢？」

鄧定侯笑了笑，道：「霸王槍的招式，只有十三式。」

丁喜也笑了笑，道：「真正有效的招式，一招就已足夠。」

鄧定侯忽又嘆了口氣，道：「只可惜你沒有看見當年王萬武施展他『霸王十三式』的威風，霸王槍在他手裡，才真正是霸王槍。」

丁喜沒有再說什麼，因為這時決鬥已經開始。

陽光普照的庭院，彷彿忽然變得充滿了殺氣。

這兩桿槍都是歷經百戰、殺人無算的利器，它們本身就帶著一種殺氣。

金槍徐的人，也正像是他手裡的槍，削銳、鋒利、精悍。

他的眼睛始終在盯著他的對手，雙手合抱，斜握金槍。

這正是槍法中最恭敬有禮的起手式，他已表示出他對霸王槍的尊敬。

王大小姐卻只是隨隨便便的將大槍拖在地上，就憑這一點，她已不如金槍徐。

——高手相爭，尊敬自己的對手，就等於尊敬自己。

金槍徐嘴角露出冷笑，卻還是禮貌極恭，沉聲道：「當年王老爺子在時，在下無緣求教，如今老成凋謝，槍在人亡，請受我一拜。」

他左腿後曲，真的行了一禮。

王大小姐卻只不過點了點頭，淡淡道：「我是來找你麻煩的，你也不必對我太客氣。」

金槍徐沉下了臉，道：「我拜的是這桿槍，並不是你。」

王大小姐冷笑道：「你最好記住，霸王槍就是我，我就是霸王槍。」

金槍徐冷冷道：「在我眼中看來，王老爺子一去，霸王槍也已不在人間了。」

王大小姐怒道：「你看不見我手裡的槍？」

金槍徐道：「這桿槍在王大小姐的手裡，已只不過是桿平平常常的大鐵槍。」

王大小姐用力咬住了嘴唇，顯然在控制著自己的怒氣。

她也知道高手相爭時，若是心情激動，就隨時都可能造成致命的錯誤。

金槍徐盯著她，又道：「在下還未到這裡來時，已將所有的後事全都料理清楚。」

王大小姐道：「很好。」

金槍徐悠然道：「王大小姐你的後事，是不是也已交代好了？」

王大小姐一張臉已氣得通紅，大聲道：「我若死在這裡，自然有人替我料理後事。」

金槍徐道：「誰？」

王大小姐道：「你管不著。」

她的手一掄，一丈三尺七寸三分長的大鐵槍，就飛舞而起，帶起了一陣凌厲的槍風，壓得竹籬下的花草全都低下了頭。

金槍徐卻沒有低頭，身形一閃，已從鐵槍掄起的圓弧外滑了過去。

丁喜嘆了口氣，道：「看來這位王大小姐的確太嫩，竟看不出徐三是故意激她的。」

鄧定侯卻笑了笑，道：「也許徐三這一著反而用錯了。」

丁喜道：「爲什麼？」

鄧定侯道：「霸王槍走的是剛烈威猛一路，本是男子漢用的槍，王大小姐畢竟是個女子，總不免失之柔弱。」

丁喜同意。

鄧定侯道：「可是她的怒氣一發作起來，情況就不同了。」

丁喜道：「哦！」

鄧定侯微笑道：「我可以保證，她們家傳的脾氣比她們家傳的槍法還要厲害得多。」

他們只說了七八句話，王大小姐的霸王槍已攻出三十招。

她的槍法雖然只有十三式，可是一施展起來，卻是運用巧妙，變化無方。

她的招式變化間雖不及蛇刺靈巧，可是一種凌厲的槍風，卻足以彌補招式變化間之不足。

無論誰都看不出這麼樣一個柔弱的女孩子，竟真的能施展出如此剛烈威猛的槍法，竟真的能將這桿大鐵槍揮舞自如。

這種長槍大戟本來只適於兩軍對壘，衝鋒陷陣，若用來與武林高手比武較技，就不免顯得太笨重。

可是她用的槍法，又彌補了這一點，無論槍尖、槍身，都能致人的死命，而且槍風所及之處，別人根本無法近她的身。

她三十招攻出，金槍徐只還了六招。

丁喜皺眉道：「看樣子徐三只怕是想以逸待勞，先耗盡她的力氣再出手。」

鄧定侯又笑了笑，道：「徐三若真的這麼想，就又錯了。」

丁喜道：「爲什麼？」

鄧定侯道：「霸王槍份量雖沉重，可是招式一施展開，槍的本身，就能帶動起一種力量，她藉力使力，自己的力量並不多。」

這道理正如推車一樣，車子一開始往前走，本身就能帶起股力量，推車的人反而像是被車子拉著往前走了。

鄧定侯道：「也因爲這桿槍的份量太重，力量太大，要閃避就很不容易，所以採守勢的一方，用的力氣反而比較多。」

他笑了笑，接著道：「以前有很多人都跟金槍徐有一樣的想法，想以逸待勞，所以才會敗在霸王槍下，這其間的巧妙，若不是王老頭子偷偷的告訴我，我也不明白。」

丁喜道：「知道這其中巧妙的人，當然不會太多。」

鄧定侯道：「除了百里長青和我之外，王老頭子好像沒有對別人說過。」

丁喜道：「因爲你們是他們的朋友？」

鄧定侯道：「他的朋友本來就不多。」

丁喜道：「他是你的朋友，我卻不是，你爲什麼要將這秘密告訴我？」

鄧定侯笑了笑，道：「因爲我喜歡告訴你。」

丁喜也笑了。

這解釋並不能算很合理，可是對江湖男兒們說來，這理由已足夠。

現在王大小姐已攻出七十招，非但已無法遏止，再想近身都已很不容易，只要對方的槍桿一橫，他就被擋了出去。

他忽然發覺這桿槍最可怕的地方並不是槍鋒，這桿一丈三尺七寸三分長的槍，每一分，每一寸都同樣可怕。

無論誰都看得出他已落在下風。

只有一個人看不出。

突聽一聲大喝，竟有個人赤手空拳，衝入了他們的槍陣。

這個人竟是小馬。

他真的醉了。

不管他醉的是人？還是酒？他的確已真醉了，否則又怎會看不出這兩桿槍之間，槍風所及處，就是殺人的地獄。

看來他不但是「憤怒的小馬」，簡直是個「不要命的小馬」。

居然還舉手大呼：「住手，你們都給我住手！」

丁喜的心已沉了下去。

他知道王大小姐是絕不會住手的，也不能住手，因爲霸王槍本身所起的力量，已絕非她所能控制。

在這種力量的壓迫下，金槍徐想必也一定會使出全力。

一個人若已將全力使出，一招擊出後，也很難收回來。

就在這時，兩桿槍已全部刺在小馬身上。

他的人就像是彈丸忽然彈起，鮮血雨霧般從他身上濺出。

兩桿槍居然還沒有停。

他們實在已無法停下來，已無法住手，無論誰的槍先停下來，對方都可能給他致命的一擊。

誰也不敢冒這個險。

「這個人瘋了。」

「他爲什麼要自己去送死？」

大家驚呼著，眼睜睜的看著小馬身子飛起，眼睜睜的等著他落下來。

每個人都看得出，等到這個人再落入槍陣中，就一定已是個死人。

就在這一瞬間，竹籬下的花叢前，忽然有一條長繩飛來，套住了小馬的腰。

長繩一抖，小馬的人就跟著它一起飛了回去。

他並沒有跌入那殺人的槍陣。

他跌入丁喜懷抱裡。

四

鮮血還在不停的流，小馬整個人都已因痛苦而痙攣扭曲。

可是他眼睛裡並沒有痛苦，反而像是充滿了愉快和滿足。

丁喜在跺腳。

「你怎麼會做出這種笨事來的？」

小馬沒有回答。

他的人雖然在丁喜懷裡，他的眼睛卻始終在看著另一個人。

他雖然已痛苦得連聲音都發不出，可是他心裡卻還在呼喝，不停的呼喝。

「小琳……小琳……小琳……」

小琳在流淚，也不知是悲哀的眼淚？還是感激的眼淚。

丁喜終於看見了她：「你是爲了她？是她要你這麼樣做的？」

小馬點點頭，又搖搖頭。

這當然是他自己願意做的，他不願做的事，沒有人能勉強他。

這女孩子竟有這麼大的力量，能讓他心甘情願的做出這種蠢事？

現在他的酒意已隨著冷汗和鮮血流出，清醒使得他的痛苦更劇烈，更難以忍受。

他若是能暈過去，也可以少受些痛苦——暈厥本就是人類自衛的本能之一。

但是他卻在努力掙扎著，不讓自己的眼睛闔起。

因爲他還要看著她。

小琳也在看著他，看到他的痛苦和柔情，也終於忍不住衝了過來，在幾十雙眼睛的注視下，衝了過來，撲在他身上。

她做夢也想不到自己會有這麼大的勇氣，會做出這種事。

在這一瞬間，她幾乎已不顧一切。

丁喜放下他，放在花圃旁的綠草地上，讓他們擁抱在一起。

她的眼淚在他臉上，這一滴滴淚水中，竟彷彿有種神奇的魔力。

他的痛苦竟已減輕，忽然道：「你是不是也覺得我這件事做得蠢？」

小琳點點頭，又搖搖頭。

小馬勉強笑了笑，道：「可是我只有這麼樣做，因爲我想不出別的法子。」

小琳道：「我知道，我……」

她沒有說完這句話，因爲她已泣不成聲。

小馬道：「你爲什麼還在哭？難道他們還沒有住手？」

小琳道：「嗯！」

小馬道：「你的朋友沒有死？」

小琳道：「沒有。」

小馬道：「你要我爲你做的事，我是不是已替你做到了。」

小琳道：「是……是的。」

小馬長長吐出口氣，居然真的笑了，微笑道：「那麼你最好告訴我們的朋友，我這件事做得並不太蠢。」

他微笑著閉上了眼睛，也終於暈了過去。

這年輕人們有的痛苦和安慰，丁喜幾乎都能同樣的感覺得到。

他是他的朋友，是他的兄弟，也是他的父親。

風依舊在吹，陽光依舊燦爛，兩桿槍依舊在飛舞刺擊。

丁喜慢慢的轉過身，慢慢的向著他們那殺人的槍陣走了過去。

鄧定侯失聲道：「你想幹什麼？」

丁喜笑了笑，腳步沒有停。

鄧定侯道：「難道你也想去做和他一樣的蠢事？」

丁喜又笑了笑。

沒有人能了解他和小馬的感情，甚至連鄧定侯也不能。

他的人忽然飛起，也像小馬剛才一樣，投入了他們的槍陣。

他竟似也忘了，這兩桿槍之間，槍風所及處，就是殺人的地獄。

五 奇變

一

槍鋒帶起的勁風，冷得刺骨。

有幾人知道極冷和極熱所給人的感受，幾乎是完全一樣的？

丁喜知道。

他衝入了這兩人的槍陣，就好像投入了洪爐。

鄧定侯的心沉了下去。

丁喜絕不能死。

他一定要帶他去找出那六封信和六個死人，一定要找出那叛徒的秘密。

可是鄧定侯也知道，王大小姐和金槍徐是絕不會住手的。

他只有眼睜睜的看著丁喜投入洪爐，再眼睜睜的等著他被槍尖拋起。

只聽一聲輕叱，一聲低呼，一樣東西飛了起來。

飛起來的竟不是丁喜，而是徐三的金槍。

高手相爭，掌中的兵器死也不能離手，徐三的金槍是怎麼會脫手飛起來的？

他自己甚至都不太清楚。

在金槍徐脫手的前一剎那間，他只看見有個人衝入了他和王大小姐兩桿槍的槍鋒之間，兩桿槍都往這個人身上刺了過去。

他想住手已不及。

可是就在這同一剎那間，這個人突然一擰身，已往他槍鋒下竄過，一隻手托住槍的時候，一隻手在他腰上輕輕一撞。

他的人立刻就被撞出去七八步，手裡的金槍也脫手飛起。

他只有看著，因爲他的半邊身子已發麻，連一點力氣都使不出。

近二十年來，他身經大小百戰，幾乎從來也沒有敗過。

他做夢也想不到，世上竟有人能在出手一招間就奪走他手裡的金槍，更想不到這個人居然就是那個年紀輕輕的丁喜。

丁喜金槍在手，眨眼間已攻出三招，迅速、毒辣、準確。

金槍徐臉色變得更蒼白。

他已看出丁喜用的招式，居然就是他的獨門槍法「蛇刺」。

就在片刻前，他還用過同樣的招式去對付霸王槍。

事實上，他已將蛇刺中最犀利毒辣的招式全都使出，可是招式一出手，立刻就被封死，根本無法發揮出應有的威力。

丁喜現在只攻出了三招。

三招之後，他就已攻到了霸王槍的核心，突然槍尖斜挑，輕叱一聲。

「起！」

只聽「呼」的一聲響，七十三斤重的霸王槍，竟被他輕輕一挑就挑了起來，夾帶著風聲飛出。

王大小姐已踉蹌後退了七八步。

丁喜淩空翻身，一隻手接住了霸王槍，一隻手拋出了金槍，拋給徐三。

金槍徐只有用手接住。

等他接住了他的槍，才發現身子不麻了，力氣也已恢復了。

丁喜正看著他微笑。

金槍徐咬了咬牙，手腕一抖，也在眨眼間攻出了三招。

這三招也正是丁喜剛才用來對付霸王槍的三招——「毒蛇出穴」、「盤蛇吐信」、「蛇尾槍」，正是蛇刺中的三招殺手。

在這桿金槍上，他至少已有三十年的苦功，他自信這三招用得絕不比丁喜差。

丁喜既然能在三招間就搶入霸王槍的空門，他爲什麼不能？

但他卻偏偏就是不能。

三招出手，他立刻發現自己整個人都已被一種奇異的力氣壓住。

他的槍若是毒蛇，丁喜手裡的霸王槍就是塊千斤巨石。

這塊巨石一下子就壓住了毒蛇的七寸。

只聽丁喜輕叱一聲。

「起！」

金槍徐只覺得一股不可抗拒的力量壓下來，整個人都已被壓縮，手裡的槍卻彈了出去。

就在這片刻間，他的金槍已脫手兩次。

二

金光燦爛，飛虹般落下，「奪」的一聲，插在徐三身旁的地上。

徐三沒有動，沒有開口。

霸王槍也已插在王大小姐身旁，槍桿還在不停的顫動，琴弦般「嗡嗡」的響。

王大小姐也沒有動，沒有開口，蒼白的臉已脹得通紅，嫣紅的嘴唇卻已發白。

丁喜看看她笑了笑，又看看徐三笑了笑。

他只不過笑了笑，並沒有說出什麼尖刻的話。

「像兩位這樣的槍法，還爭什麼鋒頭？逞什麼強？」

這句話他並沒有說出來，也不必說出來——他用金槍徐的蛇刺擊敗了霸王槍，又用王大小姐的霸王槍擊敗了金槍徐。

這是事實。

事實是人人都能看得見的，又何必再說出來？

所以他只不過笑了笑，笑得還是那麼溫柔，還是那麼討人喜歡。

可是在王大小姐眼裡看來，他笑得卻比毒蛇還毒，比針還尖銳。

她明朗光亮的眼睛裡又有了淚光，忽然頓了頓腳，抄起了霸王槍，拖著槍衝過去，一把拉住了杜若琳：「我們走。」

杜若琳只有走。

她不想走，又不敢不走，走了幾步，又忍不住回過頭。

等她再轉回頭時，眼淚已流下面頰。

金槍徐卻還是癡癡的站在那裡。

金槍徐呆呆的看著面前的金槍。

這桿槍本是他生命中最大的榮耀，但現在卻已變成了他的羞侮。

他臉上完全沒有表情，心裡是什麼滋味，也只有他自己知道。

——痛苦和悲傷，就像是妻子的乳房一樣，不是讓別人看的。

——痛苦愈大，愈應該好好地收藏。

——乳房豈非也一樣？

金槍徐忽然笑了，微笑著，抬起頭，面對丁喜，道：「謝謝你。」

丁喜道：「謝謝我？爲什麼謝謝我？」

金槍徐道：「因為你替我解決了個難題。」

丁喜道：「什麼難題？」

金槍徐望著青翠的遠山，目光忽又變得十分溫柔，緩緩道：「我已在那邊的青山下買了幾畝田，蓋了幾間屋，屋後有修竹幾百竿，堂前有梅花幾十株，青竹紅梅間，還有幾條小小的清泉。」

丁喜道：「好地方。」

金槍徐道：「我早已打算在洗手退隱後，到那裡去過幾年清閒安靜的日子。」

丁喜道：「好主意。」

金槍徐嘆了口氣，道：「怎奈浮名累人，害得我一點都下不定決心，也不知要等到哪一天才應該放下這個重擔子。」

丁喜也嘆了口氣，道：「浮名累人，世上又有幾人能放得下這副擔子？」

金槍徐道：「幸好我遇見了你，因為你，我才下了決心。」

丁喜道：「決心放下這擔子？」

金槍徐點點頭。

丁喜道：「決定什麼時候放下來？」

金槍徐道：「現在。」

他又笑了笑，笑得很輕鬆，很愉快，因為他的確已將浮名的重擔放了下來。

他已不再有跟別人逞強爭勝的雄心，已不願再為一點點浮名閒氣出來跟別人拚死拚活。

能解開這個結並不容易，他的確應該覺得很輕鬆、很愉快。

可是他心裡是不是真的能完全放得開？是不是還會覺得有些惆悵、有些辛酸？

這當然也只有他自己知道。

「你有空時，不妨到那邊的青山下去找我。」

「我記得，你的屋後有修竹，堂前有梅花。」

「我屋裡還有酒。」

「好，只要我不死，我一定去。」

「好，只要我不死，我一定等你來。」

金槍徐也鎮定了，顯得很灑脫。

一個人只要敗得漂亮，走得灑脫，那麼敗又何妨？走又何妨？

三

紅日未墜，金槍徐的人影卻已遠了。

鄧定侯忽然嘆了口氣，道：「看來這人果然是條好漢。」

丁喜道：「他本來就是。」

鄧定侯道：「你看人好像很有眼力。」

丁喜道：「我本來就有。」

鄧定侯道：「你也很會解決一些別人解不開的難題。」

丁喜道：「我也替你解開這個難題？」

鄧定侯道：「我就不知要怎麼樣才能讓徐三和王大小姐住手，你卻有法子。」

丁喜道：「我的法子一向很有效。」

鄧定侯嘆道：「不管你的法子是對是錯，是好是壞，的確都很有效。」

丁喜道：「所以別人都叫我聰明的丁喜。」

鄧定侯笑了。

丁喜道：「你知不知道我還有個最大的好處？」

鄧定侯道：「不知道。」

丁喜道：「我最大的好處，就是不夠朋友。」

鄧定侯道：「不夠朋友？」

丁喜道：「我唯一的一個朋友現在正躺在地上，我卻讓刺傷他的人揚長而去，而且還跟你站在這裡胡說八道。」

現在小馬已躺在床上，紅杏花的床上。

胖的人都喜歡睡硬床，年輕人都喜歡睡軟床，紅杏花既不胖，也不再年輕。

她的床很軟，又軟又大。

紅杏花嘆息著道：「一直要等到七十歲以後，我才能習慣一個人睡覺。」

鄧定侯忍不住接道：「你今年已有七十？」

紅杏花瞪眼道：「誰說我已經有七十？今年我才六十七。」

鄧定侯想笑，卻沒有笑，因爲他看見小馬已睜開了眼睛。

小馬睜開眼睛後，說的第一句話就是：「小琳呢？」

「小琳？」

「小琳就是你剛才見過的那個女孩子。」

丁喜看著他，臉上已有冷笑，甚至連一點笑意都沒有。

小馬道：「她是個很好很好的女孩子。」

丁喜不說話。

小馬道：「她很乖，很老實。」

丁喜不說話。

小馬道：「我看得出她對我很好。」

丁喜淡淡地道：「可是你爲她受了傷，她卻早已走了。」

小馬咬著牙，過了很久，才緩緩道：「她一定有理由走的。」

丁喜道：「她也有理由留下來。」

小馬道：「你……你是不是不喜歡她？」

丁喜道：「我只不過想提醒你一件事。」

小馬聽著。

丁喜道：「不管怎麼樣，她總是走了，以後你很可能永遠再也見不到她，所以……」

小馬道：「所以怎麼樣？」

丁喜道：「所以你最好趕快忘了她。」

小馬又咬著牙，沉默了很久，忽然用力一拳捶在床上，大聲道：「忘記她就忘記她，這種事也沒他媽的什麼了不起。」

丁喜笑了，微笑道：「我正在奇怪，你怎麼已經有許久沒有說『他媽的』，我還以為你這小王八蛋已變了性。」

小馬也笑了，掙扎著要坐起來。丁喜道：「你想幹什麼？」

小馬道：「該走了。」

丁喜道：「你能跟我走？」

小馬道：「只要我還剩下一口氣，無論你這老烏龜要到那裡去，我爬也要爬著跟去。」

丁喜大笑道：「好，走就走。」

紅杏花笑瞇瞇地看著他。

紅杏花道：「你們兩個小烏龜真他媽的不愧是好朋友，真他媽的夠義氣……」

一句話沒說完，忽然跳起來，一個耳光摑在丁喜的臉上。

丁喜被打得怔住。

紅杏花跳起來大罵道：「可是你爲什麼不先看看他受傷有多重，難道你真想看著他這條腿殘廢，真是像烏龜一樣跟在你後面爬？」

丁喜只有苦笑。

紅杏花指著他的鼻子，狠狠道：「你要滾，就趕快滾，滾得愈遠愈好，可是這小王八蛋卻得乖乖的給我躺在床上養傷，不管誰想帶他走，我都先打斷他的兩條腿。」

丁喜道：「可是我……」

紅杏花瞪眼道：「你怎麼樣？你滾不滾？」

她的手又揚起來，丁喜這次卻已學乖了，早就溜得遠遠的，陪笑道：「我滾，我馬上就滾。」

小馬忍不住叫了起來：「你真的不帶我走？」

這句話沒說完，他臉上也挨了一耳光。

紅杏花瞪眼道：「你鬼叫什麼？是不是想要我用針縫起你的嘴。」

小馬苦著臉道：「我不想。」

紅杏花道：「那麼就趕快乖乖的給我躺下去。」

小馬居然真的躺了下去。

紅杏花面前，這個「憤怒的小馬」，竟好像變成了「聽話的小山羊」。

「你還不滾？真想要我打斷你的腿。」紅杏花又抓起把掃帚，去打丁喜。

丁喜趕緊往外溜，直溜到院子外面，坐上了等在外面的馬車，才鬆了口氣，苦笑道：

「這老太婆真兇。」

鄧定侯當然也跟著溜了出來，也在嘆著氣，道：「實在兇得要命。」

丁喜道：「你見過這麼兇的老太婆沒有？」

鄧定侯道：「沒有。」

丁喜嘆道：「我也沒有見過第二個。」

鄧定侯道：「你真的怕她？」

丁喜道：「假的。」

鄧定侯不禁大笑，道：「看來，她也不像是你的真祖母。」

丁喜道：「她不是。」

鄧定侯道：「是你……」

丁喜打斷了他的話，道：「可是我沒有飯吃的時候，只有她給我飯吃，我沒有衣服穿的時候，只有她給我衣服穿，有時候我挨了揍、受了傷，只要我想起她，心裡就不會太難受。」

鄧定侯道：「因爲你知道只要到這裡來，她就一定會照顧你。」

丁喜點點頭，微笑道：「只可惜她年紀稍微大了幾歲，否則我一定要娶她做老婆。」

鄧定侯盯著他看了半天，忽然問道：「你真的沒有想到過要娶個老婆？」

丁喜笑道：「你是不是想替我作媒？」

鄧定侯道：「我倒真有個很合適的人，配你倒真是一對。」

丁喜道：「誰？」

鄧定侯道：「王大小姐。」

丁喜忽然不笑了，板著臉道：「你若喜歡她，爲什麼不自己娶她做老婆。」

鄧定侯道：「我倒也不是沒有想過，只可惜我年紀也大了幾歲，家裡又已經有了個母老虎。」

丁喜板著臉冷笑道：「有趣有趣，你這人怎麼變得愈來愈他媽的有趣了。」

鄧定侯道：「因爲……」

他的話還沒有說出來，忽然間「轟隆隆」一聲響，這輛大車連人帶馬都跌進了一個坑裡。

丁喜反而笑了。

鄧定侯居然也還是動也不動的坐著，而且完全不動聲色。

丁喜笑道：「這種落馬坑本是我的拿手本領之一，想不到別人居然也會用來對付我。」

鄧定侯道：「你怎麼知道人家要對付的是你。」

丁喜又笑了笑，道：「我知道，這就叫做報應。」

這時外面已有人在用力敲著車頂，大聲道：「裡面的人快出來。我們大老闆有話要對你們說。」

丁喜看了看鄧定侯，道：「你知不知道這附近有什麼大老闆？」

鄧定侯道：「這裡距離亂石崗很近，已經是你們的地盤，你應該比我清楚。」

丁喜道：「現在就在這附近的，唯一的一個大老闆，好像就是你。」

外面的人又在催，車頂幾乎已經快被打破。

鄧定侯道：「不出去行不行？」

丁喜道：「你出不出去？」

丁喜道：「不行。」

鄧定侯不禁苦笑道：「我看也不行。」

丁喜推開車門，道：「請。」

鄧定侯道：「你先請，你總是我的客人。」

丁喜道：「可是你的年紀比我大，我一向都很尊敬長者。」

鄧定侯道：「你什麼時候變得如此客氣的。」

丁喜笑道：「我剛才聽見外面有弓弦聲的時候，就已決心要對你客氣些。」

鄧定侯大笑。

他當然也聽見了外面的弓弦聲。

人已埋伏，強弓四佈，只要一走出這馬車，就可被亂箭射成個刺蝟。

但是他們卻還是笑得很開心。

鄧定侯道：「我出去之後，若是中了別人的亂箭，你怎麼辦？」

丁喜道：「那時我就會像縮頭烏龜一樣，躺在車子裡，就算他們叫我祖宗，我也不出去。」

鄧定侯大笑道：「好主意。」

丁喜道：「莫忘記我是聰明的丁喜，想出來的當然都是好主意。」

鄧定侯大笑著走出去。在外面站了很久，居然還沒有變成刺蝟。

一個人高高的站在他對面，從車子裡看出去，只看得見這人的一雙腳。

一雙很纖巧、很秀氣的腳，卻穿著白布褲，和白麻鞋。

這是雙女人的腳。

男人當然絕不會有女人的腳，這位大老闆難道竟是個女人？

丁喜在車子裡大聲的問道：「外面怎麼樣？」

鄧定侯道：「外面的天氣很好，既不太冷，也不太熱。」

丁喜道：「那麼，我就不能出去了。」

鄧定侯道：「爲什麼？」

丁喜道：「我受不了這麼好的天氣，一出去就只會發瘋。」

鄧定侯道：「現在天氣好像快變了，好像還要下雨呢！」

丁喜道：「那麼我更不能出去了。」

鄧定侯道：「你怕淋雨？」

丁喜道：「怕得要命。」

鄧定侯道：「不過，現在雨還沒有下。」

丁喜道：「你難道要我站在外面等著淋雨？」

鄧定侯嘆了口氣，看著站在落馬坑上面的大老闆，苦笑道：「這小子好像已拿定主意，是絕對不肯出來的了。」

大老闆冷笑道：「不出來也得出來。」

鄧定侯道：「你有法子對付他？」

大老闆道：「他再不出來，我就用火燒。」

鄧定侯嘆了聲道：「我就知道，世上假如還有一個人能對付丁喜，這個人一定就是王大小姐。」

這位大老闆居然就是王大小姐。

四條大漢站在她身後，扛著她的霸王槍，八條大漢張弓搭箭，已將這地方包圍住。

杜若琳卻遠遠的坐在一棵樹下，用一把大梳子在慢慢的梳著頭髮。

王大小姐冷冷道：「這些兄弟都是我鏢局裡老伙計，我要他們放火，他們馬上就會放火，我要他們殺人，他們也馬上就會殺人。」

鄧定侯道：「我看得出。」

王大小姐道：「那麼你就應趕緊叫那姓丁的快些滾出來。」

鄧定侯道：「出來之後怎麼樣？」

王大小姐道：「只要他肯老老實實的回答我一句話，我絕不會難爲他。」

鄧定侯道：「好，我先進去跟他商量商量。」

他剛想走進去，突然「轟」的一響，車頂已被撞開個大洞。

一個人從裡面直竄了出來，身法又快又猛，看樣子至少還可以竄起三丈。

可是他最多只竄起了三尺。

落馬坑上，還蓋著面又粗又大的漁網。

鄧定侯嘆息著，苦笑道：「我早就知道你一遇見王大小姐，就會自投羅網。」

丁喜板著臉，坐在車頂，冷冷道：「有趣有趣，你這人真他媽的有趣極了。」

平時他遇見這種事，還是會笑的，現在他卻沒有笑。

也不知道為了什麼，一看見王大小姐，他就好像再也笑不出。

王大小姐也沒有笑，板著臉道：「這上面雖然只有八張弓，可是你只要動一動，在轉瞬間他們就能射出五十六根箭。」

丁喜沒有動。

他看得出這些大漢都是極好的弓箭手。

王大小姐冷笑道：「你為什麼不動？」

丁喜道：「因為我正在等。」

王大小姐道：「等什麼？」

丁喜道：「等著聽你要問我的那句話。」

王大小姐咬了咬嘴唇——她一開始緊張，就會咬著嘴唇。

她究竟要問丁喜什麼事？為什麼會變得如此緊張？

鄧定侯想不通。

王大小姐終於冷冷道：「你雖然有很多事都做得很混帳，我看在鄧定侯面上，也懶得跟你計較了，只不過有件事我卻非問清楚不可。」

丁喜道：「你問吧。」

王大小姐臉色忽然變得發青，兩隻手都已握緊，又用力咬了咬嘴唇，才一字一字問道：「五月十三那天，你在哪裡？」

丁喜道：「今年的五月十三？」

王大小姐道：「不錯，就是今年的五月十三。」

丁喜道：「你費了這麼多功夫，挖了這麼大一個坑，爲的就是要問我這句話？」

王大小姐問道：「不錯，我就是要問你這句話，所以你最好老老實實的回答我。」

她看來不但很緊張，而且很激動，連說話的聲音都在發抖。

五月十三那天，丁喜在哪裡，跟她又有什麼關係？

她爲什麼要如此緊張？

鄧定侯更想不通。

丁喜也想不通，忽然嘆了口氣，道：「幸好你問的是五月十三日，總算我運氣看來還不錯。」

王大小姐道：「爲什麼？」

丁喜道：「因爲若你問我別的日子，我早就忘了自己是在哪裡了。」

王大小姐道：「可是五月十三那天的事情，你卻記得。」

丁喜點點頭，道：「因爲那天我做了件很愉快的事。」

王大小姐道：「什麼事？」

她一雙手握得更緊，全身都好像在發抖。

丁喜卻忽又轉過頭，去問鄧定侯：「你知不知道那天我曾經做了什麼事？」

鄧定侯苦笑道：「我知道，我當然知道。」

王大小姐大聲道：「那天他究竟做了什麼事？」

鄧定侯道：「他曾經劫了我們的鏢。」

王大小姐道：「是在哪裡下的手？」

鄧定侯道：「太原附近。」

王大小姐道：「你沒有記錯？」

鄧定侯道：「別的事我都可能會記錯，這件事絕不會。」

王大小姐道：「爲什麼？」

鄧定侯道：「我至少有十三萬五千個理由。」

王大小姐不懂。

鄧定侯苦笑道：「爲了這件事，我已經賠出了十三萬五千兩銀子，每兩銀子都可以讓我記住這件事。」

王大小姐不說話了，看她臉上的表情，好像覺得鬆了口氣，又好像覺得很失望。

丁喜道：「現在你還有沒有別的事要問？」

王大小姐道：「當然還有。」

丁喜道：「還有？」

王大小姐冷冷道：「我問你，我跟姓徐的比槍，跟你們有什麼關係？你們憑什麼要來多事？」

丁喜道：「你自己好像剛說過，這些事你都已不再計較了的。」

王大小姐道：「現在我又要計較了。」

丁喜道：「小馬本來是想幫你忙的。」

王大小姐道：「幫我的忙？」

丁喜道：「他怕你敗了後真的會死。」

王大小姐怒道：「難道他看不出三十招內我就能把徐三擊倒？」

丁喜道：「他看不出。」

王大小姐道：「難道他是個瞎子？」

丁喜道：「他眼睛若能看得很清楚，又怎麼會認爲這位杜大小姐又乖又老實，而且對他很好。」

王大小姐道：「無論她是個什麼樣的女孩子，你都管不著。」

丁喜道：「我也不想管。」

王大小姐道：「那姓馬的最好也走遠些，永遠莫要讓我們直接看見了他。」

丁喜道：「我會去告訴他的。」

王大小姐道：「就算天下的男人都死光了，我也不會讓小琳下嫁給他的。」

丁喜道：「多謝多謝。」

王大小姐咬著嘴唇，狠狠的瞪著他，道：「我的話已經說完了，現在你已經可以跪下來了。」

丁喜道：「跪下來？」

王大小姐道：「不但要跪下來，而且還得恭恭敬敬的給我叩三個頭。」

丁喜道：「我爲什麼要跪下來叩頭？」

王大小姐道：「因爲我說的。」

丁喜道：「因爲你手下的弟兄會發連珠箭？」

王大小姐道：「一點也不錯。」

丁喜笑了。

他的笑有很多種，現在這種無疑是最不討人歡喜的一種。

王大小姐瞪眼道：「你瞧不起我們的連珠箭？」

丁喜淡淡道：「你們的連珠箭究竟是長是短？是圓是尖？我還沒有見識過。」

王大小姐怒道：「你想見識見識？」

丁喜道：「很想。」

王大小姐冷笑道：「我本來並不想你這麼短命的，你死了可不能怨我。」

丁喜又笑了笑，道：「你放心，我是死不了的。」

他忽然站了起來，拉住了上面的漁網，兩隻手輕輕一扯。

這面連鯊魚都掙不破的漁網，被他輕輕一扯，居然就被扯破個大洞。

王大小姐臉色變了，輕叱道：「不能讓他走，留下來。」

叱聲出口，弓弦已響，八柄強弓，七箭連珠，尖銳的飛聲破空，亂箭已飛蝗般射了過來。

丁喜的兩隻手，就像是兩隻專門吃蝗蟲的麻雀，一枝箭飛來，他接過一枝，十枝箭飛來，他接過十枝，眨眼間就已將五十六枝連珠箭全都接在手裡。

然後這五十六枝箭，又像是一條線似的，從他手裡飛了出去，釘入了杜若琳身旁的大樹。

丁喜忽然大喝一聲。

「斷！」

釘在樹上，五十六枝箭，立刻一寸寸的斷成了無數截，只留下一截發亮的箭柄，釘入了樹木。

丁喜拍了拍手，微笑道：「看來這連珠箭只怕連豬都射不死。」

王大小姐臉色鐵青，嘴唇發抖，哪裡還說得出話來。

丁喜欣然道：「我留在這裡，只不過爲了想聽聽你有什麼事要問我而已，像這樣的連珠箭，就算有個千兒八百支，我還是要來就來，說走就走。」

王大小姐咬著嘴唇，恨恨道：「你好，很好。」

丁喜道：「現在你還要不要我跪下去叩頭？」

王大小姐道：「現在你想怎麼樣？」

丁喜道：「你認不認得字？」

王大小姐盯著他，好像恨不得在他腦袋上盯出兩個大洞來。

丁喜道：「你若認得字的話，爲什麼不回頭去仔細看看？」

王大小姐回過頭，才發現那五十六枝發亮的箭柄，竟排成了兩個字：「再見。」

這是什麼樣的手法？什麼樣的勁力。

王大小姐深深的吸了一口氣，轉過去的頭似已轉不回來。

她實在已沒法子再面對丁喜。

丁喜道：「這兩個字你認不認得？」

王大小姐跺了跺腳，扭頭就走。

丁喜冷冷道：「我是說『再見』，其實最好是永遠不要再見了。」

王大小姐用力咬著嘴唇，忽然跳上了一匹馬，打馬飛奔。

只聽她的聲音遠遠傳來：「誰想再見你，誰就是王八蛋！」

六　六封信的秘密

一

夕陽滿天。

丁喜和鄧定侯在夕陽下往前走，汗水已經濕透了衣服。

現在他們的車已破了，馬已跛了，連趕車的都已被鄧定侯趕走。

所以他們現在唯一的交通工具，就是他們自己的兩條腿。

大路上居然連一輛空車都沒有。

鄧定侯嘆息著，喃喃道：「夕陽無限好，尤其是夏日的夕陽，我一向最欣賞。」

丁喜道：「可是你現在已知道，就算在最美的夕陽下，要用自己的兩條腿趕路，滋味也不好受。」

鄧定侯擦了擦汗，苦笑道：「實在不好受。」

丁喜透視著遠方，眼睛裡帶著深思之色，緩緩道：「你若肯常常用自己的兩條腿四處去走走，一定還會發現很多你以前想不到的事。」

鄧定侯道：「哦？」

丁喜道：「我本該帶你到亂石崗去看看的。」

鄧定侯道：「亂石崗？」

丁喜道：「那裡有幾十個婦人童子，天天在烈日下流汗流淚，卻連吃都吃不飽。」

鄧定侯道：「爲什麼？」

丁喜冷冷道：「你應該知道是爲了什麼。」

鄧定侯道：「你說的是沙家兄弟的孤兒寡婦？」

丁喜道：「就因爲他們想劫五犬旗保的鏢，所以死了也是白死，也就因爲那些孤兒寡婦們是沙家的人，所以挨餓受罪都是活該，江湖中既不會有人同情他們，也不會有人爲他們出來說一句話。」

鄧定侯終於明白，苦笑道：「你出手劫我們的鏢，就是爲了要救濟他們？」

丁喜冷笑道：「他們難道不是人？」

鄧定侯道：「你難道不能用別的法子？」

丁喜道：「你要我用什麼法子？難道要那些七八歲的孩子去做保鏢的？難道要那些年輕的寡婦跑到妓院裡去接客？」

鄧定侯不說話了。

丁喜也不開口了，兩個人慢慢的往前走，顯然都有很多心事。

他們做的事，都是他們自己認爲應該去做的，可是現在卻連他們自己也分不清是誰對？誰錯？

——也許「對」與「錯」之間，本就很難分出一個絕對的界限來。

夕陽已淡了，蹄聲驟響，三騎快馬從他們身邊飛馳而過。

馬上人意氣飛揚，根本就沒有將這個滿身臭汗的趕路人看在眼裡。

鄧定侯卻看見了他們，忽然笑了笑，道：「你知道這兩個人是誰？」

丁喜搖搖頭。

鄧定侯道：「他們全部是歸東景鏢局裡的第三流鏢師，平時看見了我，在三丈以外就會彎腰的。」

丁喜也笑了笑，道：「只可惜你現在正是倒楣的時候。」

一個人既有得意的時候，就一定也有倒楣的時候，無論什麼人都一樣。

鄧定侯微笑道：「所以我一點也不生氣。」

健馬馳過，塵土飛揚，一張紙飄飄的落了下來，落在他們面前。

丁喜已走過去，忽然又回身撿了起來，眼睛裡忽然發了光。

鄧定侯道：「這是從他們身上掉下來的？」

丁喜道：「嗯。」

鄧定侯道：「我看看。」

他只看了一眼，臉上也露出種很奇怪的表情，因爲他一眼就看見了八個令他觸目的字：「雙槍客決鬥霸王槍。」

他接著看下去：

「日月雙槍：岳。

日槍重二十一斤，長四尺五寸，月槍重十七斤半，長三尺九寸。

霸王槍，王。

長一丈三尺七寸三分，重七十三斤七兩三錢。

決戰時刻：七月初五，午時。

地點：東陽城，熊家大院。

公正人：熊九太爺。

旁證：『活陳平』陳準，『立地分金』趙大秤。

戰後講評：『小蘇秦』蘇小波。

巡場：『大力金剛』王虎，『小仙靈』萬通。

歡迎觀戰，保證精彩，憑券入院，每券十兩。」

看到最後八個字，鄧定侯笑了。

丁喜早就笑了。

鄧定侯搖著頭笑道：「這哪裡還像是武林高手的決鬥，簡直就像是賣狗皮膏藥的。」

丁喜笑道：「萬通的出身，本來就是賣狗皮膏藥的。」

鄧定侯道：「哦？」

丁喜道：「他還有個外號，叫『無孔不入』，只要有一點機會能弄錢，他就不會錯過，這一定又是他玩的把戲。」

鄧定侯道：「你認得他？」

丁喜道：「這些人我全都認得出來。」

鄧定侯道：「哦？」

丁喜苦笑道：「餓虎崗真正的老虎最多只有兩條，其餘的不是老鼠，就是看門狗，談不上能夠獨當一面的。」

鄧定侯道：「他們全都是餓虎崗的人？」

丁喜點點頭，道：「這些人裡面，卻只有『日月雙槍』岳麟還勉強可以算是條老虎。」

鄧定侯道：「我聽說過這個人的名頭，以他的身分，怎麼肯讓小仙靈做這種事？」

丁喜道：「萬通不但是隻老鼠，還是隻狐狸，老虎豈非總是會被狐狸耍得團團轉！」

鄧定侯道：「還有熊九……」

丁喜道：「熊九雖然是條好漢，可是別人只要給他幾頂高帽子一戴，他就糊塗了。」

鄧定侯笑著道：「小蘇秦當然一定很會給人高帽子戴的。」

丁喜道：「他本來就是餓虎崗上的說客，陳準、趙大秤和我是分贓的，王虎的打手，你若剝開他們外面一層皮，就會發現他們裡面什麼都沒有。」

鄧定侯道：「你好像對他們並不太欣賞。」

丁喜並不否認。

鄧定侯道：「但你卻也是餓虎崗上的人。」

丁喜笑了笑，道：「狐狸並不一定要喜歡狐狸，耗子也並不一定要喜歡耗子。」

鄧定侯盯著他，道：「你也是耗子？」

丁喜微笑道：「我若是耗子，你豈非就是條多管閒事的狗？」

鄧定侯笑了，苦笑。

——狗捉耗子，多管閒事。

他忽然發覺自己的閒事確實管得太多了些。

「就連這件事我都不該問。」他拋開了手裡的這張紙。

他苦笑道：「他們是雙槍鬥單槍也好，是餓老虎鬥母老虎也好，都跟我一點關係都沒有。」

丁喜道：「有關係。」

鄧定侯道：「有？」

丁喜道：「餓虎崗並不是個可以容人來去自如的地方，從前山到後山，一共有三十六道暗卡，十八隊巡邏，我本來實在沒把握帶你上去。」

鄧定侯道：「現在你難道已有了把握？」

丁喜點點頭，笑道：「老虎要出山去跟母老虎決鬥，那些大狐狸、小狐狸、大耗子、小耗子當然也一定會跟著去看熱鬧的。」

鄧定侯眼睛也亮了，道：「所以七月初五那天，餓虎崗的防衛，一定要比平時差得多。」

丁喜道：「一定。」

鄧定侯道：「所以我們正好趁機上山去。」

丁喜道：「一點也不錯。」

鄧定侯笑道：「想不到王大小姐居然也替我們做了件好事。」

丁喜忽然不笑了，冷冷道：「只可惜這件事，對她自己連一點好處都沒有。」

鄧定侯道：「你認爲她絕不是岳麟的對手？」

丁喜道：「你認爲她是不是岳麟的對手？」

鄧定侯嘆了口氣，道：「她不是。」

丁喜道：「假如她自己還有一點點自知之明，也應該知道的。」

鄧定侯嘆道：「所以我實在不懂，她爲什麼一定要找上江湖中這些最扎手的人物？」

丁喜道：「你不懂，我懂。」

鄧定侯道：「你懂？」

丁喜道：「嗯。」

鄧定侯道：「你說她是爲了什麼？」

丁喜道：「她瘋了。」

鄧定侯也不能不承認：「就算她還沒有完全瘋，多多少少也有一點瘋病。」

丁喜道：「你若遇見了一條發瘋的母老虎，你怎麼辦？」

鄧定侯道：「躲開她，躲得遠遠的。」

丁喜道：「一點也不錯。」

二

丁喜他算準了一件事，就很少會有算錯的。

所以他是「聰明的丁喜」。

他算準了七月初五那天，餓虎崗的防守果然很空虛，他們從後面一條小路上山，竟連一處埋伏都沒有遇見。

「這條路本來就很少有人知道。」

崎嶇陡峭的羊腸小路，荒草湮沒，後山的斜坡上，一片荒塚。

「做保鏢的人，只知道保鏢的常常死在強盜手裡，卻不知道強盜死在保鏢手裡的更多。」

鄧定侯沒有開口。

面對著山坡上的這一片荒塚，他也不禁在心裡問自己：

——是不是所有的強盜全都該死？

丁喜道：「埋在這裡的，全部是強盜，我本不該把那六個埋在這裡的。」

鄧定侯道：「因為他們不是強盜？」

丁喜淡淡道：「因為他們比強盜更卑鄙、更無恥，至少強盜還不會出賣自己的朋友。」

鄧定侯道：「你認爲我們一定是被朋友出賣了的？」

丁喜道：「除了你自己之外，還有誰知道你那趟鏢的秘密？」

鄧定侯道：「還有四個人。」

丁喜道：「是不是百里長青、歸東景、姜新和西門勝？」

鄧定侯道：「是。」

丁喜道：「他們是不是你的朋友？」

鄧定侯道：「若說他們這四個人當中，有一個是奸細，我實在不能相信。」

丁喜道：「若不是他們這四個人，就一定是另外那人了。」

鄧定侯道：「另外那個人是誰？」

丁喜道：「是你。」

鄧定侯只有苦笑。

知道那些秘密的，確實只有他們五個人，沒有第六個。

丁喜的嘴在說話，手也沒有閒著，他的話裡帶著譏諷，手裡卻帶著鋤頭。

鋤頭比他的舌頭動得還快。

現在六口棺材都已被挖了出來——每口棺材裡都有一個死人。

丁喜用袖子擦著汗。

丁喜道：「你爲什麼還不打開來看看？」

鄧定侯也在用袖子擦著汗，他的汗好像比丁喜的還多。

丁喜道：「你是不是不敢看？」

鄧定侯道：「爲什麼不敢？」

丁喜道：「因爲你怕我找出那個奸細來，因爲他很可能就是你最好的朋友。」

鄧定侯終於嘆了口氣，道：「我的確有點怕，因爲我……」

他沒有說下去。

剛打開第一口棺材，他就怔住。

他眼睜睜地瞪著棺材裡的死人，棺材裡這個死人好像也在眼睜睜地瞪著他。

丁喜道：「你認識這個人？」

鄧定侯點點頭，道：「這人姓錢，是『振威』的重要人手。」

丁喜道：「振威是不是歸東景的鏢局？」

鄧定侯道：「嗯。」

丁喜道：「你知不知道他的鏢局裡有人失蹤？」

鄧定侯搖搖頭。

他已打開了第二口棺材，又怔住：「這人叫阿旺。」

「阿旺是什麼人？」

「是我家的花匠。」鄧定侯苦笑。

「你也不知道他失蹤了？」

「我已經有七八個月沒回家去過。」

丁喜也只有苦笑。

——第三個人是「長青」的車伕，第四個是姜家的廚子，第五個人是「威群」的鏢伙，第六個人是替西門勝洗馬的。

丁喜道：「這六個人現在你已全看見，而且全部都認得。」

鄧定侯道：「嗯。」

丁喜道：「可惜你看過了也是白看的，連一點用都沒有。」

鄧定侯道：「不過，幸好還有六封信。」

丁喜道：「這六封信都是一個人寫的。」

鄧定侯道：「嗯。」

丁喜道：「你看出這是誰的筆跡嗎？」

鄧定侯道：「嗯。」

丁喜的眼睛亮了。

鄧定侯突然笑了笑，笑得很奇怪：「這個人的字不但寫得好，而且有幾筆寫得很怪，別人就算要學也很難學會。」

丁喜道：「這個人究竟是誰？」

鄧定侯笑得更奇怪，慢慢地伸出一根手指，指著自己的鼻子。

「這個人就是我。」

「這個人就是你？」

丁喜想叫，沒有叫出來，想笑，又笑不出——這件事並不好笑，一點也不好笑。事實上，這件事簡直可以讓人一把鼻涕、一把眼淚哭出來。

鄧定侯笑的樣子就並不比哭好看。

丁喜盯著他，上上下下看了好幾遍，忽然問道：「你自己會不會出賣自己？」

鄧定侯道：「不會。」

丁喜道：「這六封信是不是你寫的？」

鄧定侯道：「不是。」

丁喜一句話都不再說，扭頭就走。

鄧定侯就跟著他走。

走了一段路，兩個人的衣服又都濕透，丁喜才嘆了口氣，道：「其實我們走這一趟也並不是完全沒有收穫的。」

鄧定侯道：「哦？」

丁喜道：「我至少總算得到個教訓。」

鄧定侯道：「什麼教訓？」

丁喜道：「下次若有人叫我在這種天氣裡，冒著這麼熱的太陽，走這麼遠的路，來找六個死人探聽一件秘密，我就……」

鄧定侯道：「你就踢他一腳？」

丁喜道：「我既不是騾子，也不是小馬，我不喜歡被人踢，也從來不踢人。」

鄧定侯道：「那麼你就怎樣？」

丁喜道：「我就送樣東西給他。」

鄧定侯道：「他害你在烈日下白跑了一趟，你還送東西給他？」

丁喜點點頭。

鄧定侯道：「你準備送給他什麼東西？」

丁喜道：「送他一個人。」

鄧定侯道：「人？」

丁喜道：「一個他心裡喜歡，嘴裡卻不敢說出來的女人。」

鄧定侯笑了，道：「你說的女人是不是那位王大小姐？」

丁喜也笑了，道：「一點也不錯。」

鄧定侯道：「因爲王大小姐已瘋了。」

丁喜笑道：「這個人叫我做這種事，當然也有點瘋病，他們兩人豈非正是天生的一對？」

鄧定侯大笑，道：「這個人當然就是我。」

丁喜故意嘆了口氣，道：「你既然一定要承認，我也沒法子。」

鄧定侯道：「反正我嘴裡就算不說出來，你也知道我心裡一定喜歡得要命。」

丁喜道：「答對了。」

鄧定侯道：「只不過還在擔心一件事。」

丁喜道：「什麼事？」

鄧定侯道：「若有人真的把王大小姐送給了我，你怎麼辦呢？」

丁喜又不笑了，板著臉道：「你放心，世上的女人還沒死光，我也絕不會出家當和尚去，我一向不吃素。」

鄧定侯笑道：「素雖然不吃，醋總是要吃一點的。」

丁喜用眼角瞄著他，道：「我只奇怪一件事。」

鄧定侯道：「什麼事？」

丁喜道：「江湖上，怎麼沒有人叫你滑稽的老鄧？」

他們下山的時候，居然也沒有遇見埋伏暗卡，這個「可怕的餓虎崗」，竟像是已變成了個任何人都可以隨便上去逛逛的地方。

只可惜逛也是白逛。

鄧定侯道：「除了這個教訓外，你看看還有什麼別的收穫？」

丁喜道：「還有一肚子氣，一身臭汗。」

鄧定侯道：「那麼，現在我還可以讓你再得到一個教訓。」

丁喜道：「什麼教訓？」

鄧定侯道：「你以後聽人說話，最好聽清楚些，不能只聽一半。」

丁喜不懂。

鄧定侯道：「我只說我的筆跡很少有人能學會，並不是說絕對沒有人能學會。」

丁喜的眼睛又亮了。

鄧定侯道：「至少我就知道有個人能模仿我寫的字，幾乎連我自己也分辨不出。」

丁喜道：「這人是誰？」

鄧定侯道：「是歸大老闆歸東景。」

丁喜大笑道：「是他？」

鄧定侯道：「這個人外表看來，雖然有點傻頭傻腦，好像很老實的樣子，其實他卻是個絕頂聰明的人，連我都上過他的當。」

丁喜道：「你上過他什麼當？」

鄧定侯道：「有一次他假冒我的筆跡，把我認得的女人全都請到我家裡，我一走進門，就看見七八十個女人全都打扮得花枝招展的，坐在我的客廳裡，我老婆已氣得連頸子都粗了，三個多月沒有跟我說過一句話。」

丁喜忍住笑，道：「他為什麼要開這種玩笑？」

鄧定侯恨恨的道：「這老烏龜天生就喜歡惡作劇，天生就喜歡看別人難受著急。」

丁喜終於忍不住大笑，道：「可是你相好的女人也未免太多了一點。」

鄧定侯也笑了，道：「不但人多，而且種類也多，其中還有幾個是風月場中有名的才女，連她們都分不出那些信不是我寫的，可見那老烏龜學我的字，實在已可以亂真。」

丁喜道：「所以他雖然害了你一下，卻也幫了你一個忙。」

鄧定侯道：「幫了我兩個忙。」

丁喜道：「哦？」

鄧定侯道：「他讓我清清靜靜的過了三個月太平日子，沒有聽見那母老虎囉嗦過半句。」

丁喜道：「這個忙幫得實在不小。」

鄧定侯目光閃動，道：「現在他又提醒了我，那六封信是誰寫的。」

丁喜的眼睛裡也在閃著光，道：「你們的聯營鏢局，有幾個老闆？」

鄧定侯道：「四個半。」

丁喜道：「四個半？」

鄧定侯道：「我們集資合力，賺來的利潤分成九份，百里長青、歸東景、姜新和我各佔兩份，西門勝佔一份。」

丁喜道：「所以歸東景自己也是老闆之一。」

鄧定侯道：「他當然是的。」

丁喜道：「他為什麼要自己出賣自己？」

鄧定侯沉吟著，道：「我們保一趟十萬兩的鏢，只收三千兩公費。」

鄧定侯道：「扣去開支，純利最多只有一千兩，分到他手上，已只剩下三百多兩。」

丁喜道：「可是我劫下這趟鏢之後，就算出手時要打個對折，他還是可以到手一萬兩。」

鄧定侯道：「一萬兩當然比三百兩多得多，這筆帳他總能算得出來的。」

丁喜笑道：「我也相信他一定能算得出，近年來他幾乎可算是江湖第一巨富，他那些錢當然不會真的是從天上掉下來的。」

鄧定侯道：「而且他自己也說過，他什麼都怕，銀子他絕不怕多，女人也絕不怕多。」

丁喜笑道：「我也不怕。」

鄧定侯道：「我卻有點怕。」

丁喜道：「怕什麼？」

鄧定侯嘆道：「這種事本來就很難找出真憑實據，我只怕他死不認帳，我也沒法子讓他說實話。」

丁喜道：「我有法子。」

鄧定侯道：「什麼法子？」

丁喜道：「先打掉他兩顆門牙，再撕下他的一雙耳朵。」

鄧定侯笑道：「這法子聽來好像還不錯。」

丁喜道：「本來就不錯，而且絕對有效。」

鄧定侯道：「我們幾時去動手？」

丁喜道：「現在就走。」

鄧定侯道：「誰去動手？」

丁喜眨了眨眼，道：「那老烏龜的武功怎麼樣？」

鄧定侯道：「也不能算太好，只不過比金槍徐好一點。」

丁喜道：「一點是多少？」

鄧定侯道：「一點的意思，就是他只要用手指輕輕一點，金槍徐就得躺下。」

丁喜好像已笑不出來了。

鄧定侯道：「據說他還有十三太保橫練的功夫，卻也練得不太好，有次我看見一個人只不過在他背上砍了三刀，他就已受不了。」

丁喜道：「受不了就怎麼辦？」

鄧定侯道：「他就回身搶過了那個人的刀，一下子拗成了七八段。」

丁喜道：「然後呢？」

鄧定侯道：「然後他們就跟我們到珍珠樓喝酒。」

丁喜道：「他被人砍了三刀，還能喝酒？」

鄧定侯道：「他喝得也並不多，因爲他急著要小珍珠替他抓癢。」

丁喜道：「抓癢？替他抓什麼地方？」

鄧定侯道：「當然是要抓他的背。」

丁喜怔了半天，忽然笑道：「我知道了。」

鄧定侯道：「知道了什麼？」

丁喜道：「知道應該誰去動手了。」

鄧定侯道：「誰？」

丁喜道：「你。」

七 這一條路

一

上山容易，下山也不難。

太陽還沒有下山，他們就已下了山。

山下有條小路，路上有棵大樹，樹下停著輛車，趕車的是個小伙子，打著赤膊，搖著草帽蹲在那裡曬太陽。

樹蔭下有風，風吹過來，傳來一陣陣酒香，是上好的竹葉青。

附近看不見人煙，唯一可能有酒的地方，就是這輛大車。

這小伙子一個人在外面曬太陽，卻把這麼好的酒放在車子裡吹風乘涼。

丁喜嘆了口氣，忽然發現這世上有毛病的人倒是真不少。

鄧定侯看著他，問道：「你想不想喝酒？」

丁喜道：「不想。」

鄧定侯很意外，道：「爲什麼？」

丁喜道：「因爲我雖然是個強盜，卻還沒有搶過別人的酒喝。」

鄧定侯道：「我們可以去買。」

丁喜道：「我也很想去買，只可惜我什麼樣的酒舖都看見過，卻還沒有看見過有開在馬車裡的酒舖。」

鄧定侯笑道：「你現在就看見了一個。」

丁喜果然看見了。

那趕車的小伙子，忽然站起來，從車後面拉起了一面青布酒帘，上面還寫著：「上好竹葉青加料滷牛肉。」

若說現在這世上還有什麼事能讓丁喜和鄧定侯高興一點，恐怕就只有好酒加牛肉了。

鄧定侯道：「那老烏龜實在很不好對付，我只怕還沒有撕下他的耳朵來，就已先被他打下了我的耳朵。」

丁喜道：「所以你現在就很發愁。」

鄧定侯道：「所以我要去借酒澆愁。」

丁喜道：「好主意。」

兩個人大步走過去。

「來十斤滷牛肉，二十斤酒。」

「好。」

這小伙子嘴裡答應著，卻又蹲了下去，開始用草帽搧風。

他們看著他，等了半天，這小伙子居然連一點站起來的意思都沒有。

丁喜忍不住道：「你的牛肉和酒自己會走過來？」

趕車的小伙子道：「不會。」

他連頭都沒有抬，又道：「牛肉和酒不會走路，可是你們會走路。」

丁喜笑了。

小伙子道：「我只賣酒，不賣人，所以……」

丁喜道：「所以我們只要想喝酒，就得自己走過去拿了。」

小伙子道：「拿完之後，再自己走過來付帳。」

馬車雖然並不新，門窗上卻掛著很細密的竹簾子，走到車前，酒香更濃。

「這小伙子的人雖然不太怎麼樣，賣的酒倒真是頂好的酒。」

「只要酒好，別的事就全部可以馬虎一點了。」

鄧定侯先走過去，掀起了竹簾。

鄧定侯怔住。

丁喜跟著走過去，往車廂裡一看。

丁喜也怔住。

一個人舒舒服服的坐在車廂裡，手裡拿著一大杯酒，正咧著嘴，看著他們直笑。

這個人的嘴表情真多。

這個人赫然竟是「福星高照」歸東景。

車廂裡涼爽而寬敞，丁喜和鄧定侯都已坐下來，就坐在歸東景對面。

歸東景看著他們，一會兒咧著嘴笑，一會兒撇著嘴笑，忽然道：「你們剛才說的老烏龜是誰？」

鄧定侯道：「你猜呢？」

歸東景道：「好像就是我。」

鄧定侯道：「猜對了。」

歸東景道：「你準備撕下我的耳朵？」

鄧定侯道：「先打門牙，再撕耳朵。」

歸東景嘆了口氣，道：「你們能不能先喝酒吃肉，再打人撕耳朵？」

鄧定侯看看丁喜。

丁喜道：「能。」

於是他們就開始喝酒吃肉，喝得不多，吃得倒真不少。

切好了的三大盤牛肉，轉眼間就一掃而空，歸東景又嘆了口氣，道：「你們準備什麼時候動手？」

鄧定侯道：「等你先看看六封信。」

六封信拿出來，歸東景只看了一封：「這些信當然不是你親筆寫的。」

鄧定侯道：「不是。」

歸東景苦笑道：「既然不是你寫的，當然就一定是我寫的。」

鄧定侯道：「你承認？」

歸東景嘆道：「看來我就算不想承認也不行了。」

丁喜道：「誰說不行？」

歸東景道：「行？」

丁喜道：「你根本就不必承認，因爲……」

鄧定侯緊接著道：「因爲這六封信，根本就不是你寫的。」

歸東景自己反而好像很意外，道：「你們怎麼知道這不是我寫的？」

丁喜道：「餓虎崗上的人，不是大強盜，就是小強盜，冤家對頭也不知有多少。」

鄧定侯道：「這些人就算要下山比武決鬥，也絕不該到處招搖，讓大家都知道。」

丁喜道：「因爲他們就算不怕官府追捕，也應該提防仇家找去，他們的行蹤一向都怕別人知道。」

鄧定侯道：「可是這一次他們卻招搖得厲害，好像唯恐別人不知道似的。」

丁喜道：「你猜他們這是爲了什麼？」

歸東景道：「我不是聰明的丁喜，我猜不出。」

鄧定侯道：「我也不是聰明的丁喜，但我卻也看出了一點苗頭。」

歸東景道：「哦？」

鄧定侯道：「他們這麼樣做，好像是故意製造機會。」

鄧定侯接道：「好讓我們上餓虎崗去拿這六封信。」

歸東景道：「你既然知道這六封信不是你自己寫的，就一定會懷疑我了。」

鄧定侯道：「於是我就要去打你的門牙，撕你的耳朵。」

歸東景道：「到時我就算否認，也一定沒有人會相信。」

丁喜道：「於是那個真正的奸細，就可以拍著手在旁邊看笑話了。」

歸東景不解道：「餓虎崗上的好漢們，爲什麼要替我們的奸細做這種事情？」

丁喜道：「因爲這個人既然是你們的奸細，就一定對他們有利。」

歸東景道：「你呢？你不知道這回事？」

丁喜笑了笑，道：「聰明的丁喜，也有做糊塗事的時候，這次我好像就做了被人利用的工具。」

歸東景也笑了，道：「幸好你並不是真糊塗，也不是假聰明。」

鄧定侯道：「所以現在你耳朵還沒有被撕下來，牙齒也還在嘴裡。」

歸東景盯視著他，忽然問道：「我們是不是多年的朋友？」

鄧定侯道：「是。」

歸東景道：「現在我們又是好夥伴。」

鄧定侯道：「不錯。」

歸東景指著丁喜，道：「這小子是不是被我們抓來的那個劫鏢賊？」

鄧定侯微笑點頭。

歸東景嘆息著，苦笑道：「可是現在看起來，你們反而像是好朋友，我倒像是被你們抓住了。」

丁喜笑道：「你絕不會像是個小賊。」

歸東景道：「哦？」

丁喜道：「你就算是賊，也一定是個大賊。」

歸東景道：「爲什麼？」

丁喜道：「小賊唯恐別人說他糊塗，所以總是要作出聰明的樣子，大賊唯恐別人知道他聰明，所以總是喜歡裝糊塗，而且總是裝得很像。」

歸東景大笑，道：「討人歡喜的丁喜，果然是真的討人歡喜。」

他大笑著站起來，拍了拍丁喜的肩，道：「這輛馬車我送給你，車裡的酒也送給你。」

丁喜道：「爲什麼給我？」

歸東景道：「你喝了酒之後，就喜歡送人東西，我也喜歡你。」

丁喜道：「你自己呢？」

歸東景笑道：「我既然已沒有嫌疑，最好還是趕快溜開，否則就得陪著你傷透腦筋了。」

歸東景道：「奸細既然不是我，也不是老鄧，那麼能跟餓虎崗串通的，怎麼會知道你們要來？」

他搖著頭，微笑道：「這些問題全部傷腦筋得很，我是個糊塗人，又懶又笨，遇著要傷腦筋去想的事，一向都溜得很快。」

他居然真的說溜就溜。

丁喜看著鄧定侯，鄧定侯看看丁喜，兩個人一點法子也沒有。

歸東景跳下馬車，忽又回頭，道：「還有件事我要問你。」

丁喜道：「什麼事？」

歸東景道：「你們既然已懷疑我是奸細，怎麼會忽然改變主意的？」

丁喜笑了笑，道：「因爲我喜歡你的嘴。」

歸東景看著他，摸了摸自己的嘴，喃喃道：「這理由好像還不錯，我這張嘴也實在很不錯。」

只說了這兩句話，他的嘴已改變了四種表情，然後就大笑著揚長而去，卻將一大堆傷腦筋的問題，留給了鄧定侯和丁喜。

鄧定侯嘆了口氣，苦笑道：「這人實在有福氣，有些人好像天生就有福氣，有些人卻好像天生就得隨時傷腦筋的。」

丁喜道：「哦？」

鄧定侯道：「他剛才既然說出了那些問題，現在我就算想不傷腦筋都不行了。」

丁喜同意。

鄧定侯道：「有可能知道我們已到餓虎崗來的，除了我們外，只有百里長青、姜新和西門勝。」

丁喜道：「不錯。」

鄧定侯道：「現在看起來，嫌疑最大的就是西門勝了。」

丁喜道：「因爲他親耳聽見我們的計劃。」

鄧定侯道：「也因爲他九份純利中，只能佔一份。」

丁喜道：「可是他卻已被歸東景派出去走鏢了。」

鄧定侯苦笑道：「所以我才傷透腦筋。」

丁喜道：「百里長青呢？」

鄧定侯道：「兩個月之前，他就已啓程回關東了。」

丁喜道：「現在有嫌疑的人豈非已只剩下了『玉豹』姜新？」

鄧定侯道：「算來算去，現在的確好像已只剩下他，只可惜他已在床上躺了六個月，病得連站都站不起來了。」

他苦笑著又道：「據說他得的是色癆，所以姜家上上下下都守口如瓶，不許把這些消息洩露。」

丁喜怔了一怔，道：「這麼樣說來，有嫌疑的人，豈非連一個都沒有？」

鄧定侯嘆道：「所以我更傷腦筋。」

丁喜的眼珠轉了轉，忽又笑道：「我教你個法子，你就可以不必傷腦筋了。」

鄧定侯精神一振，問道：「什麼法子？」

丁喜道：「這些問題你既然想不通，爲什麼不去問別人？」

鄧定侯立刻又洩了氣，喃喃道：「這算是個什麼法子？」

丁喜道：「算是個又簡單、又有效的法子。」

鄧定侯道：「這些問題，我能去問誰？」

丁喜道：「去問『無孔不入』萬通。」

鄧定侯精神又一振。

丁喜道：「熊家大院的決戰那麼招搖，一定是他安排的，和你們那邊奸細勾結的人，也一定就是他。」

鄧定侯道：「至少他總有份。」

丁喜道：「所以他就一定會知道那奸細是誰。」

鄧定侯跳起來，拉住丁喜，道：「既然如此，我們爲什麼還不走？」

丁喜卻懶洋洋的躺了下去，微笑道：「莫忘我已是有車階級，爲什麼還要走路？」

二

他們趕到熊家大院時，熊九太爺正在他那平坦廣闊、設備完美的練武場上負手漫步。

他平生有三件最引以爲傲的事，這練武場就是其中之一。

自從他退休之後，的確已在這裡造就過不少英才，使得附近的鄉里子弟，全部變成了身體強壯的青年。

現在他溫柔可愛的妻子已故去多年，兒女又遠在他方，這練武場幾乎已成爲他精神上最大的安慰和寄託。

陽光燦爛，是正午。

七月初六的正午。

練武場上柔細的沙子，在太陽下閃閃發光，他平禿的頭頂，赤紅的臉，在陽光下看來，亮得幾乎比兩旁兵器架上的槍還耀眼。

他是個健碩開朗的老人，儀表修潔，衣著考究，無論誰都休想從他身上找出一點老人的蹣頊臃腫之態。

丁喜和鄧定侯已在應有的禮貌範圍內，仔細的觀察他很久。

他們只希望自己到了這種年紀時，也能有他這樣的精神風度。

在驕陽的熱力下，連遠山吹來的風都變得懶洋洋的，提不起勁來。

老人「唰」的展開手中摺扇，扇面上四個墨跡淋漓的大字：「清風徐來。」

這四個字看來好像很平凡、很庸俗，但你若仔細咀嚼，才能領略到其中滋味。

熊九太爺輕搖著摺扇，已帶領著丁喜和鄧定侯四面巡視了一周，臉上帶著一種驕傲而滿足的微笑，道：「這地方怎麼樣？」

鄧定侯道：「很好，好極了。」

他們只能說很好，但他們說的也並不是虛偽的客氣話，而是真心話。

熊九太爺微笑道：「這地方縱然不好，至少總算還不小，就算同時有兩三千人要進來，這裡也照樣可以容納得下。」

鄧定侯同意，他們就這麼樣走一圈，已走了一頓飯的功夫。

熊九太爺道：「一個人十兩，三千人就三萬兩，別人在拚命，他們卻發財了。」

鄧定侯道：「這件事前輩也知道？」

熊九太爺縱聲大笑道：「他們以爲我不知道，以爲給我戴上頂高帽子，就可以利用我，卻不知我年紀雖老了，卻還不是老糊塗。」

鄧定侯試探著道：「前輩這麼樣做，莫非別有深意？」

熊九太爺笑說道：「我這裡排場雖擺得大，卻是個空架子，經常缺錢用。」

鄧定侯道：「我聽說過，貧窮人家的子弟到這裡來練武，前輩不但管吃管用，還負責照顧他們的家小。」

熊九太爺點點頭，目中露出種狡黠的笑意，道：「這筆開銷實在很大，可是有了三萬兩銀子，至少就可以應付個三五年。」

鄧定侯也不禁微笑。

現在他才明白熊九的意思，原來這老人竟早已準備黑吃黑。

熊九太爺用一雙炯炯有光的眼睛，直視著面前這兩個人，忽又笑了笑，道：「兩位遠來，我直到現在還未曾請教過兩位的高姓大名，兩位一定以爲我禮貌疏緩，倚老賣老。」

鄧定侯道：「不敢。」

熊九太爺笑道：「閣下想必就是『神拳小諸葛』鄧定侯了。」

鄧定侯怔了一怔，道：「前輩怎麼知道的？」

熊九太爺道：「一個三四十歲的年輕人，除了神拳小諸葛外，誰能有這樣的風采，這樣的氣概。」

他目中忽又露出那種狡黠的笑意，道：「何況，遠在多年前，我就已見過閣下的真面目了，否則我還是一樣認不出來的。」

鄧定侯又笑了。

他忽然發現這老人的狡黠，非但不可恨，而且很可愛的。

熊九太爺已轉向丁喜，道：「這位少年人，我倒眼生得很。」

丁喜道：「在下姓丁，丁喜。」

熊九道：「就是那個聰明的丁喜嗎？」

丁喜道：「不敢。」

熊九太爺又上下打量他幾眼，笑道：「好，果然是一副又聰明，又討人喜歡的樣子。」

他微笑著，忽然出手，五指虛拿，閃電般去扣丁喜的手腕。

這招正是他當年成名的絕技，「三十六路大擒拿手」。

他的出手不但迅速、準確，而且虛實相間，變化很多。

丁喜直等到脈門已被他扣住手，手腕輕輕一翻，立刻又滑出。

老人臉色變了。

三十年來，江湖中還沒有一個人能在他掌握下滑脫的。

他看著自己的手，忽又大笑，道：「好，果然是英雄出少年，看來我真的已老了。」

丁喜微笑道：「可是你雙手卻還沒老，心更沒老。」

熊九大笑，拍著丁喜的肩，道：「好小子，真是個好小子，你下次若是劫了鏢，有剩下的銀子，千萬莫忘記送來給我，我也缺錢用。」

丁喜道：「前輩昨天豈非還賺了三萬兩？」

熊九道：「連一兩都沒賺到。」

丁喜道：「日月雙槍和霸王槍的決鬥，難道會沒有人來看？」

熊九道：「有人來看，卻沒有人決鬥。」

丁喜愕然道：「為什麼？」

熊九道：「因為王大小姐根本就沒有來。」

丁喜怔住。

鄧定侯忍不住問道：「餓虎崗上的那些好漢們呢？」

熊九道：「他們聽人說起王大小姐和金槍徐的那一戰，就全都趕到杏花村去了。」

鄧定侯立刻躬身道：「告辭。」

熊九道：「你們也想趕到杏花村去？」

鄧定侯點點頭。

老人眼裡第三次露出那種有趣而狡黠的笑意，道：「到了那裡，千萬莫忘記替我問候那朵紅杏花，就說我還是不嫌她老，還等著她來找我。」

車馬已啓行，熊九太爺還站在門外，帶著笑向他們揮手。

從畫窗裡望去，他的人愈來愈小，頭頂卻愈來愈亮。

鄧定侯忽然笑道：「其實我也早就見過他了，只不過一直懶得跟他打交道而已。」

丁喜道：「爲什麼？」

鄧定侯道：「因爲我一直以爲他只不過是個昏庸自大的老頭子，想不到……」

丁喜道：「想不到他卻是條老狐狸？」

鄧定侯點點頭，微笑道：「而且是條很可愛的老狐狸。」

丁喜伸直了雙腿，架在對面的位置上，忽然自己一個人笑了起來，笑個不停。

鄧定侯道：「你笑什麼？」

丁喜笑道：「假如我們真的能替他跟紅杏花撮和，讓他們配成一對，那豈非一定很有趣。」

鄧定侯大笑，道：「假如你真有這麼大的本事，我情願輸給你五百桌酒席。」

丁喜的人立刻又坐直了，道：「真的？」

鄧定侯道：「只要你能叫那老太婆來找他，我就認輸了。」

丁喜道：「一言爲定？」

鄧定侯道：「一言爲定。」

其實他心裡也知道聰明的丁喜一定有這種本事，可是他卻情願輸。

因爲他從來也沒有見過熊九和紅杏花這麼年輕的老人。

所以他們就應該永遠有享受青春歡樂的權利。

所以他希望他們真的能生活在一起。

他也相信，假如這世上真的還有一個人能讓那老妖精去找那老狐狸，這個人一定就是丁喜。

三

紅杏花忽然從籐椅中跳起來，跳得足足有八尺高，人還沒有落下來，就一把揪住了丁喜的衣襟，大聲道：「什麼？你說什麼？」

丁喜陪笑道：「我什麼都沒有說，什麼話都是那老狐狸說的。」

紅杏花瞪眼道：「他真的說我怕他？」

丁喜道：「他還跟我打賭，說你絕不敢走進熊家大院一步。」

他作出一副不服氣，一副要替紅杏花打抱不平的樣子，他恨恨地道：「最氣人的是，他居然還認爲你一直都想嫁給他，他卻不要你。」

紅杏花又跳了起來：「你最好弄清楚，是他不要我，還是我不要他。」

丁喜道：「當然你不要他。」

紅杏花道：「爲什麼？」

丁喜嘆道：「因爲我知道這種死無對證的事，是永遠也弄不清楚的，就讓他自己去自我陶醉，我倒也不會少掉一塊肉。」

紅杏花瞪著他，忽然反手給了他一記耳光，又順手打碎了酒壺，然後就像是條被人踩疼了尾巴的貓一樣，衝了出去。

丁喜摸著自己的臉，喃喃道：「看來這次她真的生氣了。」

鄧定侯道：「你看得出？」

丁喜苦笑道：「我看不出，卻摸得出，我至少已挨過她七八十個耳光，只有這次她打得最重。」

鄧定侯道：「就因爲打得重，可見她早已對那老狐狸動了心，只不過自己想想，畢竟已有了一大把年紀，總不好意思臨老還要上花轎。」

丁喜大笑道：「答對了，有獎。」

鄧定侯嘆了口氣道：「我本來一直認爲這法子很不高明，想不到你用來對付她，倒真的很有效。」

丁喜道：「所以現在你已經在後悔，本不該跟我打賭的。」

鄧定侯故意冷笑道：「難道你認爲我現在已經輸了嗎？」

丁喜道：「難道你認爲你自己現在還沒輸？」

鄧定侯淡然道：「你怎麼知道她一定是到熊家大院去的？」

丁喜道：「我當然知道。」

鄧定侯道：「她連一點行李也沒有帶，連一樣事都沒有交代，就會這樣走了？」

丁喜微笑道：「她不想走的時候，你就算用火燒了她的房子，她還是一樣會動也不動地坐在房子裡。」

一直斜倚在旁邊軟榻上的小馬，忽然也笑了笑，接著道：「她若想到一個地方，就算光著屁股，也一定會去的。」

鄧定侯忍不住大笑，道：「看來你們兩個人的確都很了解她。」

丁喜道：「哦？」

小馬道：「她明明知道我寧可讓傷口爛出蛆來，也不願這麼樣躺在床上的。」

他整個人就像是件送給情人的精美禮物一樣，被人仔仔細細的包紮了起來。

鄧定侯看著他，笑道：「幸好你這次總算聽了她的話，傷口裡若真的爛出蛆來，那滋味我保證一定比這麼樣躺著還難受得多。」

丁喜也同樣在看著這個像禮物般被包紮得很好的人，眼睛裡連一點笑意都沒有，卻帶著種很奇怪的表情，忽然問道：「岳麟、萬通他們還沒有來？」

小馬顯得很詫異，反問道：「他們會來？」

丁喜慢慢的點了點頭，目光不停的往四面搜索，就像是條獵狗。

一條已嗅到了獵物氣味的獵狗。

小馬道：「你在找什麼？」

丁喜道：「狐狸。」

小馬笑了，一笑起來，他的傷口就痛，所以笑得很勉強。

鄧定侯忍不住問道：「這屋子裡有狐狸？」

丁喜道：「可能。」

鄧定侯道：「老狐狸在熊家大院。」

丁喜道：「小狐狸卻可能在裡面。」

鄧定侯道：「是公的？還是母的？」

丁喜道：「當然是母的。」

鄧定侯也笑了。就在這時，只聽「嘩啦啦」一聲響，好像有人同時摔破了七八個杯子。

這間房是紅杏花的私室，外面才是販賣酒的地方。

小馬皺眉道：「這一定是老許伺候得不周到，客人們發了脾氣。」

老許就是杏花村唯一的伙計，又老又聾，而且還時常偷喝酒。

這時外面又是「嘩啦啦」一聲響，酒壺酒杯又被摔破了不少。

鄧定侯也不禁皺起了眉，道：「這位客人的脾氣也未免太大了。」

小馬眼珠子轉了轉，道：「岳老大的脾氣一向不小，不知道來的是不是他？」

這句話還沒有說完，丁喜已衝了出去，鄧定侯也跟著衝了出去。

小馬看著他們衝出門。

小馬忽然長長嘆了口氣，就好像放下副很重的擔子。

只聽外面一個人大聲道：「是你，你居然還沒有走？」

這人的聲音沙啞低沉，果然是「日月雙槍」岳麟的聲音。

另外一人道：「我們等你已經等得快要急出病來了，你卻躲在這裡喝酒。」

這人的聲音又尖又高，恰好跟岳麟相反，卻是岳麟的死黨，「活陳平」陳準。

活陳平和立地分金一向形影不離，他既然來了，趙大秤當然也在。

「萬通呢？」

這是丁喜的聲音。

萬通的膽子最小，從來不肯落單，「別人都來了，他怎麼會沒有來？」

岳麟道：「你要找他？」

丁喜道：「嗯。」

岳麟冷冷道：「他好像也正想找你。」

丁喜道：「他的人在哪裡？」

陳準道：「就在附近，不遠。」

趙大秤道：「只要你有空，我們隨時都可以帶你去找他。」

三個人說話的聲音都很奇怪，竟像是隱藏著什麼陰謀一樣。

——他們對丁喜會有什麼陰謀？

小馬又皺起了眉，掙扎著想爬起來，可是他身後卻忽然伸出了一隻手，按住了他的肩。

屋子裡本來沒有別的人，這人是哪裡來的？難道是從他後面的衣櫃裡鑽出來的？

小馬顯然早已知道衣櫃裡有人，所以一點也不覺得驚奇意外，卻壓低了聲音，道：

「快躲進去，說不定他們馬上就會進來。」

「不會的。」這人也壓低了聲音，俯在他肩上輕輕耳語。

「丁喜好像急著要找萬通，一定會馬上就跟著他們去。」

小馬道：「他就算要走，也一定會先進來告訴我一聲的。」

這人道：「也不會。」

小馬道：「爲什麼？」

這人道：「因爲他怕別人跟著他進來，他不願意別人看見你這樣子。」

小馬還沒有開口，已經聽見丁喜在外面大聲道：「好。」

岳麟道：「外面那輛馬車是你的嗎？」

丁喜道：「是別人送給我的。」

陳準冷笑道：「原來小丁現在交的都是闊朋友，所以才會把我們忘記了。」

趙大秤道：「能交到闊朋友也是好事，我們禿子跟著月亮走，多多少少也可以沾點光。」

幾個人冷言冷語，終於還是跟著丁喜一起走了出去，大家誰都沒有問起鄧定侯。

「神拳小諸葛」名頭雖響，黑道朋友見過他真面目的卻不多。

腳步聲忽然就已去遠了，外面只剩下老許一個人在罵街。

「你他娘的是什麼玩意兒，亂砸杯子幹什麼？我操你娘。」

然後外面又傳來一陣車轔馬嘶聲，轉眼間也已去得很遠。

小馬和按在他肩上的那隻手緊緊的握在一起，就好像彼此都再也捨不得放開。

四

車子裡坐七個人雖然還不算太擠，可是鄧定侯卻已被擠到角落裡。

因為坐在他這邊的幾個人，有兩個是大塊頭，尤其是其中一個手裡提著把開山大斧的，一條腿就比陳準整個人都重。

「這個人一定就是大力金剛。」

鄧定侯看來像是已睡著，其實卻一直在觀察著這些人的。

尤其是岳麟——一個人被稱做「老大」，總不會沒有原因的。

岳老大的身材並不高大，肩卻極寬，腰是扁的，四肢長而有力，只要一抬手，就可以看見一塊塊肌肉在衣服裡跳動不停。

他的臉上卻很少有什麼表情，古銅色的皮膚，濃眉獅鼻，卻長著雙三角眼，眼睛裡精光四射，凜凜有威，雖然一坐上車就沒有動過，看起來卻像是條隨時隨地都準備撲起來擇人而噬的山豹子。

「這個人看來不但剽悍勇猛，而且還一定是天生神力。」

鄧定侯又從他的手，看到他所拿的槍。

他的手寬闊粗糙，他總是把手平平的放在自己膝蓋上，除了小指外，其餘的指甲都剪得很禿，仔細一看，才看得出是用牙齒咬的。

「這個人的外表雖然冷酷無情，心裡卻一定很不平靜。」

鄧定侯觀人於微，知道只有內心充滿矛盾不安的人，才會咬指甲。

那對份量極重的「日月雙槍」並不在他手裡，兩桿槍外面也都用布袋套著，也有個人專門跟著他，爲他提槍。

這人也是個彪形大漢，看來比大力神更精悍，此刻就坐在岳麟對面，一雙手始終沒有離開過槍袋，甚至連目光都沒有離開過。

陳準卻是個很瘦小的人，長得就像是那種從來也沒有做過蝕本買賣的生意人一樣，臉上不笑時也像是帶著詭笑似的。

他們一直都在笑眯眯的看著丁喜，竟像是完全沒有注意到車子裡還有鄧定侯這麼樣一個人。

丁喜當然也不會急著替他們介紹，微笑著道：「你們本來是不是準備到杏花村去喝酒的？」

岳麟板著臉道：「我們不是去喝酒，難道還是去找那老巫婆的？」

想喝酒的人，喝不到酒，脾氣當然難免會大些。

丁喜笑了笑，從車座下提出了一罈酒，拍開了封泥，酒香撲鼻。

陳準深深吸了口氣，道：「好酒。」

趙大秤皮笑肉不笑，悠然道：「小丁果然愈來愈闊了，居然能喝得起這種好幾十兩銀子一罈的陳年女兒紅，真是了不得。」

陳準笑道：「也許這只不過是什麼大小姐、小姑娘送給他的定情禮。」

大力金剛忽然大聲道：「不管這酒是怎麼來的，人家總算拿出來請我們喝了，我們爲什麼還要說他的壞話？」

岳麟道：「對，我們先喝了酒再說。」

他一把搶過酒罈子，對著口「咕嚕咕嚕」的往下灌，一口氣至少就已喝了一斤。

陳準忽又嘆了口氣，道：「這麼好的酒，百年難遇，萬通卻喝不到，看來這小子真是沒福氣。」

丁喜道：「對了，我剛才還在奇怪，他爲什麼今天沒有跟你們在一起？」

陳準道：「我們走的時候，他還在睡覺。」

丁喜道：「在哪裡？」

陳準道：「就在前面的一個尼姑廟裡。」

丁喜道：「尼姑廟？爲什麼睡在尼姑廟裡？」

陳準帶笑道：「因爲那廟裡的尼姑，一個比一個年輕，一個比一個漂亮。」

丁喜道：「尼姑他也想動？」

陳準道：「你難道已忘了他的外號叫什麼？」

丁喜大笑。

陳準瞇著眼笑道：「無孔不入的意思就是無孔不入，一個人的名字會叫錯，外號總不會錯的。」

五

青山下，綠樹林裡，露出了紅牆一角，烏木橫匾上有三個金漆剝落的大字：「觀音庵」。

你走遍天下，無論走到哪裡，都一定可以找到個叫「觀音庵」的尼姑廟，就好像到處都有叫「杏花村」的酒家一樣。

尼姑庵裡出來應門的當然是個尼姑，只可惜這尼姑既不年輕，也不漂亮。

事實上，這尼姑簡直比紅杏花還老。

就算天仙一樣的女人，到了這種年紀，都絕不會漂亮的。

丁喜看了陳準一眼，笑了笑。

陳準也笑了笑，壓低聲音道：「我是說一個比一個年輕，一個比一個漂亮，這是最老最醜的一個，所以只夠資格替人開門。」

丁喜道：「最年輕的一個呢？」

陳準道：「最年輕的一個，當然在萬通那小子的屋裡了。」

丁喜道：「他還在？」

陳準道：「一定在。」

他臉上又露出那種詭秘的笑，道：「現在就算有人拿掃把趕他，他也絕不會走。」

他們穿過佛殿，穿過後院，梧桐下一間禪房門窗緊閉，寂無人聲。

「萬通就在裡面？」

「嗯。」

「看來他睡得就像是個死人一樣。」

「像極了。」

老尼姑走在最前面，輕輕敲了一下門，門裡就有個尼姑垂首合什，慢慢的走了出來。

這尼姑果然年輕多了，至少要比應門的老尼姑年輕七八歲。

應門的尼姑至少已有七八十歲。

丁喜忍不住問道：「這就是最年輕的一個？」

陳準道：「好像是的。」

丁喜笑了。

陳準道：「我們也許會嫌她年紀大了些，萬通卻絕不挑剔。」

丁喜道：「哦？」

陳準道：「因爲現在無論什麼樣的女人，對他說來，都是完全一模一樣的。」

丁喜道：「爲什麼？」

陳準道：「因爲……」

他沒有說下去，也不必說下去，因爲丁喜已看見了萬通。

萬通已是個死人。

六

屋子裡光線很陰暗，一口棺材，擺在窗下，萬通就躺在棺材裡。

他身上穿著的，還是他平時最喜歡穿的那身藍綢子衣服。

衣服上沒有血漬，他身上也沒有傷口，但他的的確確已死了，死了很久，他的臉蠟黃乾瘦，身子已冰冷僵硬。

丁喜深深吸了口氣，道：「他是什麼時候死了的？」

岳麟道：「昨天晚上。」

丁喜道：「是怎樣死的？」

岳麟道：「你看不出？」

丁喜道：「我看不出。」

岳麟冷笑道：「那麼你就應該再仔細看看，多看幾眼了。」

陳準道：「最好先解開他的衣襟再看。」

丁喜遲疑著，推開窗子。

七月黃昏時的夕陽從窗外照進來，照在棺材裡的死人身上。

丁喜忽然發現他前胸有塊衣襟，顏色和別的地方有顯著的不同，就像是秋天的樹葉一樣，已漸漸開始枯黃腐爛了。

岳麟冷冷道：「現在你還看不出什麼？」

丁喜搖搖頭。岳麟冷笑著，忽然出手，一股凌厲的掌風掠過，這片衣襟就落葉般被吹了起來，露出了他蠟黃乾瘦的胸膛，也露出了那致命的傷痕。

一塊紫紅色的傷痕，沒有血，連皮都沒有破。

丁喜又深深吸了口氣，道：「這好像是拳頭打出來的。」

岳麟冷笑道：「你現在總算看出來了。」

丁喜道：「一拳就已致命，這人的拳頭好大力氣。」

陳準道：「力氣大沒有用，還得有特別的功夫才行。」

丁喜承認。

陳準道：「你看不出這是什麼功夫？」

丁喜遲疑著，道：「你看呢？」

陳準道：「無論哪一門，哪一派的拳法，就算能一拳打死人，傷痕也不會是紫紅的。」

丁喜道：「不錯。」

陳準道：「普天之下，只有一種的拳法是例外的。」

丁喜道：「哪種拳法？」

陳準道：「少林神拳。」

他盯著丁喜，冷冷道：「其實我根本不必說，你也一定知道。」

陳準道：「你再仔細看看，萬通的骨頭斷了沒有？」

丁喜道：「沒有。」

陳準道：「皮破了沒有？」

丁喜道：「沒有。」

陳準道：「假如有一個人一拳打死你，你死了之後，骨頭連一根都沒有斷，皮肉連一點都沒傷，你看這個人用的是哪種拳法？」

丁喜道：「少林神拳。」

陳準道：「會少林神拳的人雖然不少，能練到這種火候的人有幾個？」

丁喜道：「不多。」

陳準道：「不多是多少？」

丁喜道：「大概……大概不會超過五個。」

陳準道：「少林掌門當然是其中之一。」

丁喜點點頭。

陳準道：「少林南宗的掌門人，當然也是其中之一了。」

丁喜又是點點頭。

陳準道：「嵩山本寺的那兩位護法長老算不算在內？」

丁喜道：「算。」

陳準道：「還有一個，你看是誰呢？」

丁喜不說話了。

陳準忽然又笑了笑，轉向鄧定侯，道：「這些問題我本來都不該問他的，因為你知道得一定比他清楚。」

鄧定侯道：「我為什麼應該知道？」

陳準笑了笑道：「因為你就是這個人。」

趙大秤道：「除了少林四大高僧外，唯一能將少林神拳練到這種火候的人，就是『神拳小諸葛』鄧定侯。」

陳準道：「所以昨天晚上殺了萬通的人，也一定就是鄧定侯。」

岳麟冷冷的看著丁喜，冷冷道：「現在我只問你，你這朋友是不是鄧定侯？」

丁喜嘆了口氣，苦笑道：「這問題你也該問他的，他比我清楚得多。」

鄧定侯道：「我卻有件事不清楚。」

岳麟道：「你說。」

鄧定侯道：「我為什麼要殺萬通？」

岳麟道：「這問題我也正想問你。」

鄧定侯道：「我想不出。」

岳麟道：「我也想不出。」

鄧定侯苦笑道：「我自己也想不出，我也根本沒理由要殺他。」

岳麟道：「但你卻殺了他，所以更該死。」

鄧定侯道：「你有沒有想到過，也許根本不是我殺了他的？」

岳麟道：「沒有。」

鄧定侯嘆了口氣，道：「難道你真是個完全不講理的人？」

岳麟道：「我若是時常跟別人講理的話，現在早已死了不知多少次。」

他轉向丁喜，忽然問道：「我是不是一直將你當做自己的兄弟？」

丁喜承認。

岳麟道：「我在有酒喝的時候，是不是總會分給你一半，我在有十兩銀的時候，是不是總會給你五兩的？」

丁喜點頭。

岳麟瞪著他，道：「那麼你現在準備站在哪一邊？你說。」

丁喜在心裡嘆了口氣，他早就知道岳麟一定會給他這麼樣一個選擇。

——不是朋友，就是對頭。

——不是你死，就是我死。

幹他們這一行的人，就像是原野中的野獸一樣，永遠有他們自己簡單獨特的生活原則。

岳麟冷冷笑道：「假如你想站在他那邊，幫他殺了我，我也不會怪你，賣友求榮的人很多，而你並不是第一個。」

丁喜看看他，又看了看鄧定侯，道：「我們難道就這樣殺了他？」

給。」

岳麟道：「他既然來了，就非死不可。」

丁喜道：「我們難道連一點辯白的機會都不給他？」

岳麟道：「你想必也該知道，我們殺人的時候，絕不給對方一點機會，任何機會都不給。」

丁喜道：「因為辯白的機會，時常都會變成逃走的機會。」

岳麟道：「不錯。」

丁喜道：「只不過，我們若是殺錯了人呢？」

岳麟冷冷道：「我們殺錯人的時候也很多，這也不是第一次。」

丁喜道：「所以他就算冤枉，死了也是活該。」

岳麟道：「不錯。」

丁喜笑了笑，轉向鄧定侯，道：「這樣看來，你恐怕只有認命了。」

鄧定侯苦笑。

丁喜道：「你本就不該學少林神拳的，更不該叫鄧定侯。」

鄧定侯道：「所以我錯了。」

丁喜道：「錯得很厲害。」

鄧定侯道：「所以我該死。」

丁喜道：「你想怎麼樣死？」

鄧定侯道：「你看呢？」

丁喜又笑了笑，道：「我看你最好買塊豆腐來一頭撞死。」

他忽然出手，以掌緣猛砍鄧定侯的咽喉。

這是致命的一擊，他們的出手，也像是野獸撲人一樣，兇猛、狠毒、準確，絕不容對方有一點喘息的準備機會。

先打個招呼再出手，在他們眼中看來，只不過是孩子們玩的把戲，可笑而幼稚。

——不是你死，就是我死，一個人也只能死一次。

這一擊之迅速兇惡，竟使得鄧定侯也不能閃避，眼看著丁喜的手掌已切上他的喉結，岳麟目中不覺露出了笑意。

這件事解決得遠比他想像中還容易。

——無論什麼事情，只要你處理時用的方法正確，就一定會順利解決的。

岳麟正對自己所用的方法覺得滿意時，丁喜這一擊竟突然改變了方向，五指突然縮回，接著就是一個肘拳打岳麟左肋軟骨下的穴道上。

這一擊更是迅速準確，岳麟竟完全沒有招架抵擋的餘地。

他立刻就倒了下去。

五虎怒吼著揮拳，提槍的火速撕裂槍袋，用力抽槍，陳準、趙大秤想奪門而出。

只可惜他們所有的動作都慢了一步。

丁喜和鄧定侯已雙雙出手，七招之間，他們四個人也全都倒了下去。

鄧定侯長長吐出口氣，嘴角帶著笑意，道：「我果然沒有看錯你。」

丁喜道：「你看得出我不會真的殺了你？」

鄧定侯點點頭。

丁喜道：「你若看錯了呢？」

鄧定侯道：「看錯了就真的該死了。」

丁喜笑了笑，道：「不管怎麼樣，你倒是真沉得住氣。」

岳麟雖已倒在地上，卻還是狠狠的瞪著他，眼睛裡充滿了怨毒和仇恨。

丁喜微笑道：「你也用不著生氣，賣友求榮的人，我又不是第一個。」

鄧定侯笑道：「也絕不是最後一個。」

丁喜道：「何況我這樣做，只不過因爲我知道這個人絕對沒有殺死萬通，昨天晚上，我一直都跟他在一起。」

鄧定侯道：「我雖然練過少林神拳，卻沒練過分身術。」

丁喜道：「只可惜你們根本不聽他解釋，所以我只有請你們在這裡休息休息，等我查出了真兇，我再帶著酒去找你們陪罪了。」

他實在不願再去看這些惡毒的眼睛，說完了這句話，拉著鄧定侯就走。

鄧定侯道：「現在我們到哪裡去呢？」

丁喜道：「去找人。」

鄧定侯道：「找尼姑？」

丁喜淡淡的道：「我對尼姑一向沒有興趣，不管大尼姑、小尼姑都是一樣。」

剛才那兩個尼姑本來還站在院子裡，現在正想開溜，卻已遲了。

丁喜已竄出去，一隻手抓住了一個。

老尼姑嚇得整個人都軟了，顫聲道：「我今年已七十三，你……你要找，就該找她。」

丁喜笑了，鄧定侯大笑。

慧能本已嚇白的臉，卻又脹得通紅，無論誰都絕不會想到現在她心裡是什麼滋味？

丁喜笑道：「原來尼姑也一樣會出賣尼姑的。」

鄧定侯笑道：「尼姑也是人，而且是女人。」

他微笑著拍了拍慧能的肩膀，道：「你用不著害怕，這個人絕不會做出什麼太可怕的事，最多只不過……」

丁喜好像生怕他再說下去，立刻搶著道：「最多只不過問你們幾句話。」

慧能終於抬起頭來看了他一眼，我也可以保證，絕沒有任何人能看得出，她的眼色是慶幸？還是失望？

丁喜只好裝作看不見，輕輕咳嗽兩聲，沉下臉，道：「屋子裡那些人是什麼時候來的？」

慧能道：「昨天半夜。」

丁喜道：「來的是幾個人？」

慧能顫抖著，伸出一隻手。

丁喜道：「四個活人，一個死人？」

慧能道：「五個活人。」

老尼姑搶著道：「可是今天他們出去的時候，卻已只剩下四個人。」

丁喜眼睛亮了，道：「還有一個人在哪裡？」

老尼姑道：「不知道。」

丁喜道：「真的不知道？」

老尼姑道：「我只知道昨天晚上他們曾經到後面的小土地廟裡去過一趟。」

丁喜道：「那裡有什麼人？」

老尼姑道：「什麼人都沒有，只有個地窖。」

鄧定侯的眼睛也亮了。

鄧定侯道：「你知道少了的那個人是誰？」

丁喜道：「一定是小蘇秦，蘇小波。」

鄧定侯道：「他是個什麼樣的人呢？」

丁喜道：「是個很多嘴的人，你若想要他保守秘密，唯一的法子就是……」

鄧定侯道：「就是殺了他？」

丁喜笑了笑，道：「但你若是他大舅子，就該怎麼辦呢？」

鄧定侯道：「我當然不能讓我妹子做寡婦。」

丁喜道：「當然不能。」

鄧定侯道：「所以我只有把他關在地窖裡。」

丁喜大笑，道：「小諸葛果然不愧是小諸葛。」

鄧定侯道：「小諸葛並不是他大舅子。」

丁喜道：「岳麟卻是的。」

鄧定侯嘆了口氣，道：「假如他妹妹也跟他是一樣的脾氣，蘇小波就不如還是死了的好。」

丁喜忽然皺起了眉，道：「你不是他舅子，那兇手也不是。」

鄧定侯道：「所以他隨時隨地都可能把蘇小波殺了滅口。」

丁喜道：「所以我們若還想從蘇小波嘴裡問出一點秘密，就應該趕快到那土地廟去。」

八 天才兇手

一

尼姑庵後面怎麼會還有個土地廟？土地廟怎麼會有個地窖？

丁喜眼睛裡帶著種思索的表情，注視著神案下的石板，喃喃道：「這個尼姑庵裡面，以前一定有個花尼姑，才會特地蓋了個這麼樣的土地廟。」

鄧定侯忍不住問：「爲什麼？」

丁喜道：「因爲在尼姑庵裡沒法子跟男人幽會，這裡卻很方便。」

鄧定侯笑了：「你好像什麼事都知道。」

丁喜並不謙虛：「我知道的事本來就不少。」

鄧定侯道：「你知不知道你自己最大的毛病是什麼？」

丁喜道：「不知道。」

鄧定侯道：「你最大的毛病，就是太聰明了。」

他微笑著，用手拍了拍丁喜的肩，又道：「所以我勸你最好學學那老烏龜，偶爾也裝裝傻。」

鄧定侯道：「那麼你就會發現，這世界遠比你現在所看到的可愛得多了。」

地窖果然就在神案下。

他們掀開石板走進去，陰暗潮濕的空氣裡，帶著種腐朽的臭氣，刺激得他們幾乎連眼睛都睜不開。

他們睜開眼，第一樣看見的，就是一張床。

地窖很小，床卻不小，幾乎佔據了整個地窖的一大半。

鄧定侯在心裡嘆了口氣：「看來這小子果然沒有猜錯。」

有兩件事丁喜沒有猜錯——地窖裡果然有張床，床上果然有個人，這個人果然是蘇小波。

他的人已像是粽子般被綑了起來，閉著眼似已睡著，而且睡得很熟，有人進了地窖，他也沒有張開眼睛。

「他睡得簡直像死人一樣。」

「像極了。」

丁喜的心在往下沉，一步竄了過去，伸手握住了蘇小波的脈門。

蘇小波忽然笑了。

丁喜長長吐出口氣，搖著頭苦笑道：「你是不是覺得這樣子很好玩？」

蘇小波笑道：「我也不知道被你騙過多少次，能讓你著急一下也是好的。」

丁喜道：「你自己一點都不急？」

蘇小波道：「我知道我死不了的。」

丁喜道：「因爲岳麟是你大舅子？」

蘇小波忽然不笑了，恨恨道：「若不是因爲我有他這麼樣一個大舅子，我還不會這麼倒楣。」

丁喜道：「是他把你關到這裡來的？」

蘇小波道：「把我綑起來的也是他。」

丁喜笑道：「是不是因爲你在外面偷偷的玩女人，他才替他的妹妹管教你？」

蘇小波叫了起來，道：「你也不是不知道，他那寶貝妹妹是個天吃星，我早就被她淘空了，哪有力氣到外面來玩女人！」

丁喜道：「那麼他爲什麼要這樣子修理你？」

蘇小波道：「鬼知道。」

丁喜眨了眨眼，忽然冷笑道：「我知道，一定是因爲你殺了萬通。」

蘇小波又叫了起來，道：「他死的時候我正在廚房裡喝牛鞭湯，聽見他的叫聲，才趕出來的。」

丁喜道：「然後呢？」

蘇小波道：「我已經去遲了，連那個人的樣子都沒有看清楚。」

丁喜眼睛亮起，道：「那個什麼人？」

蘇小波道：「從萬通屋裡衝出來的人。」

丁喜道：「你雖然沒有看清楚，卻還是看見了他？」

蘇小波道：「嗯。」

丁喜道：「他是個什麼樣身材的人？」

蘇小波道：「是個身材很高的人，輕功也很高，在我面前一閃，就看不見了。」

丁喜目光閃動，指著鄧定侯道：「你看那個人身材是不是很像他？」

蘇小波上上下下打量了鄧定侯兩眼，道：「一點也不像，那個人最少比他高半個頭。」

丁喜看著鄧定侯，鄧定侯也看了看丁喜，忽然道：「姜新和百里長青都不矮。」

丁喜道：「可惜這兩個人一個已病得快死了，一個又遠在關外。」

鄧定侯的眼睛也有光芒閃動，沉吟著道：「關外的人可以回來，生病的人也可能是裝病。」

蘇小波看著他們，忍不住道：「你們究竟在談論著什麼？」

丁喜笑了笑，道：「你這人怎麼愈來愈笨了，我們說的話，你聽不懂，別人對你的好處，你也看不出。」

蘇小波道：「誰對我有好處？」

丁喜道：「你的大舅子。」

蘇小波又叫了起來，道：「他這麼樣修理我，難道我還應該感激他？」

丁喜笑道：「你的確應該感激他，因爲他本該殺了你的。」

蘇小波怔了一怔，又道：「爲什麼？」

丁喜道：「你真的不懂？」

蘇小波道：「我簡直被弄得糊塗死了。」

丁喜道：「那麼你就該趕快問他去。」

蘇小波道：「他的人在哪裡？」

丁喜手一指道：「就在前面陪著一個死人、兩個尼姑睡覺。」

二

黃昏，後院裡更陰黯，屋子裡也沒有燃燈。

死人已不會在乎屋子裡是暗是亮？被點住穴道的人，就算在乎也動不了。

蘇小波喃喃道：「看來我那大舅子好像真的睡著了。」

丁喜微笑道：「睡得簡直就跟死人差不多。」

說到「死人」兩個字，他心裡忽然一跳，忽然一個箭步竄過去，撞開了門。

然後他自己也變得好像個死人一樣，全身上下都已冰冷僵硬。

屋子裡已沒有一個活人。

那對百煉精鋼打成的日月雙槍，竟已被人折斷了，斷成了四截，一截釘在棺材上，兩截飛上屋樑，還有一截，竟釘入了他自己的胸膛。

但他致命的傷口卻不是槍傷，是內傷，被少林神拳打出來的內傷。

大力金剛的傷痕也一樣。

陳準、趙大秤，都是死在劍下的。

一柄很窄的劍，因爲他們眉心之間的傷口只有七分寬。

江湖中人都知道，只有劍南門下弟子的佩劍最窄，卻也有一寸二分。

愈窄的劍愈難練，江湖中幾乎沒有人用過這麼窄的劍。

鄧定侯看著岳麟和五虎的屍身，苦笑道：「看來這兩個人又是被我殺了的！」

丁喜沒有開口，眼睛一直瞬也不瞬的盯著陳準和趙大秤眉心間的創傷。

鄧定侯道：「這兩個人又是被誰殺了的？」

丁喜道：「我。」

鄧定侯怔了怔，道：「你？」

丁喜笑了笑，忽然一轉身，一翻手，手裡就多了柄精光四射的短劍。

一尺三寸長的劍，寬僅七分。

鄧定侯看了看劍鋒，再看了看陳準、趙大秤的傷口，終於明白：「那奸細殺了他們滅口，卻想要我們來揹黑鍋。」

丁喜苦笑道：「這黑鍋可真的不小呢！」

鄧定侯道：「他先殺了萬通滅口，再嫁禍給我，想要你幫著他們殺了我。」

丁喜道：「只可惜我偏偏就不聽話。」

鄧定侯道：「所以他就索性一不做，二不休，把你也拉下水。」

丁喜道：「岳麟的嘴雖然穩，到底是比不上死人。」

鄧定侯道：「所以他索性把岳麟的嘴也一起封了起來。」

丁喜道：「岳麟的朋友不少，弟兄更多，若是知道你殺了他，當然絕不會放過你。」

鄧定侯道：「他們放不過我，也少不了你。」

丁喜嘆道：「我們在這裡狗咬狗，那位仁兄就正好等在那裡看熱鬧、撿便宜。」

蘇小波一直站在旁邊發怔，此刻才忍不住問道：「你們說的這位仁兄究竟是誰？」

丁喜道：「是個天才。」

蘇小波道：「天才？」

丁喜道：「他不但會模仿別人的筆跡，還能模仿別人的武功，不但會用我這種袖中劍，少林百步神拳也練得不錯，你說他是不是天才？」

蘇小波嘆道：「看來這個人真他媽的是個活活的大天才。」他突然想起一個人：「小馬呢？」

丁喜道：「我們現在正要去找他。」

蘇小波道：「我們？」

丁喜道：「我們的意思，就是你也跟我們一起去找他。」

蘇小波道：「我不能去，我至少總得先把岳麟的屍首送回去，不管怎麼樣，他總是我大舅子。」

丁喜道：「不行。」

蘇小波怔了怔，道：「不行？」

丁喜道：「不行的意思，就是從現在起，我走到哪裡，你也要跟到哪裡。」他拍著蘇小波的肩，微笑道：「從現在起，我們已變得像是一個核桃裡的兩個仁，分也分不開了。」

蘇小波吃驚地看著他，道：「你有沒有搞錯？我既不是女人，又不是相公。」

丁喜笑道：「就算你是相公，我對你也沒什麼興趣的。」

蘇小波道：「那麼你跟我這麼親幹麼？」

丁喜道：「因爲我要保護你。」

蘇小波道：「保護我？」

丁喜道：「現在別的人死了都沒關係，只有你千萬死不得。」

蘇小波道：「爲什麼？」

丁喜道：「因爲只有你一個人見過那位天才兇手，也只有你一個人可以證明，岳老大他們並不是死在我們手裡的。」

蘇小波盯著他看了半天，長長嘆了口氣，道：「就算你要我跟著你，最好也離我遠一點。」

丁喜道：「爲什麼？」

蘇小波眨了眨眼，道：「因爲我老婆會吃醋的。」

了。

三

到過杏花村的人，都認得老許，卻沒有人知道他的來歷。

這個人好吃懶做，好酒貪杯，以紅杏花的脾氣，就算有十個老許也該被她全都趕走了。

可是這個老許卻偏偏沒有被她趕走。

他只要有了六七分酒意，就根本沒有把紅杏花看在眼裡。

若是有了八九分酒意，他就會覺得自己是個了不起的大英雄，到這裡來做伙計，只不過是爲了要隱姓埋名，不再管江湖中那些閒事。

據說他真的練過武，也當過兵，所以他若有了十分酒意，就會忽然發現自己不但是個大英雄，而且還是位大將軍。

現在他看起來就像是個大將軍，站在他面前的丁喜，只不過是他部下的一個無名小卒而已。

丁喜已進來了半天，他只不過隨隨便便往旁邊凳子上一指，道：「坐。」

將軍有令，小卒當然就只有坐下。

老許又指了指桌上的酒壺，道：「喝。」

丁喜就喝。

他實在很需要喝杯酒，最好的是喝上個七八十杯，否則他真怕自己要氣得發瘋。

他們來的時候，小馬居然已走了，那張軟榻上只剩下一大堆白布帶——本來紮在他身上的白布帶。

看到這位大將軍的樣子，他也一定問不出什麼來的。

但他卻還是不能不問：「小馬呢？」

「小馬？」

大將軍目光凝視著遠方：「馬都上戰場去了，大馬小馬都去了。」

他忽然用力一拍桌子，大聲道：「前方的戰鼓已鳴，士卒們的白骨已如山，血肉已成河，我卻還坐在這裡喝酒，真是可恥呀，可恥！」

鄧定侯和蘇小波都看得怔住，想笑又笑不出，丁喜卻已看慣了，見怪不怪。

老許忽又一拍桌子，瞪著他們，厲聲道：「你們身受國恩，年輕力壯，不到戰場上去盡忠效死，留在這裡幹什麼？」

丁喜道：「戰事慘烈，兵源不足，我們是來找人。」

老許道：「找誰？」

丁喜道：「找那個本來在後面養傷的傷兵，現在他的傷已痊癒，已可重赴戰場了。」

老許想了想，終於點頭道：「有理，男子漢只要還剩一口氣在，就應該戰死沙場，以馬革裹屍。」

丁喜道：「只可惜那傷兵已不見了。」

老許又想了想，想了很久，想得很吃力，總算想了起來：「你說的是馬副將？」

「正是。」

「他已經走了，跟梁紅玉一起走的。」

「梁紅玉？」

「難道你連梁紅玉都不知道？」大將軍可光火了：「像她那樣的巾幗英雄，也不知比你們這些貪生怕死的小伙子強多少倍，你們還不慚愧？」

他愈說愈火，拿起杯子，就往丁喜身上擲了過去，幸好丁喜溜得快。

鄧定侯和蘇小波的動作也不慢，一溜出門，就忍不住大笑起來。

丁喜的臉色，卻好像全世界每個人都欠他三百兩銀子沒還一樣。

蘇小波笑道：「馬副將，小馬居然變成了馬副將？他以為自己是誰？是岳飛？」

丁喜板著臉，就好像全世界每個人都欠他四百兩銀子。

蘇小波終於看出了他的臉色不對：「你在生什麼氣？生誰的氣？」

鄧定侯道：「梁紅玉。」

蘇小波道：「他又不是韓世忠，就算梁紅玉跟小馬私奔了，也用不著生氣。」

鄧定侯道：「這個梁紅玉並不是韓世忠的老婆。」

蘇小波道：「是嗎？」

鄧定侯道：「是王大小姐的老搭檔。」

蘇小波詫異道：「霸王槍王大小姐？」

鄧定侯點點頭，道：「他不喜歡王大小姐，所以也不喜歡這個梁紅玉了。」

蘇小波道：「可是小馬卻跟著這個梁紅玉私奔了。」

鄧定侯道：「所以他生氣。」

蘇小波不解道：「小馬喜歡的女人，爲什麼要他喜歡？他爲什麼要生氣？」

鄧定侯道：「因爲他天生就喜歡管別人的閒事。」

馬車還等在外面。

趕車的小伙子叫小山東，脾氣雖然壞，做事倒不馬虎，居然一直都守在車上，連半步都沒有離開。

蘇小波道：「現在我們到哪裡去？」

丁喜板著臉，忽然出手，一把就將趕車的從上面揪了下來。

他並不是想找別人出氣。

鄧定侯立刻就發覺這趕車的已不是那個說話總是像抬槓的小山東了。

「你是什麼人？」

「我叫大鄭，是個趕車的。」

「小山東呢？」

「我給了他三百兩銀子，他高高興興地到城裡去找女人了。」

丁喜冷笑道：「你替他來趕車，卻給了他三百兩銀子，叫他去找女人，他難道是你老子？」

大鄭道：「那三百兩並不是我拿出來的。」

丁喜道：「是誰拿出來的？」

大鄭道：「是城裡狀元樓的韓掌櫃叫我來的，還叫我一定要把你們請到狀元樓去。」

丁喜看看蘇小波。

蘇小波道：「我不認得那個韓掌櫃。」

丁喜又看看鄧定侯。

鄧定侯道：「我只知道兩個姓韓的，一個叫韓世忠，一個叫韓信。」

丁喜什麼話都不再說，放開了大鄭，就坐上了車。

「我們到狀元樓去？」

「嗯。」

到了狀元樓，丁喜臉上的表情，也像是天上忽然掉下一塊肉骨頭來，打著了他的鼻子。

他們實在想不到，花了一千兩銀子請他們的客人，竟是前兩天還想用亂箭對付他們的王大小姐。

王大小姐就像是已變了個人，已經不是那位眼睛在頭頂上，把天下的男人都看成王八蛋的大小姐，更不是那位帶著一丈多長的大鐵槍，到處找人拚命的女英雄。

她身上穿著的，雖然還是白衣服，卻已不是那種急裝勁服，而是件曳地的長裙，料子也很輕，很柔軟，襯得她修長苗條的體態更婀娜動人。

她臉上雖然還是沒有胭脂，卻淡淡地抹了一點粉，明朗美麗的眼睛裡，也不再有那種咄咄逼人的鋒芒，看著人的時候，甚至還會露出一點溫柔的笑意。

——女人就應該像個女人。

——聰明的女人都知道，若想征服男人，絕不能用槍的。

——只有溫柔和微笑，才是女人們最好的武器。

——今天她好像已準備用出這種武器，她想征服的是誰？

鄧定侯看著她，臉上帶著酒意的微笑。

他忽然發現這位王大小姐非但遠比他想像中更美，也遠比他想像中更聰明。所以等到她轉頭去看丁喜時，就好像在看著條已經快要被人釣上鈎的魚。

丁喜的表情卻像是條被人踩疼了尾巴的貓，板著臉道：「是你？」

王大小姐微笑著點點頭。

丁喜冷冷道：「大小姐若要找我們，隨便在路上挖個洞就行了，又何必這麼破費？」

王大小姐柔聲道：「我正是爲了那天的事，特地來向兩位賠罪解釋的。」

丁喜道：「解釋什麼？」

王大小姐沒有回答這句話，卻捲起了衣袖，用一雙纖柔的手，爲蘇小波斟了杯酒。

「這位是——」

「我姓蘇，蘇小波。」

「餓虎崗上的小蘇秦？」

蘇小波道：「不敢。」

王大小姐道：「那天我沒有到熊家大院去，實在有不得已的苦衷，還得請你們原諒。」

蘇小波笑道：「我若是你，我也絕不會去的。」

王大小姐道：「哦？」

蘇小波道：「一個像王大小姐這樣的美人，又何必去跟男人舞刀弄槍，只要大小姐一笑，十個男人中已至少有九個要拜倒在裙下了。」

王大小姐嫣然道：「蘇先生真會說話，果然不愧是小蘇秦。」

丁喜冷冷道：「若不會說話，岳家的二小姐怎會嫁給他？」

王大小姐眼珠子轉了轉，道：「我早就聽說岳姑娘是位有名的美人兒了。」

蘇小波嘆了口氣，道：「也是條有名的母老虎。」

王大小姐道：「既然如此，我勸蘇先生還是趕快回去的好，不要讓尊夫人在家裡等著著急。」

她含笑舉杯，柔聲道：「我敬了蘇先生這一杯，蘇先生就該動身了。」

她笑得雖溫柔，可是只要不太笨的人，都應該聽得出她這是在下逐客令。

蘇小波不笨，一點也不笨。

他看了看王大小姐，又看了看丁喜，苦笑道：「其實我也早就想回去了，只可惜有個人一直都不肯放我走。」

丁喜道：「這個人現在已改變了主意。」

蘇小波眨了眨眼，道：「他怎麼會忽然又改變了主意的？」

丁喜道：「因爲他很想聽聽王大小姐要解釋的是什麼事？」

蘇小波喝乾了這杯酒，站起來就走。

鄧定侯忽然道：「我們一起走。」

蘇小波道：「你？……」

鄧定侯笑了笑，道：「我家裡也有條母老虎在等著，當然也應該趕快回去才對。」

丁喜道：「不對。」

鄧定侯道：「不對？」

丁喜道：「現在我們已經被一條繩子綁住了，若沒有找出繩上的結，我們誰也別想走出這裡。」

鄧定侯已站起來，忽然大聲道：「殺死萬通他們的那個天才兇手，究竟像不像我？」

蘇小波道：「一點也不像。」

鄧定侯道：「他是不是比我高得多？」

蘇小波道：「至少高半個頭。」

鄧定侯道：「你有沒有搞錯？」

蘇小波道：「沒有。」

鄧定侯這才慢慢的坐下。

蘇小波道：「現在我是不是已經可以走了？」

鄧定侯點點頭，道：「只不過你還要千萬小心保重。」

蘇小波笑道：「我明白，我只有一個腦袋，也只有一條命。」

他走出去的時候，就好像一個剛從死牢裡放出去的犯人一樣，顯得既愉快、又輕鬆，一點也不擔心別人會來暗算他。

丁喜看著他走出去，眼睛裡忽然露出種很奇怪的表情，好像又想追出去。

只可惜這時王大小姐已問出了一句他不能不留下來的話。

「我那麼急著想知道，五月十三日那天你在哪裡，你是不是覺得很奇怪？」

「是的。」

「你一定想不通我是爲了什麼？」

「我想不通。」

「那天是個很特別的日子，」王大小姐端起酒杯，又放下，明朗的眼睛裡，忽然現出了一層霧。過了很久，她才慢慢的接著道：「家父就是在那天死的，死得很慘，也很奇怪。」

鄧定侯皺眉道：「很奇怪？」

王大小姐道：「長槍大戟，本是沙場上衝鋒陷陣用的兵器，江湖中用槍的本不多，以槍法成名的高手更少之又少。」

鄧定侯同意：「江湖中以長槍成名的高手，算來最多只有十三位。」

王大小姐道：「在這十三位高手中，家父的槍法可以排名第幾？」

鄧定侯想也不想，立刻道：「第一。」

他說的並不是奉承話；近三十年來，江湖中用槍的人，絕沒有一個人能勝過他。

王大小姐道：「但他卻是死在別人槍下的。」

鄧定侯怔住，過了很久，才長長吐出口氣，道：「死在誰的槍下？」

王大小姐道：「不知道。」

她又端起酒杯，又放下，她的手已抖得連酒杯都拿不穩。

王大小姐道：「那天晚上夜已很深，我已睡了，聽見他老人家的慘呼才驚醒。」

鄧定侯道：「可是等到你趕去時，那兇手已不見了。」

王大小姐用力咬著嘴唇，道：「我只看見一條人影從他老人家書房的後窗中竄出來。」

鄧定侯立刻搶著問道：「那個人是不是很高？」

王大小姐遲疑著，終於點了頭，道：「他的輕功也很高。」

鄧定侯道：「所以你沒有追。」

王大小姐道：「我就算去追，也追不上的，何況我正急著要去看他老人家的動靜。」

鄧定侯道：「你還看見了什麼可疑的事？」

王大小姐垂下頭，道：「我進去時，他老人家已倒在血泊中……」

鮮紅的淚，蒼白的臉，眼睛凸出，充滿了驚訝與憤怒的神色。

這老人死也不相信自己會死在別人的槍下。

王大小姐道：「他的霸王槍已撒手，手裡卻握著半截別人的槍尖，槍尖還在滴著血，卻是他自己的血。」

鄧定侯道：「這半截槍尖還在不在？」

王大小姐已經從身上拿出個包紮很仔細的白布包，慢慢的解開。

槍尖是純鋼打成的，槍桿卻是普通的白蠟竿子，折斷的地方很不整齊，顯然是槍尖已刺入他的致命處之後，才被他握住折斷的。

鄧定侯皺起了眉。

這桿槍並不好，也沒有什麼特別的地方，在普通的兵器店裡就可以買得到。

王大小姐道：「我從七八歲的時候就開始練槍，我們鏢局裡練槍的人也不少，可是我們從這半截槍尖上，卻連一點線索都看不出來。」

鄧定侯道：「所以你帶著他老人家留下來的霸王槍，來找江湖中所有的槍法名家挑戰，你想查出有誰的槍法能勝過他。」

王大小姐垂頭嘆息，道：「我也知道這法子並不好，可是我實在想不出別的法子。」

鄧定侯道：「你看見丁喜的槍法後，就懷疑他是兇手，所以才逼著要問他，五月十三那天，他在哪裡？」

王大小姐頭垂得很低。

鄧定侯嘆了口氣，道：「他的槍法實在很高，我甚至可以保證，江湖中已很少有人能勝過他，但是我也可以保證，他絕不是兇手。」

王大小姐道：「我現在也明白了，所以……所以我……」

丁喜忽然打斷了她的話，道：「你父親平時是不是睡得很遲？」

王大小姐搖搖頭，道：「他老人家的生活一向很有規律，起得很早，睡得也早。」

丁喜道：「出事之時，夜確已很深了？」

王大小姐道：「那時已過了三更了。」

丁喜道：「他平時睡得雖早，那天晚上卻還沒有睡，因爲他還留在書房裡。」

王大小姐皺眉道：「你這麼一說，我才想到那天晚上他老人家的確有點特別。」

丁喜道：「一個早睡早起已成習慣的人，爲什麼要破例？」

王大小姐抬起頭，眼睛裡發出了光。

丁喜道：「這是不是因爲他早已知道那天晚上有人要來，所以才在書房裡等著？」

王大小姐道：「我進去的時候，桌上的確好像還擺著兩副杯筷，一些酒菜。」

丁喜道：「你好像看到？還是的確看到？」

王大小姐道：「那時我的心已經亂了，對這些事實在沒有注意。」

丁喜嘆了氣，拿起酒杯，慢慢的啜了一口，忽然又問道：「那桿霸王槍，平時是不是放在書房裡的？」

王大小姐道：「是的。」

丁喜道：「那麼他就不是因爲知道這個人要來，才把槍準備在手邊。」

王大小姐同意。

丁喜道：「可是他卻準備了酒菜。」

王大小姐忽然站起來，道：「現在我想起來了，那天晚上我進去的時候，的確看見桌上是有兩副杯筷。」

丁喜道：「你剛才還不能確定，現在怎麼又忽然想了起來？」

王大小姐道：「因爲我當時雖然沒有注意，後來卻有人勉強灌了我一杯酒，他自己也喝了兩杯。」

她又解釋著道：「那時我已經快暈過去，所以剛才一時間也沒有想起來。」

丁喜沉吟著，又問道：「那書房有多大？」

王大小姐道：「並不太大。」

丁喜道：「就算是個很大的書房，若有人用兩桿長槍在裡面拚命，那房裡的東西，只怕也早就被打得稀爛了。」

王大小姐道：「可是……」

丁喜道：「可是你進去的時候，酒菜和杯筷卻還是仍好好的擺在桌子上。」

王大小姐終於確定：「不錯。」

丁喜道：「這半截槍尖，只不過是半截槍尖而已，槍桿可能一丈長，也可能只有一尺長。」

王大小姐道：「所以……」

丁喜道：「所以殺死你父親的兇手，並不一定是用槍的名家，卻一定是你父親的朋友。」

王大小姐不說話了，只是瞪大了眼睛，看著這個年輕人。

她眼睛裡的表情，就好像是個第一次看見珠寶的小女孩。

丁喜道：「就因爲他一定是朋友，所以你父親才會準備著酒菜在書房裡等他，他才有機會忽然從身上抽出桿短槍，一槍刺入你父親的要害，就因爲你父親根本連抵抗的機會都沒有，所以連桌上的杯筷都沒有被撞倒。」

他又慢慢的啖了口酒，淡淡道：「這只不過是我的想法而已，我想的並不一定對。」

王大小姐又盯著他看了很久，眼睛裡閃耀著一種無法形容的光芒，又好像少女們第一次佩戴了珠寶一樣。

鄧定侯微笑道：「你現在想必已明白，『聰明的丁喜』這名字是怎麼來的。」

王大小姐沒有說話，卻慢慢的站了起來。

現在也已夜深了，窗外閃動著的星光，就像是她的眼睛。

風從遠山吹來，遠山一片朦朧。

她走到窗口，眺望著朦朧的遠山，過了很久，才緩緩道：「我說過，五月十三是個很特別的日子，並不僅是因爲我父親的死亡。」

鄧定侯道：「這一天還有什麼特別的地方？」

王大小姐道：「我父親對自己的身體一向很保重，平時很少喝酒，可是每年到了這一天，他都會一個人喝酒到很晚。」

鄧定侯道：「你有沒有問過他為什麼？」

王大小姐道：「我問過。」

鄧定侯道：「他怎麼說？」

王大小姐道：「我開始問他的時候，他好像很憤怒，還教訓我，叫我最好不要多管長輩的事，可是後來他又向我解釋。」

鄧定侯道：「怎麼解釋？」

王大小姐道：「他說在閩南一帶的風俗，五月十三是天帝天后的誕辰，這一天家家戶戶都要祭祀天地，大宴賓朋，以求一年的吉利。」

鄧定侯道：「但他並不是閩南人。」

王大小姐道：「先母卻是閩南人，我父親年輕的時候，好像也在閩南待過很久。」

鄧定侯道：「我怎麼從來沒有聽說過這件事？」

王大小姐道：「這件事他從來就很少在別人面前提起過。」

鄧定侯道：「可是……」

王大小姐忽然打斷了他的話，道：「最奇怪的是，每年到了五月十三這一天，他脾氣都會變得很暴躁，本來他每天早上都要練一趟槍的，這一天連槍都不練了，從早就一個人待在書房裡。」

鄧定侯道：「你知不知道他在書房裡幹什麼？」

王大小姐道：「我去偷看過幾次，通常他只不過坐在那裡發怔，有一次卻看見他居然畫了一幅畫。」

鄧定侯道：「畫的是什麼？」

王大小姐道：「畫完了之後，他本來就好像準備把那幅畫燒了的，可是看了幾遍後，又好像不捨得就把那幅畫捲好，藏在書架後面複壁中，一個秘密的鐵櫃裡。」

鄧定侯道：「你當然也去看過了。」

王大小姐點點頭，道：「我雖然看過，卻看不出什麼特別的地方來，他畫的只不過是幅普通的山水畫，白雲青山，風景很好。」

丁喜忽然問道：「這幅畫還在不在？」

王大小姐道：「不在了。」

丁喜失望地皺起眉。

王大小姐道：「我父親去世後，我又打開了那鐵櫃，裡面收藏的東西一樣都沒有少，偏偏就只有這幅不值錢的畫，居然不見了。」

丁喜道：「你也不知道是誰拿走的？」

王大小姐搖搖頭，道：「可是我已將這幅畫看得很仔細，我小的時候也學過的。」

丁喜眼睛又亮了，道：「現在你能把這幅畫再一模一樣的畫出來看看嗎？」

王大小姐道：「也許我可以試試看的。」

她很快的就找來筆墨和紙，很快的就畫了出來——

藍天白雲，一片青色的山崗，隱約露出一角紅樓。

王大小姐放下了筆，又看了幾遍，顯得很滿意，道：「這就是了，我畫的就算不完全像，也差不了多少。」

丁喜只看了一眼，就轉過頭來，淡淡的道：「這幅畫的確沒有什麼特別，像這樣的山水，天下也不知有多少。」

王大小姐道：「可是，這幅畫上還題了八個很特別的字。」

鄧定侯道：「寫的是什麼？」

王大小姐又提起筆。

「五月十三，遠避青龍。」

青龍！

看到了這兩個字，鄧定侯的臉色竟像是忽然變得很可怕。

王大小姐轉過頭來，凝視著他，緩緩道：「家父在世的時候，常說他朋友之間，見識最廣的人，就是神拳小諸葛。」

鄧定侯笑了笑，笑得卻很勉強。

王大小姐道：「我知道他老人家從來不會說謊話，所以……」

鄧定侯忽然嘆了口氣，道：「你究竟想問我什麼？」

王大小姐道：「你知不知道青龍會？」

她忽然問出這句話，鄧定侯竟好像又吃了一驚。

青龍會？

他當然知道青龍會。

可是他每次聽到這組織的時候，背脊上都好像有條毒蛇爬過。

王大小姐盯著他，緩緩道：「我想你一定知道的，據說近三百年來，江湖中最可怕的組織就是青龍會。」

鄧定侯沒有否認。

因爲這的確是事實。

沒有人知道這青龍會究竟是怎麼組織起來的，也沒有人知道這組織的首領是誰。

可是每個人都知道，青龍會組織之嚴密，勢力之龐大，手段之毒辣，絕沒有任何幫派能比得上。

王大小姐道：「據說青龍會的秘密分舵遍佈天下，竟多達三百六十五處。」

鄧定侯道：「哦。」

王大小姐道：「一年也恰巧有三百六十五天，所以青龍會就以日期來作爲他們秘密分舵的代號，『五月十三』，想必就是他們的分舵之一。」

鄧定侯道：「難道你認爲青龍會和你父親的死有什麼關係？」

王大小姐道：「他雖然已是個老人，耳目卻還是很靈敏，那天我在外面偷看的時候，他也許早就發現了。」

鄧定侯道：「難道你認爲那幅畫是他故意畫給你看的嗎？」

王大小姐道：「很可能。」

鄧定侯道：「他爲的是什麼？」

王大小姐道：「也許他以前在閩南的時候，和青龍會結過怨仇，他知道青龍會一定會派人來找他，所以就用這法子來警告我。」

鄧定侯道：「可是……」

王大小姐又打斷了他的話，道：「他活著時，雖然不願意跟我說明，卻又怕不明不白的遭了別人暗算，所以才故意留下這條線索，讓我知道害他的人就是『五月十三』，這秘密的組織就在這麼樣一片青色的山崗裡。」

鄧定侯嘆道：「就算真的如此，你也不該忘了下面的四個字。」

遠避青龍。

王大小姐緊握著雙手，眼睛裡已有了淚光，道：「我也知道青龍會的可怕，但我卻還是不能不爲他老人家復仇的。」

鄧定侯道：「你有這麼大的力量？」

王大小姐道：「不管怎麼樣，我都要試試。」

她用力擦了擦淚痕，又道：「現在我只恨還不知道這片青色的山崗究竟在哪裡。」

鄧定侯道：「別的事你難道都已知道？」

王大小姐道：「我至少已知道『五月十三』這分舵的老大是誰了。」

鄧定侯聳然動容道：「是誰？」

王大小姐沒有直接回答這句話，緩緩道：「這個人的確是我父親的朋友，那天晚上我的父親的確是在等著他。」

她轉過臉，凝視著丁喜，道：「有些事我本來都沒有想到，可是你剛才的分析，卻讓我忽然想通了很多事情。」

丁喜淡淡道：「我剛才也說過，我的想法並不一定正確。」

王大小姐勉強笑了笑，忽又問道：「你知不知道我爲什麼沒有到熊家大院去？」

丁喜冷冷道：「大小姐說去就去，說不去就不去，根本就不必要有什麼理由的。」

王大小姐道：「我有理由。」

她好像並沒有聽出丁喜話中的刺，居然一點也不生氣，接著又道：「因爲那天早上，我忽然在路上看見了一個人。」

丁喜道：「路上有很多人。」

王大小姐道：「可是這個人卻是我做夢也想不到會在這裡看見的。」

丁喜道：「哦。」

王大小姐道：「那時候天還沒有完全亮，他臉上又戴著個人皮面具，一定想不到我會認出他來，但我卻還是不能不特別小心。」

丁喜道：「爲什麼？」

王大小姐道：「因爲那時我就已想到，我父親很可能就是死在他手裡的，他若知道我認出了他，定也不會放過我。」

丁喜道：「所以嚇得連熊家大院都不敢去。」

王大小姐眼圈又紅了，咬著嘴唇道：「因爲我知道我自己絕不是他的對手。」

鄧定侯忍不住道：「他究竟是誰？」

王大小姐又避開了這問題，道：「但那時我還沒有把握確定。」

丁喜道：「現在呢？」

王大小姐道：「剛才我聽了你的分析後，才忽然想到，我父親死的那天晚上，在書房裡等的人一定就是他。」

丁喜道：「現在你已有把握能確定？」

王大小姐道：「嗯。」

丁喜道：「但你卻還是不敢說出來。」

王大小姐道：「因爲……因爲我就算說了出來，你們也未必會相信的。」

丁喜道：「那麼，你就不必說出來了。」

他自己倒了杯酒，自斟自飲，居然好像真的不想聽了。

王大小姐道：「可是書房裡卻還留著他的藥味，我一嗅就知道他曾經來過。」

現在丁喜無論怎麼諷刺她，她居然都能忍得住，裝作聽不見：「昨天早上我遇見他的時候，他恰巧用過那種藥，我遠遠的就嗅到了，所以我根本不必看清他的臉，也知道他是誰。」

她接著又道：「就因爲他有這種病，所以他呼吸的聲音也跟別人不同，你只要仔細聽過兩次，就一定可以分辨出來。」

鄧定侯雖然沒有開口，但臉上的表情卻已無疑證實了她的話。

他實在沒有想到，這位從小嬌生慣養的大小姐，竟是個心細如髮的人。

王大小姐盯著他，道：「我想你如果見到他，就一定可以分辨得出。」

鄧定侯只有點頭。

王大小姐道：「五月十三距離七月初一還有四十七天，這段時間已足夠讓他趕回關外，等著你去接他。」

鄧定侯道：「可是今年……」

王大小姐道：「我也知道今年他是在兩個多月前出關的，這段時間也足夠讓他偷偷的溜回來。」

鄧定侯長長吐出口氣，道：「你說的並不是沒有道理，但你卻忘了一點。」

鄧定侯道：「百里長青和你父親的交情不錯，他爲什麼要害死你父親？」

王大小姐道：「也許因爲我父親堅決不肯參加他們的聯盟，而且很不給他面子，所以他懷恨在心，也許因爲他是青龍會『五月十三』的舵主，想要脅我父親做一件事，我父親不答應，他就下了毒手。」

鄧定侯道：「難道你已認定了他是兇手？」

王大小姐又握緊雙拳，道：「我想不出別的人。」

鄧定侯道：「可是你的理由實在不夠充足，而且根本沒有證據。」

王大小姐道：「所以我一定要找出證據來。」她又補充著道：「要找出證據來，就得先找到百里長青，因爲他本身就是個活證據。」

鄧定侯道：「你知道他現在在哪裡？」

王大小姐道：「一定就在那片青色的山崗上。」

鄧定侯道：「你知道這片山崗在哪裡？」

王大小姐道：「我不知道。」

她黯然嘆息，又道：「何況就算我能找到這地方，就算我能找到百里長青，我也絕不是他的對手，所以……」

鄧定侯道：「所以你一定要先找個幫手。」

王大小姐道：「而且要找個有用的幫手。」

鄧定侯道：「你準備找我？」

王大小姐道：「不是。」

她的回答簡單而乾脆，她實在是個很直爽的人。

鄧定侯笑了，笑得卻有點勉強。

這是件麻煩事，能避免最好，但也不知爲了什麼，他心裡卻又覺得有點失望。

王大小姐道：「百里長青不但武功極高，而且是條老狐狸。」

鄧定侯道：「所以你一定要找個武功比他更高的幫手，而且還是條比老狐狸更狡猾的小狐狸。」

王大小姐點點頭，眼睛已開始盯著丁喜。

丁喜在喝酒，好像根本就沒聽見他們說了些什麼。

鄧定侯瞄他一眼，微笑道：「而且這個人還得會裝傻。」

王大小姐忽然站起來向丁喜舉杯，道：「經過了那些事後，我也知道你絕不會幫我忙的，可是爲了江湖道義，我還是希望你答應。」

丁喜道：「答應你什麼？」

王大小姐道：「陪我去找百里長青，查明這件事的真象。」

丁喜看著她，忽然笑了，但卻絕不是那種又親切、又討人喜歡的微笑。

他笑得就像是把錐子。

王大小姐還捧著酒杯，站在那裡，嘴唇好像已快被咬破了。

丁喜道：「你並不是糊塗人，我希望你能明白一件事。」

王大小姐道：「你說。」

丁喜道：「連自己親眼看見的事，都未必正確，何況是用鼻子嗅出來的，就憑這一點，你就說人家是兇手，除了你自己外，只怕沒有第二個人會相信。」

王大小姐捧著酒杯的手已開始發抖，道：「你……你也不信？」

丁喜道：「我只相信我自己。」

王大小姐道：「那麼你爲什麼不自己去查出真象來？」

丁喜冷冷道：「因爲我只有一條命，我還不想把這條命送給別人，更不想把它送給你。」

他忽然站起來，掏出錠銀子，擺在桌上：「我喝了七杯酒，這是酒錢，我們誰也不欠誰的。」

說完了這句話，他就頭也不回地走了出去。

王大小姐臉色已發青，一把抓起桌上的銀子，好像想用力摔在丁喜的鼻子上。

但是她這隻手又慢慢地放下，居然還把這錠銀子收進懷裡，臉上居然還露出了微笑。

鄧定侯反而怔住了，忍不住道：「你不生氣？」

王大小姐微笑道：「我爲什麼要生氣？」

鄧定侯道：「你爲什麼不生氣？」

王大小姐道：「百里長青的確是個很可怕的人，青龍會更可怕，我要他去做這麼冒險的事，他當然應該考慮考慮。」

鄧定侯道：「他好像並不是考慮，是拒絕。」

王大小姐道：「就算他現在拒絕了我，以後還是會答應的。」

鄧定侯道：「你有把握？」

王大小姐眼睛裡發著光，道：「我有把握，因爲我知道他喜歡我。」

鄧定侯道：「你看得出？」

王大小姐道：「我當然看得出，因爲我是個女人，這種事只要是女人就一定能看得出的。」

鄧定侯又笑了，大笑道：「這種事就算男人也一樣看得出的。」

他大笑著走出去，追上丁喜。

丁喜道：「你看出了什麼事？」

鄧定侯笑道：「我看出前面好像又有個大洞，不管你怎麼避免，遲早還是會掉下去。」

丁喜板著臉，冷冷道：「你看錯了。」

鄧定侯道：「哦？」

丁喜道：「掉下去的那個人不是我，是你！」

九　百里長青

一

馬車還在外面等著，趕車的人卻已不見了。

丁喜跳上前座，抽出了插在旁邊的馬鞭，鄧定侯也只有陪他坐在前面了。

他知道丁喜一定會趕馬車，卻想不到丁喜趕起車來，就好像孩子急著撒尿一樣。

馬車飛馳，直奔城外。

「我們現在要到哪裡去？」

「找個地方睡覺去。」

「城外有地方睡覺？」

「這輛馬車裡，就可以睡得下兩個人。」

鄧定侯嘆了口氣，就不再說話了，有些人好像天生就有本事叫別人跟著他走，丁喜就是這種人。

假如你遇見了這種人，你也只有陪他睡在馬車上。

出城之後，馬車走得更快，丁喜板著臉，鄧定侯也只有閉著嘴，兩個人都顯得心事重重。

誰知丁喜反而先問道：「你爲什麼不說話？」

鄧定侯笑了笑，道：「我在想……」

丁喜道：「想什麼？」

鄧定侯道：「據說黑道上也有很多人組織成一個聯盟，爲的就是要對付開花五犬旗。」

丁喜道：「不錯。」

鄧定侯道：「自從岳麟死了後，他們當然更要加緊行動了。」

丁喜道：「不錯。」

鄧定侯道：「這個黑道聯盟，若是真的跟我們火併起來，一定天下大亂。」

丁喜道：「鷸蚌相爭，得利的只有漁翁。」

鄧定侯道：「可是要做漁翁，也不是件簡單的事。」

丁喜道：「不錯。」

鄧定侯道：「你認爲誰夠資格做這個漁翁？」

丁喜道：「青龍會。」

鄧定侯嘆了口氣，道：「只有青龍會。」

丁喜目光閃動，道：「你是不是想說，也只有百里長青夠資格點起這場大火？」

鄧定侯沒有直接回答這句話，卻嘆息著道：「看來這的確是場大火，每個人都要被燒得焦頭爛額，除非……」

丁喜插嘴道：「除非我們能先查出那個天才的兇手是誰？」

鄧定侯點點頭，道：「我總認爲殺死王老頭的兇手，也就是殺死萬通和岳麟的兇手。」

丁喜道：「所以出賣你們的奸細也一定是他。」

鄧定侯道：「王老頭的死，一定跟這件事有密切的關係，他堅決不肯參加我們的聯營鏢局，也一定有很特別的原因。」

丁喜道：「這是你的想法，不是我的。」

鄧定侯道：「你怎麼想？」

丁喜淡淡道：「我只不過是個無名小卒而已，隨便怎麼樣想都沒有關係的。」

鄧定侯道：「有關係。」

丁喜道：「哦。」

鄧定侯盯著他，道：「因爲我看得出你心裡一定是隱藏著很多秘密，你若不肯說出來，這件事只怕就永遠不會有水落石出的一天。」

他的眼睛好像也變成了兩把錐子。

丁喜笑了。

不是那種錐子般的笑，是那種親切而討人歡喜的笑。

——錐子碰錐子，就難免會碰出火花來。

——但是像他這種討人歡喜的微笑，就連錐子也刺不下去。

鄧定侯也笑了，忽然改變話題，道：「你知不知道你自己最可愛的是什麼地方？」

丁喜搖搖頭。

鄧定侯道：「是你的眼睛。」

丁喜在揉眼睛。

鄧定侯又問道：「你知不知道你的眼睛爲什麼是最可愛的？」

丁喜道：「你說爲什麼？」

鄧定侯道：「因爲你的眼睛不會說謊，只要你一說謊，你的眼神就會變得很特別，很奇怪。」

丁喜道：「你看見過？」

鄧定侯道：「我至少看見過三四次。」

丁喜道：「哦。」

鄧定侯道：「只要你一提起王大小姐，你的眼睛就會變成那樣子。」

丁喜道：「哦？」

鄧定侯道：「你看見她畫的那片青色山崗時，眼神也是那樣子的。」

丁喜道：「因爲我心裡雖然喜歡她，嘴裡卻故意說討厭，因爲我明明知道那片青色山崗是個什麼地方，卻故意說不知道。」

鄧定侯道：「一點也不錯。」

丁喜又笑了。

鄧定侯道：「還有，你發現別人在騙你時，眼睛也會變得很奇怪。」

丁喜道：「你也看見過？」

鄧定侯道：「看見過兩次。」

丁喜道：「哪兩次？」

鄧定侯道：「蘇小波走的時候，你就是用那種眼色看著他的。」

丁喜道：「你認爲我是在懷疑他？」

鄧定侯道：「也許他才真正是餓虎崗的奸細，萬通只不過是受了他的利用而已，所以後來才會被殺了滅口，岳麟發現了他的秘密，才會把他關在地窖裡，你雖然救了他，可是當他回到餓虎崗之後，還是不會說老實話的。」

丁喜終於嘆了口氣，道：「他說起謊來，的確可以把死人騙活，活人騙死。」

鄧定侯道：「所以我不懂。」

丁喜道：「什麼事你不懂？」

鄧定侯道：「你明明已經在懷疑他，爲什麼還把他放走？」

丁喜道：「你說呢？」

鄧定侯道：「是不是因爲你想從他身上，找出那個天才兇手來，因爲他本身就是條活線索。」

丁喜又嘆了口氣，道：「我心裡想的事，你好像比我自己還清楚。」

鄧定侯笑了笑，道：「還有一次我看見你那種眼色，是在杏花村，在小馬養傷的屋子裡。」

丁喜道：「難道我當時也是用那種眼色看他的？」

鄧定侯點點頭，道：「那時候你一定就已看出他有點不對了。」

丁喜道：「因爲他忽然變得太老實，居然肯規規矩矩的躺在那裡。」

鄧定侯笑道：「而且他跟我們聊了半天，居然連一句『他媽的』都沒有說。」

丁喜嘆息道：「江山易改，本性難移，一個人若是忽然變了性，多多少少總會有點毛病的。」

鄧定侯道：「你發現他已經跟杜若琳私奔了，雖然生氣，卻一點也不著急。」

丁喜板起臉，冷冷道：「這是他自己心甘情願這樣的，我爲什麼要著急？」

鄧定侯道：「你看見王大小姐時，居然也沒有提起這件事。」

丁喜道：「她既然不提，我爲什麼要提？」

鄧定侯道：「她的確應該問問你的，你也應該問問她，可是你們都沒有提起這件事，這是爲什麼呢？」

丁喜忽然冷笑道：「也許她沒有時間，也許只因爲她根本就不必問。」

鄧定侯道：「因爲小馬就在她那裡。」

丁喜道：「哼。」

鄧定侯道：「因爲他脾氣雖然大，心腸卻很軟，王大小姐若要杜若琳去找他幫忙，他一定不會拒絕的。」

丁喜道：「既然他自己願意做傻瓜，我又何必管閒事。」

鄧定侯笑了笑，道：「總要有幾個人去做傻瓜，假如天下全是聰明人，這世界豈非更無趣？」

丁喜笑道：「只可惜這年頭真正的傻瓜已愈來愈少了。」

鄧定侯笑道：「至少我就不能說我自己傻。」

丁喜道：「你不傻，那位王大小姐也不傻。」

鄧定侯道：「哦。」

丁喜道：「我當然知道那片青色山崗是什麼地方，你看得出我是在說謊，她又何嘗看不出。」

鄧定侯道：「但是她並沒有再追問。」

丁喜道：「因爲她根本就不必問。」

鄧定侯道：「爲什麼？」

丁喜道：「因爲她早就知道那是什麼地方了。」

鄧定侯微笑道：「因爲你雖然不告訴她，小馬也一定會告訴她。」

丁喜道：「哼。」

鄧定侯道：「就算小馬真的是個傻瓜，也應該看得出那地方就是餓虎崗。」

丁喜忽然揚起手，一鞭子抽在馬股上。

他實在想重重的打小馬一頓屁股，竟將這匹拉車的馬，當做了小馬。

拉車的馬也憤怒起來了，長嘶一聲，竄入了道旁的疏林，再也不肯往前走。

丁喜居然就讓馬車在這裡停了下來。

他慢吞吞的下了車，將馬鞭打了個活結，掛在樹枝上，喃喃道：「一個人若是已決心要去做傻瓜，你只有讓他去做，一匹馬若是已決心不肯往前走了，你也只有讓牠停下來。」

鄧定侯看著他，忽又笑了笑。

鄧定侯道：「也許你本來就準備在這裡停下來的。」

丁喜道：「哦？」

鄧定侯道：「有些人做事總喜歡兜圈子，明明是他要做的事，他卻寧願多花好幾倍的力氣，讓別人去替他做。」

丁喜道：「這人有毛病。」

鄧定侯道：「一點也沒有。」

丁喜道：「那麼他爲了什麼？」

鄧定侯道：「只因爲他做的很多事都只有傻瓜才肯做，他不願別人認爲他也是個好心的傻瓜，卻寧願讓別人把他當做個冷酷的人。」

丁喜道：「你認爲我就是這一種人？」

鄧定侯道：「一點也不錯。」

丁喜道：「我怕你把我當傻瓜？」

鄧定侯道：「你也怕我問你，城裡大大小小的客棧至少有七八十間，你爲什麼不去住，卻偏偏要到這種鬼地方來受罪。」

丁喜道：「你好像並沒有問。」

鄧定侯道：「我根本不必問。」

丁喜道：「哦？」

鄧定侯道：「因爲我也知道，要到餓虎崗去，就一定得經過這裡。」

丁喜道：「你還知道什麼？」

鄧定侯道：「我還知道你算準了小馬一定會陪王大小姐到餓虎崗去，他們都是性急的人，說不定今天晚上就會動身。」

丁喜道：「所以我就在這裡等著？」

鄧定侯笑道：「若是別人要去做傻瓜，你也許會讓他去做的，但小馬卻不是別人，他是你的朋友，也是你的兄弟。」

他微笑著，拿起了掛在樹枝上的馬鞭，又道：「等他來的時候，你是不是準備用這馬鞭套住他的頸子？」

丁喜看著他，忽然也笑了笑，道：「我只想問你一句話。」

鄧定侯道：「你問。」

丁喜道：「你認爲你自己是什麼？你是我肚子裡的蛔蟲？」

鄧定侯要笑，卻沒有笑出來。

風中忽然傳來了一陣車輪馬蹄聲，聲音很輕，馬車還在很遠。

丁喜卻已竄出了疏林，伏在道旁，把一隻耳朵貼在地上。

鄧定侯也跟過來，壓低聲音道：「是不是他們來了？」

丁喜道：「不是。」

鄧定侯忙問道：「你怎麼知道不是？」

丁喜道：「馬車是空的，車上沒有人。」

鄧定侯道：「你聽得出。」

丁喜道：「嗯。」

鄧定侯嘆了口氣，道：「原來你的耳朵比王大小姐還靈。」

車聲忽然已近了，已隱約可以聽見鞭梢打馬的聲音。

既然只不過是輛空車，為什麼如此急著趕路？

丁喜忽然又道：「車上雖然沒有人，卻載著樣很重的東西。」

鄧定侯道：「有多重？」

丁喜道：「總有七八十斤。」

鄧定侯道：「你怎麼知道那不是人？」

丁喜道：「因為人不會用腦袋去撞車頂。」

他的耳朵還沒有離開地面，聽得出有樣東西把車廂撞得不停的發響。

一樣七八十斤重的東西，能夠撞到車頂。

鄧定侯眼睛亮了：「莫非是霸王槍？」

丁喜道：「很可能。」

鄧定侯道：「趕車的莫非就是王大小姐？」

丁喜沒有開口。

他已看見了一輛黑漆大車，在夜色中飛馳而來，趕車的一身黑衣，頭上還戴著頂馬連坡大草帽。

假如這個人真的就是王大小姐，她這麼樣做，並不是沒有理由的。

她的行動一定要秘密，絕不能讓對方發現她的行蹤，所以她雖然急著趕路，卻還是沒有騎馬，馬走得雖然比車快，卻沒有地方可以收藏她的霸王槍。

——小馬爲什麼不在？

——是不是他們已約好了在前面會合？

鄧定侯聲音壓得更低，問道：「我們跟去看看怎麼樣？」

丁喜冷冷道：「有什麼好看的？」

鄧定侯道：「你不去我去。」

這時馬車已從他們面前急馳而過，趕車的急著趕路，根本沒有注意到別的事。

鄧定侯一伏身，突然箭一般竄了出來。

鄧定侯凌空翻了個身，一隻手輕輕的搭上了馬車後的橫架，就像是片樹葉般掛了上去。

馬車已衝出十丈外，轉眼間又沒入黑暗中，鄧定侯好像還向丁喜揮了揮手。

丁喜目送著馬車遠去，忽然嘆了口氣，喃喃道：「假如前面也有人在聽著這輛馬車的動靜，一定會覺得奇怪，明明是一輛空車的，為什麼會忽然多出一個人來？」

他翻了個身，躺在地上，靜靜的看著天上的星光。

星光照在他眼睛裡，他眼睛裡的確像是隱藏著很多秘密。

前面的黑暗中，的確也有個人像他一樣，用一隻耳朵貼在地上，凝視傾聽。

他的臉灰白平板，仔細看著，就能看出他臉上戴著個人皮面具。

另外還有個人動也不動的伏在他身邊，除了遠處的馬車聲外，四下只能聽見他們兩個人的呼吸聲，其中有個人的呼吸很急促。

「奇怪。」戴著面具的黑衣人忽然道：「明明是輛空車的，怎麼會多出一個人來？」

「是不是有個人在半路上了車？」

「可是馬車並沒有停。」

「也許他是偷偷上車的，也許連趕車的都不知道車上已多了一個人。」

這人看著他的同伴時，神色顯得畏懼而恭敬，一雙靈活狡黠的眼睛，總是在不停的東張西望著，赫然竟是蘇小波。

他的同伴是誰呢？蘇小波道：「假如這人真的能在別人不知不覺中上了車，輕功一定不弱，說不定就是丁喜。」

戴著面具的黑衣人冷笑了一聲，道：「你們兩個人都該死。」

蘇小波怔了怔，臉色大變道：「我……我們兩個人？」

黑衣人冷冷道：「你太多嘴，他太多事。」

蘇小波立刻緊緊閉上了嘴，嚇得連大氣都不敢喘一口了。

黑衣人的呼吸更急促，忽然從身上拿出個玉瓶，倒出顆黑色的丸藥，吞了下去。一拔開瓶塞，風中立刻傳出種奇異的藥香。

——難道這個人真的就是百里長青？

——難道百里長青真的就是那殺人的兇手？

馬車已近了。

黑衣人剛閉上眼睛，又張開，眼睛裡精光四射，忽然道：「你帶著暗器沒有？」

蘇小波點點頭。

黑衣人道：「用你的暗器打馬，我對付車上的兩個人。」

蘇小波又點點頭。

他還是不敢開口，這黑衣人輕描淡寫的一句話，竟似比沙場上的軍令還有效。

黑衣人目光閃動，冷笑道：「不管來的是什麼人，只要來，就得死。」

——來的若不是他要找的人呢？

他不管。

就算殺錯了人，他也不在乎，別人的死活，他從來不放在心上。

二

車馬急行，冷風撲面。

鄧定侯輕飄飄的掛在馬車後，對自己的身手覺得很滿意。

他成家已多年，他的妻子細腰長腿，是個需要很強烈的女人，經過多年的恩愛生活後，更能和他配合無間，他也一直對她很滿意。

可是一個女人生過了孩子後，情況就不同了。

所以近年來他很少睡在家裡，外面的女人，總是比妻子更體貼、更年輕的。

在這方面，他一向很有名。

老天也好像對他特別照顧，過了七八年的荒唐生活，他的體力居然還很好，反應依舊靈敏，身手依舊矯健，看來還是個年輕人。

他的妻子腰腳卻已粗得多了，一個女人的性生活若是不能滿足，往往就會用「吃」來作發洩。

她的脾氣也愈來愈暴躁，因爲無論什麼事都不能代替她的丈夫，她雖然吃得好，穿得好，心裡還是有很多苦悶無法發洩。

想到初婚時的纏綿恩愛，他忽然對自己的妻子有了種歉疚之意。

他決定這次回去後，一定要在家裡多耽幾天，也許還可以多生一個兒子。

車子一陣顛動，他忽然從玄想中驚醒，忍不住笑了，「這種時候，我怎麼會想起這種事的？」

人們爲什麼總是會在一些奇奇怪怪的情況中，想起一些不該想的事？是什麼事讓他聯想到他的妻子的？是不是因爲他的妻子也來自閩南？

十 解不開的結

一

——五月十三，天帝誕辰。

他還有個朋友的生日，好像也是五月十三，他好像在無意中聽見過的。

這朋友是誰？

鄧定侯的瞳孔突然收縮，突然想起了一件事。

就在這時，拉車的馬忽然一聲驚嘶，往道旁直衝了過去，車馬忽然翻倒。

鄧定侯雙臂一振，凌空拔起，道旁的草叢中，還有一道寒光射出，打在已倒下的馬腹上。

還有個人也從道旁的草叢中竄了出來，身法竟似比暗器還快。

只聽趕車的大呼：「是你，我就知道你會來找我的。」聲音尖銳，果然是王大小姐的聲音。

她衝過來拉車門，想拿車廂裡的霸王槍，黑衣人卻已凌空向她撲下。

鄧定侯本來可以趁這時候走的，這黑衣人的目標並不是他。

他沒有走。

他不能看著王大小姐死在這人的掌中，他一定要撕下這人的面具來。

黑衣人凌空下擊，如鷹搏兔，王大小姐竟連閃避招架的機會都沒有。

一擊致命，不留活口。

這黑衣人雙手幾乎已觸及了她的頭髮，突聽「呼」的一聲，一股勁風從旁邊撞了過來。

少林神拳！

據說這種拳法練到爐火純青時，在百步外就可以致人於死。

鄧定侯的神拳雖然還沒有這種威力，但一拳擊出，威力已十分驚人。

黑衣人只有先避開這一拳，招式雖撤回，餘力卻未盡。

王大小姐還是被他的掌風掃及，「砰」的一聲撞在馬車上，幾乎暈了過去。

幸好鄧定侯已擋在她面前。

黑衣人冷笑道：「好一個護花使者，我就索性成全了你們，讓你們死在一起。」

他的聲音沙啞低沉，顯然是逼著嗓子說出來的。

他是不是怕鄧定侯聽出他本來的聲音？

鄧定侯忽然笑了笑，道：「我勸你最好還是不要出手。」

黑衣人道：「爲什麼？」

鄧定侯道：「因爲我知道你一定認得我，我也一定認得你，所以你只要一出手，五招之內，我就能看出你是誰了。」

黑衣人冷笑道：「你看著。」

這三個字說出，他已攻出兩招，鄧定侯剛閃避開，還擊了一招，他又攻出三招。

他的出手不但迅急狠毒，變化奇詭，出手五招，用的竟是五種不同門派的武功。

他第一招攻出時，五指彎曲如鷹爪，用的是淮南王家的「大鷹爪功」。

這一招還未用完，他的身子忽然轉開，出手已變成了武當的「七十二路小擒拿法」。

鄧定侯還擊一招，他雙手乍發，連消帶打，竟是岳家散手中的殺著「烈馬分鬃」，就在這同一刹那間，又踢出了一著北派掃堂腿。

這一著很快又變成了「拐子鴛鴦腿」，然後忽然又沉腰坐馬，近逼中宮，雙拳帶風，直打胸膛，竟變成了鄧定侯的看家本事「少林神拳」。

這五招間的變化，實在是瑰麗奇幻，叫人看得眼花繚亂。

黑衣人冷冷道：「你看出了我是誰？」

鄧定侯看不出。

他只看出了一件事，一件很可怕的事——就是他實在也不是這個人的敵手。

「神拳小諸葛」縱橫江湖多年，什麼樣的厲害角色他都見過，這還是他第一次覺得自己技不如人。

少林神拳走的是剛猛一路，全憑一口氣，現在他的氣已餒，拳勢也弱了。

黑衣人招式一變，竟以北派劈掛掌，混合著大開碑手使出來。

這正是掌法中最剛烈最威猛的一種。

他以剛剋剛，以強打強，七招之間，鄧定侯已被逼入死角。

車輪還在轉動，馬的嘶聲已停頓，王大小姐從車窗裡抓住了她的槍，還沒有拔出來。

突聽「喀喇」一聲，轉動的車輪被打得粉碎，接著又是「格」的一響，竟像是骨頭折斷的聲音。

王大小姐轉過頭，才發現鄧定侯的一條手臂已抬不起來。

黑衣人出手卻更兇、更狠，他已決心不留下一個活口。

王大小姐臉上汗珠滾滾，還是拔不出這桿也不知被什麼東西嵌住了的霸王槍。

鄧定侯肘間關節被對方掌鋒掃著，也已疼得汗如雨落了。

這種劇烈的痛苦，卻激發了他的勇氣，使得他更爲清醒。

他以一隻手擊出的招式，竟比兩隻手還有效。

他的聲名本就是血汗和性命去拚來的，他當然不會這樣容易就倒下去。

只要還活著，就絕不能倒下去。

就在這時，黑暗中忽然有寒光一閃，像流星般飛了過來。

黑衣人一側身，這道流星般的光芒就「奪」的釘在馬車上，竟是柄短劍，一柄劍鋒奇窄，精光四射的短劍。

鄧定侯立刻鬆了口氣，他已看出黑衣人臉上起了種面具都掩不住的變化。

他精神一振，奮力攻出三拳。

黑衣人卻忽然凌空躍起，倒翻了出去。

就在這時，又是寒光一閃，王大小姐終於拔出了她的霸王槍。

鄧定侯一回手，乘著她這一拔之力，將這桿槍標槍般的擲了出去。

一尺長，七十三公斤重的霸王槍，槍鋒破空，是多大的威力。

只見黑衣人凌空一個翻身，忽然反手抄住了這桿槍，藉力使力，向下一戳。

一聲慘呼，一個人被槍鋒釘在地上。

黑衣人卻又藉著這一槍下戳的力量，彈丸般從槍桿下彈了起來，又是凌空幾個翻身，竟已掠出十餘丈，身形在遠處樹梢又一彈，就看不見了。

鄧定侯幾乎已看得怔住。

少林門下雖然並不以輕功見長，他自己卻一向喜歡輕功。

他的輕功身法另有傳授，在這方面，他一向很自負，總認爲江湖中已很少有人的輕功比得上他。

可是現在他跟這個黑衣人一比，這個人若是飛鷹，他最多不過是隻麻雀。

直到這時候，他才發現自己的確應該回去多耽幾天了。

他花在女人身上的功夫實在太多。

就在他覺得自己以後應該遠離女人之時，已有個女人走過來，扶住了他。

王大小姐的手雖然冰冷，聲音卻是溫柔的：「你傷得重不重？」

鄧定侯苦笑搖頭。

有些人好像命中注定就離不開女人的，就算他不去找女人，女人也會找上他。

他在心裡嘆了口氣，忽然問道：「丁喜呢？」

王大小姐怔了怔，道：「他來了？」

鄧定侯已不必回答這句話，他已看見丁喜慢吞吞的從黑暗中走了出來。

王大小姐看了看他，又看了看釘在馬車上的短劍：「這是你的劍？」

丁喜道：「嗯。」

王大小姐道：「剛才那個黑衣人，好像也認得你這柄劍？」

丁喜道：「哦？」

王大小姐目光閃動，盯著他，道：「他是不是也認得你？」

丁喜淡淡道：「我也不知道他認不認得我，我只知道我不認得他。」

王大小姐道：「你連他長得什麼樣子都沒有看清楚，怎麼知道不認得他？」

丁喜板起臉，冷冷的道：「你怎麼知道我沒有看清楚？」

王大小姐眼珠子轉了轉，忽然笑了笑，道：「也許你真的比我們看得都清楚一些，他剛才就是從你那邊逃走的。」

丁喜搖頭道：「哼。」

王大小姐忽又沉下臉，道：「他剛才既然是從你那邊逃走的，你爲什麼不攔住他？」

丁喜冷冷道：「因爲你們的霸王槍，先替他開了路。」

王大小姐說不出話來了。

丁喜走過來，拔起了霸王槍，忽又冷笑道：「他的確應該謝謝你們，本來他已來不及把這個人殺了滅口，你們卻及時把這桿槍送給了他。」

鄧定侯輕咳兩聲，苦笑道：「他殺的這個人是誰？」

丁喜道：「蘇小波。」

鄧定侯嘆了口氣，道：「你果然沒有看錯，蘇小波果然真是跟他串通的。」

丁喜慢慢的走過來，拔出了車上的劍。

鄧定侯道：「這的確是口好劍。」

他還想再仔細看看，卻已看不見了。

丁喜一反手，這柄劍就忽然縮入了他的衣袖。

鄧定侯道：「你剛才那一劍雖然不想傷人，卻已把別人嚇走了。」

丁喜道：「你怎麼知道我那一劍不想傷人？」

鄧定侯笑了笑，道：「這柄劍釘在馬車上，只釘入了兩寸。」

這是事實，車上的劍痕猶在。

鄧定侯道：「以你的腕力，再加上這柄劍的鋒利，若是真的想傷人，這一劍擲出就算打在石頭上，至少也應該打進去五六寸。」

丁喜冷冷道：「你也未免把我的力氣估量得太高了一些。」

鄧定侯笑了笑，道：「不管怎麼樣，那個黑衣人總是被這一劍嚇走的。」

丁喜道：「哦。」

鄧定侯道：「他怕的當然並不是這口劍，而是你這個人。」

丁喜淡淡道：「或許他也把我估量得太高了。」

鄧定侯道：「他至少知道這是你的劍，至少知道你是個什麼樣的人，所以他才會走。」

丁喜看了他兩眼，道：「你究竟想說什麼？」

鄧定侯嘆了口氣，道：「有很多的話我都想說出來，只不過現在……」

丁喜道：「現在怎麼樣？」

鄧定侯道：「現在我只想問你一句話。」

丁喜道：「你為什麼不問？」

鄧定侯盯著他的眼睛。

鄧定侯道：「你心裡究竟隱藏著什麼事，為什麼不肯說出來？」

丁喜道：「你既然知道，我又何必再說。」

鄧定侯道：「我怎麼會知道？」

丁喜冷笑道：「你既然不知道，憑什麼斷定我心裡有事？」

鄧定侯怔了怔，苦笑道：「其實我心裡也藏著件事，沒有說出來。」

丁喜道：「哦？」

鄧定侯道：「我知道有個人雖然是在關外成名的，但是他成長的地方，卻是閩南。」

丁喜聽著。

鄧定侯道：「閩南是個很偏僻的地方，少年人想在那裡出頭，很不容易，所以他們就到外面來闖天下，有的人到了中原，有的人出了關。」

王大小姐道：「他們？」

鄧定侯道：「當然在一起闖蕩江湖的，當然不止一個人。」

王大小姐臉色又發了白，道：「你是說，我父親也是他們其中之一？」

鄧定侯道：「我現在說的只是一個人，他在閩南闖過天下，卻在關外成名，所以他跟你父親是老朋友。」

王大小姐臉色更蒼白，握緊他的手，道：「你說的是百里長青？」

鄧定侯點點頭，道：「一個人發跡之後，總不願再提起以前那些不得意的往事，所以他和你父親在閩南那一段經歷，江湖中很少有人知道。」

王大小姐道：「你怎麼會知道的？」

鄧定侯道：「因爲我老婆的娘家，恰巧也是閩南的武林世家，她的一個大伯，以前還跟百里長青有過往來。」

提起他的妻子，他就在有意無意間，輕輕放開了王大小姐的手。

王大小姐沒有注意。

鄧定侯又道：「閩南的武林世家，大多數都很保守，因爲他們的鄉土觀念很重，語言又和中原完全不同，所以他們的子弟，很少到中原來。」

王大小姐道：「所以百里長青在閩南的往事，中原很少有人知道。」

鄧定侯道：「可是我老婆卻在我面前提起過，她的大伯是遼東大俠的老友，她也覺得很有光采，她甚至還知道百里長青的生日。」

王大小姐道：「是嗎？她怎麼會知道的？」

鄧定侯道：「因爲她的大伯曾經告訴過她，百里長青的生日，跟她是在同一天。」

王大小姐道：「是哪一天？」

鄧定侯道：「五月十三。」

繁星在天，大地更安靜，暖風吹過樹梢，柔軟如情人的呼吸。

丁喜忽然道：「你們爲什麼不說話了？」

沒有反應。

丁喜道：「不說話的意思，是不是因爲你們都已認定了百里長青就是那該死的天才兇手？」

王大小姐恨恨道：「看來他還是個該死的奸細。」

鄧定侯道：「我們的聯營鏢局若是組織成功，青龍會的勢力就難免要受到影響，所以他就把我們的秘密出賣給你。」

丁喜道：「有理。」

鄧定侯道：「他這麼樣做，不但破壞了開花五犬旗的威信，而且還可以坐收漁利。」

丁喜道：「有理。」

鄧定侯道：「但他卻想不到聰明的丁喜也有失手的時候，這一次的計劃既然已注定失敗，他就只有再發動第二次。」

丁喜道：「有理。」

鄧定侯道：「幸好他早已將青龍會的勢力，滲透入餓虎崗，餓虎崗恰巧又發起了一個黑道聯盟，他就決心要把這組織收買了，讓黑道上的朋友和開花五犬旗火併。」

丁喜道：「有理。」

鄧定侯道：「只可惜餓虎崗上的兄弟們，還有些不聽話，他既然無法收買到這些人，於是就索性把他們殺了滅口。」

丁喜道：「有理。」

鄧定侯道：「然後他再讓我們來替他頂這個黑鍋，叫你也回不了餓虎崗，因為他對聰明的丁喜多少還有些顧忌。」

丁喜道：「有理。」

鄧定侯道：「大王鏢局堅決不肯加入開花五犬旗，也許就因為王老爺子早已知道了他的陰謀，他們早年在閩南時，本是很親密的朋友。」

丁喜道：「有理。」

鄧定侯道：「據說青龍會的發祥地，本來也在閩南，王老爺子早年時，說不定也曾加入過他們的組織。」

丁喜道：「有理。」

鄧定侯道：「等到青龍會要把勢力擴展到中原鏢局時，當然就會要王老爺子為他們效力，但這時王老爺子已看透了他們的真面目，雖然被他們威逼利誘，也不為所動，所以才會慘死在他們手下。」

丁喜道：「有理。」

鄧定侯笑了笑，道：「你已經說了九句有理，一定是真的認為我有理了？」

丁喜也笑了笑，道：「我承認你說的每句話都有道理，只可惜我連一點證據都沒有看見。」

鄧定侯道：「你要什麼樣的證據？」

丁喜道：「隨便什麼樣的證據都行。」

鄧定侯道：「假如沒有證據，我們就不能把百里長青當做兇手？」

丁喜道：「不能。」

鄧定侯嘆了口氣，道：「他是王老爺子的朋友，早年也曾經在閩南鬼混過，我們走鏢的路線和秘密只有他完全清楚，他不但武功極高，而且還練過百步神拳，甚至連你用的兵器都知道。」

他嘆息著，又道：「所有的條件，只有他一個人完全符合，這難道還不夠？」

丁喜道：「還不夠。」

鄧定侯道：「為什麼？」

丁喜道：「因為符合這條件的人，並不是只有他一個。」

鄧定侯道：「除了他還有誰？」

丁喜又笑了笑，道：「至少還有你。」

鄧定侯道：「我？」

丁喜道：「你也是王老爺子的朋友，你的妻子既然是閩南人，你當然也到閩南去過，你們鏢局的秘密，你當然也知道。」

鄧定侯苦笑道：「而且我當然也練過百步神拳，而且練得還很不錯。」

丁喜微笑道：「我當然也知道你絕不會是兇手，我只不過在提醒你，符合這些條件的人，並不一定就是兇手。」

鄧定侯看看他，忽然也笑了笑，道：「你只忘了一點。」

丁喜道：「哦？」

鄧定侯道：「這些條件，我並不能完全符合，因爲我直到昨天晚上爲止，還不知道你用的是什麼兵器。」

丁喜不能否認。

鄧定侯道：「近來你的名氣雖然已不小，可是江湖中人見過你的兵器的卻不多。」

丁喜也不能否認。

他的確一向很少出手，要解決困難時，他使用的是他的智慧，不是他的劍。

鄧定侯一直都在盯著他，又笑了笑，道：「其實我當然知道，你絕不會和那個天才兇手串通的，只不過……」

丁喜道：「只不過怎麼樣？」

鄧定侯道：「我總覺得你應該認得百里長青。」

丁喜道：「爲什麼？」

鄧定侯道：「因爲他對你的事，好像很了解，你對他的事，好像也很關心。」

王大小姐忽然冷笑道：「不但很關心，而且一直都在爲他辯白，難道……」

丁喜也在冷笑，道：「難道你們認爲我是他的兒子？」

王大小姐道：「不管你是他的什麼人，你既然要爲他辯白，也應該拿出證據來。」

丁喜道：「所以我就該跟你們到餓虎崗去？」

王大小姐道：「不管『五月十三』是不是百里長青，現在都已回到了餓虎崗。」

丁喜道：「所以我現在就應該跟你們去？」

王大小姐終於承認：「我就是要你現在就去。」

丁喜道：「哈哈。」

王大小姐道：「『哈哈』是什麼意思？」

丁喜道：「『哈哈』的意思，就是不管你說什麼，我不去就是不去。」

王大小姐怔住。

她看看鄧定侯，鄧定侯也只有看看她。

丁喜悠然道：「兩位還有什麼高論？」

王大小姐真的著急了，連眼圈都已急紅了，忽然大聲道：「你爲什麼不問問我小馬的下落？」

丁喜道：「我爲什麼要問？」

他冷冷的接著道：「他又不是個小孩子，難道還要人一天到晚的跟著他，餵他吃奶。」

王大小姐臉也紅了，終於忍不住道：「可是……可是他們也已經去了餓虎崗，你難道難道一點也不著急？」

鄧定侯已經先著了急，搶著問道：「他們是幾時去的？」

王大小姐道：「我到酒樓去跟你們見面的時候，本來是叫他們在客棧裡等我的，誰知道……」

王大小姐咬著嘴唇，點了點頭，道：「小琳告訴我，小馬這個人天不怕，地不怕，就只怕他的丁大哥。」

鄧定侯道：「誰知道等你回去時，他們兩個人已經走了。」

鄧定侯道：「他知道你去找丁喜，當然不敢再等在那裡挨罵。」

丁喜沉著臉道：「我唯一要罵的人，就是我自己。」

鄧定侯道：「不管怎麼樣，小馬總是你的好兄弟，現在餓虎崗既然是把你當做叛徒，當然也不會放過他。」

丁喜道：「哼。」

王大小姐道：「他們臨走的時候，還交代著客棧的帳房，說他們要先到餓虎崗去看看，不管結果怎麼樣，他們都會有話留給老山東的。」

鄧定侯道：「現在他到餓虎崗去，簡直就等於是送羊入虎口，所以……」

王大小姐搶著道：「所以不管怎麼樣，我們都應該盡快趕去。」

丁喜道：「哼哼。」

王大小姐道：「『哼哼』又是什麼意思。」

丁喜冷冷道：「『哼哼』的意思就是不管你們到哪裡去，我都要去睡覺了。」

二

駕車的馬，本來不會是好馬，但歸東景的馬，卻沒有一匹不是好馬。

丁喜剛才臨走時候已將這匹馬繫在樹上，他看來雖然是個粗枝大葉的人，其實做事一向很仔細，因為他從小就得自己照顧自己。

他也不管別人是不是在後面跟著，一個人走回來，從車廂裡找出半罈酒，一口氣喝下去，就跳上車頂，舒舒服服的躺下，放鬆了四肢。

能有這樣一個地方，他已經覺得很滿意。

鄧定侯和王大小姐當然也只有跟著他來了。

他們找了些枯枝，生了一堆火。

——這裡雖然不會有虎狼，蛇蟲卻一定會有的，生個火總是安全些。

鄧定侯也是個做事仔細的人，所以他們才能活到現在。

「你手臂上的傷怎麼樣了？」

「還好。」

「我帶著有金創藥，我替你看看。」王大小姐忽然顯露了她女性的溫柔。

她輕輕的撕開了鄧定侯的衣袖，用一點燒酒爲他洗淨傷口，倒了一點藥在上面，再撕開自己一條內裙，替他包紮了起來。

她的動作溫柔體貼，只可惜丁喜完全沒有看見。

他脫下了自己的衣服，捲起來作枕頭，睡得好舒服。

王大小姐好像也沒有看見他，卻又偏偏忍不住，道：「你看看這個人，在這種地方他居然也能睡得著。」

鄧定侯笑了笑，道：「據說他從小就在江湖中流浪了，像他這種人，有時連站著都能睡覺的。」

王大小姐咬著嘴唇，沉默了很久，又忍不住道：「他難道一直都沒有家？」

鄧定侯道：「好像沒有。」

王大小姐彷彿在嘆息，卻還是板著臉，冷冷道：「據說沒有家的人，總是對朋友特別夠義氣的，他卻好像是個例外。」

鄧定侯道：「你認爲他對小馬不夠義氣？」

王大小姐道：「哼。」

鄧定侯道：「也許他只不過因爲吃的苦太多，所以做事就比別人小心些。」

王大小姐冷笑道：「一個真正的男子漢，不管吃了多少苦，都不該像他這麼樣怕死。」

鄧定侯看著她，微笑道：「你好像對他很不滿意。」

王大小姐道：「哼哼。」

鄧定侯微笑道：「難道你又認爲他不喜歡你了？」

王大小姐道：「我……」

鄧定侯打斷了她的話，道：「有些人心裡雖然喜歡一個人，嘴裡卻絕不會說出來的，有時他心裡愈熱情，表面上反而愈冷淡。」

王大小姐道：「爲什麼？」

鄧定侯道：「因爲他們的身世孤苦，生活又不安全，而且隨時隨地都可能死在別人的刀劍下，所以他們若是真的喜歡一個人時，反而要盡量疏遠。」

王大小姐道：「因爲他不願連累了他喜歡的這個女孩子？」

鄧定侯道：「不錯。」

王大小姐道：「你認爲丁喜是這種人？」

鄧定侯道：「他是的。」他嘆息著，又道：「他表面看來雖然很灑脫，很開朗，其實心裡卻一定有很多解不開的結。」

王大小姐凝視著他，柔聲道：「你好像總是在替別人著想，總是很能了解別人。」

鄧定侯笑了笑，道：「這也許只因爲我已經老了，老頭子總是比較容易諒解年輕人的。」

王大小姐嫣然一笑，道：「像你這樣的老頭子，世界上只怕還沒有幾個。」

這時一陣仲夏之夜的柔風，正吹過青青的草地。

星光滿天，火光閃動，照紅了她的臉，風中充滿了綠草的芬芳，綠草柔軟如氈。

她笑得又那麼溫柔。

鄧定侯忽然發覺自己的心在跳，跳得很快。

他並不是那種一見了美麗的女人就會心跳的男人，可是這個女孩子……

他絕不能讓這種情況再發展下去，勉強笑了笑，道：「看樣子我們也沒有什麼地方可去了，不如也將就在這裡睡一夜，有什麼話，等到明天再說。」

王大小姐點點頭，道：「現在並不太熱，我們就睡在火旁邊好不好？」

鄧定侯好像嚇了一跳：「我們？」

王大小姐道：「你流了很多血，一定會覺得冷的，當然應該睡在火光旁邊。」

鄧定侯道：「可是你……」

王大小姐道：「我當然也睡在這裡，我怕蛇。」

鄧定侯道：「你……你可以睡到車上去。」

王大小姐道：「蛇難道不會爬到車上去？」

她嫣然一笑，又道：「假如你怕我，我可以睡得離你遠一點，我的睡像很好，絕不會滾到你身邊去的。」

她的睡像並不好，年輕的女孩子，睡像都不會太好，何況，一個像她這麼樣嬌生慣養的大小姐，睡在這種草地上，當然睡不安穩。

睡夢中，她忽然翻了身，一隻手竟壓到鄧定侯胸口上了。

她的手柔軟而纖美。

鄧定侯連動也不敢動。

他也不是那種坐懷不亂的君子，對年輕美麗的女孩子，他一向很有興趣。

可是這個女孩子……

他嘆了口氣，禁止自己想下去。

他開始想丁喜——

這個年輕人的確有很多長處，他喜歡他，就好像喜歡自己的親兄弟一樣。

他又想到了他的妻子——

這幾年來，他的確太冷落她了，她卻一直都是個好妻子。

他需要時，她就算已沉睡，還是從來也沒有拒絕過他。

想起了他們初婚時，那些恩愛纏綿的晚上，想起了她的溫柔與體貼，想起了她柔軟的腰肢，想起了豐滿修長的雙腿。……

他又禁止自己再想下去。

又是一陣柔風吹過，他輕撫著臂上的傷口，忽然覺得很疲倦，非常疲倦……

他睡著了。

三

丁喜卻還沒能睡得著，他們剛才說的話，每一句他都聽得清清楚楚。

「就算他心裡喜歡你，嘴上也絕不會說出來的……」

「他心裡一定有很多解不開的結……」

鄧定侯的確很了解他，卻還了解得不夠深。

他疏遠她、冷淡她，並不是因爲他怕連累了她，而是因爲他不敢。

他不敢，因爲他總覺得自己配不上，一種別人永遠無法解釋的自卑，已在他心裡打起了結，生下了根。

根已很深了。

飢餓、恐懼、寒冷，像野狗般蜷伏在街頭，爲了一塊冷餅被人像野狗般毒打。

只要一想起這些往事，他身上的衣服就會被冷汗濕透，就會不停的打冷顫。

他的童年，實在比噩夢還可怕。

現在這些悲慘的往事雖然早已過去，他身上的創傷也早已平復。

可是他心裡的創傷，卻是永遠也沒法子消除的。

「你好像總是在替別人著想，好像總是這麼樣了解別人……」

他又想到，鄧定侯的確是個好朋友、好漢子，他已經欠他太多，幾乎也很難還清。

丁喜知道他也很喜歡她。

雖然他已有了家，有了妻子，可是這些事對丁喜說來都不重要。

重要的是，他是絕不能對不起朋友的。

「一個從來沒有家的人，對朋友總是特別夠義氣的。」

「你認爲他對小馬不夠義氣？」

丁喜在心裡嘆了口氣，小馬不但是他的朋友，也是他的兄弟，他的手足。

小馬這一去，的確是送羊入虎口的。

難道他真的就這樣看著？

他閉上眼睛，決心要小睡片刻，明天還有很多很多事要做。

繁星滿天，夜風溫柔。

明天一定是好天氣。

四

旭日東昇

第一線陽光衝破晨霧，照射在大地上時，鄧定侯就醒了。

他醒來的時候，陽光正照在王大小姐烏黑柔軟的頭髮上。

她的睫毛也很長，她的雙頰嫣紅，柔髮上帶著醉人的幽香。

她就睡在他身旁，睡得就像是個孩子。

鄧定侯大醉後醒來時，常常會在自己身邊發現一個陌生而年輕的女人，他通常都要想很久，才能想起這個女人是怎麼到他床上來的。

可是這一次……

他沒有想下去，悄悄的站起來，深深呼吸了一口清晨郊外的新鮮空氣。

然後他就忽然怔住。

睡在車頂上的丁喜已不見了，繫在樹上的那匹馬也不見了。

清晨郊外的空氣很新鮮。

鄧定侯見到馬車還停在原來之處，不過那匹馬和丁喜去了哪裡？

馬匹不會自己走脫的，一定有人把馬匹解開。

這是丁喜所做的嗎？

他再深深的吸了口清新的空氣，但似乎還沒有把醉後的酒意消除，腦子有點模糊。

他在想著，丁喜走了，爲什麼不說一句話？

十一 魔索

一

「丁喜真的走了！」

他是真的走了，不但帶走了那匹馬，還帶走了一罈酒，卻在車上留下兩個字：「再見！」

再見的意思，有時候就是永不再見。

「他為什麼不辭而別？是不是我們逼他上餓虎崗？」王大小姐用力咬著嘴唇：「我實在想不到他居然是個這麼怕死的懦夫。」

「他絕不是。」鄧定侯說得很肯定：「他不辭而別，一定有原因。」

「什麼原因？」

「我也不知道。」

鄧定侯嘆了口氣，苦笑道：「我本來認為我已經很了解他。」

王大小姐道：「可是你想錯了。」

鄧定侯嘆道：「他實在是個很難了解的人，誰也猜不透他的心事。」

王大小姐道：「我想他一定認得百里長青，說不定跟百里長青有什麼特別的關係。」

鄧定侯道：「看來的確是好像有一點，其實卻絕對的沒有。」

王大小姐道：「你知道？」

鄧定侯點點頭道：「他們的年紀相差太多，也絕不可能有交朋友的機會。」

王大小姐道：「也許他們不是朋友，也許他真的就是百里長青的兒子。」

鄧定侯笑了。

王大小姐道：「你認爲不可能？」

鄧定侯道：「百里長青是個怪人，非但從來沒有娶過妻子，我甚至從來也沒有看見他跟女人說過一句話。」

王大小姐道：「他討厭女人？」

鄧定侯點點頭，苦笑道：「也許就因爲這原因，所以他才能成功。」

他也知道這句話說得有點語病，立刻又接著道：「說不定丁喜也是到餓虎崗去的。」

王大小姐道：「爲什麼不跟我們一起去？」

鄧定侯道：「因爲我受了傷，你……」

王大小姐板著臉道：「我的武功又太差，他怕連累我們，所以寧願自己一個人去。」

鄧定侯道：「不錯。」

王大小姐冷笑道：「你真的認爲他是這麼夠義氣的人？」

鄧定侯道：「你認爲他不是？」

王大小姐道：「可是他總知道，他就算先走了，我們還是一定會跟著去的。」

鄧定侯道：「我們？」

王大小姐盯著他，道：「難道你也要我一個人去？」

鄧定侯又笑了，又是苦笑。

他這一生中，接觸過的女人也不知有多少，卻從來也不懂應該怎麼拒絕女人的要求。

——也許就因爲如此，所以女人也很少能拒絕他。

「你到底去不去？」

「我當然去。」鄧定侯苦笑著，看著自己腳上已經快被磨穿了的靴子，道：「我最近肚子好像已漸漸大了，正應該多走點路。」

「你走不動時，我可以揹著你。」

「你的意思是不是說，當你在走不動時，也要我揹著你。」

「我們是不是先去找老山東？」

「嗯。」

「你知道老山東是誰？」

「不知道。」

「我只希望這個老山東還不太老，我一向不喜歡跟老頭子打交道。」

「你難道看不出我就是個老頭子？」

「你若是老頭子，我就是老太婆了。」

兩個人若是有很多話說，結伴同行，就算很遠的路，也不會覺得遠。

所以他們很快就到了餓虎崗。

他們並沒有直接上山，鄧定侯的傷還沒有好，王大小姐也不是那種不顧死活的莽丫頭。

山下有個小鎮，鎮上有個饅頭店。

「老山東，大饅頭。」

二

「老山東饅頭店」資格的確已很老，外面的招牌，裡面的桌椅，都已被煙燻得發黑了。

店裡的人倒還不太老，卻也被煙燻黑了，只有笑起來的時候，才會露出一口雪白的牙齒。

除了做饅頭外，他還會做山東燒雞。

饅頭很大，燒雞的味道很好，所以這家店的生意總不錯。

只有在大家都吃過晚飯，饅頭店已打了烊時，老山東才有空歇下來，吃兩個饅頭，吃幾隻雞爪，喝上十來杯老酒。

老山東正在喝酒。

一個人好不容易空下來喝杯酒，卻偏偏還有人來打擾，心裡總是不愉快的。

老山東現在就很不愉快。

饅頭店雖然已打烊了，卻還開著扇小門通風，所以鄧定侯、王大小姐就走了進來。

老山東板著臉，瞪著他們，就好像把他們當做兩個怪物。

王大小姐也在瞪著他，也把這個人當做個怪物——有主顧上門，居然還是個吹鬍子瞪眼睛的人，不是怪物是什麼？

鄧定侯道：「還有沒有饅頭？我要幾個熱的。」

老山東道：「沒有熱的。」

鄧定侯道：「冷的也行。」

老山東道：「冷的也沒有。」

王大小姐忍不住叫了起來：「饅頭店裡怎麼會沒有饅頭？」

老山東翻著白眼，道：「饅頭店裡當然有饅頭，打了烊的饅頭店，就沒有饅頭了，冷的熱的都沒有了，連半個都沒有。」

王大小姐又要跳起來，鄧定侯卻拉住了她，道：「若是小馬跟丁喜來買，你有沒有？」

老山東道：「丁喜？」

鄧定侯道：「就是那個討人喜歡的丁喜。」

老山東道：「你是他的朋友？」

鄧定侯道：「我也是小馬的朋友，就是他們要我來的。」

老山東瞪著他看了半天，忽然笑了：「饅頭店當然有饅頭，冷的熱的全都有。」

鄧定侯也笑了：「是不是還有燒雞？」

老山東道：「當然有，你要多少都有。」

燒雞的味道實在不錯，尤其是那碗雞滷，用來蘸饅頭吃，簡直可以把人的鼻子都吃歪。

老山東吃著雞爪，看著他們大吃大喝，好像很得意，又好像很神秘。

鄧定侯笑道：「再來條雞腿怎麼樣？」

老山東搖搖頭，忽然嘆了口氣，道：「雞腿是你們吃的，賣燒雞的人，自己只有吃雞爪的命。」

王大小姐道：「你爲什麼不吃？」

老山東又搖頭道：「我捨不得。」

王大小姐道：「那麼你現在一定已是個很有錢的人。」

老山東道：「我像個有錢人？」

他不像。

從頭到尾都不像。

王大小姐道：「你賺的錢呢？」

老山東道：「都輸光了，至少有一半是輸給丁喜那小子的。」

王大小姐也笑了。

老山東又翻了翻白眼，道：「我知道你們一定把我看成個怪物，其實……」

王大小姐笑道：「其實你本來就是個怪物了。」

老山東大笑，道：「若不是怪物，怎麼會跟丁喜那小子交朋友？」

他上上下下的打量著王大小姐，又道：「現在我才真的相信你們都是他的朋友，尤其是你。」

王大小姐道：「因爲我也是個怪物？」

老山東喝了杯酒，微笑道：「老實說，你已經怪得夠資格做那小子的老婆了。」

王大小姐臉上泛起紅霞，卻又忍不住問道：「我哪點怪？」

老山東道：「你發起火來脾氣比誰都大，說起話來比誰都兇，吃起雞腿來像個大男人，喝起酒來像兩個大男人，可是我隨便怎麼看，我上看下看，左看右看，還是覺得你連一點男人味都沒有，還是個十足不折不扣的女人。」

他嘆了口氣，又道：「像你這樣的女人若是還不怪，要什麼樣的女人才奇怪。」

王大小姐紅著臉笑了。

她忽然覺得這個又髒又臭的老頭子，實在也有很多可愛之處。

老山東又喝了杯酒，道：「前天跟小馬來的那小姑娘，長得雖然也不錯，而且又溫柔，又體貼，可是要我來挑，我還是會挑你做老婆。」

鄧定侯生怕他們扯下去，搶著問道：「小馬來過？」

老山東道：「不但來過，還吃了我兩隻燒雞，十來個大饅頭。」

鄧定侯道：「現在他們的人呢？」

老山東道：「上山了。」

鄧定侯道：「他有沒有什麼話交代給你？」

老山東道：「他要我一看見你們來，就盡快通知他，丁喜那小子為什麼沒有來？」

王大小姐又開始咬起嘴唇——認得她的人，有很多都在奇怪：一生氣她就咬嘴唇，為什麼直到現在還沒有把嘴唇咬掉？

鄧定侯立刻搶著道：「現在我們已來了，你準備怎麼通知他？」

老山東道：「這些日子來，山上面的情況雖然已有點變了，但他卻還是有幾個好朋友，願意為他傳訊的。」

鄧定侯道：「這種朋友他還有幾個？」

老山東嘆了口氣，道：「老實說，好像已只有一個。」

鄧定侯道：「這位朋友是誰？」

老山東道：「拚命胡剛。」

鄧定侯道：「胡老五？」

老山東道：「就是他。」

王大小姐忍不住插口道：「這個胡老五是什麼樣的人？」

鄧定侯道：「這人剽悍勇猛，昔年和鐵膽孫毅並稱為『河西雙雄』，可以算是黑道上出了名的好漢。」

老山東插嘴道：「他每天晚上都要到這裡來的。」

鄧定侯道：「來幹什麼？」

老山東道：「來買燒雞。」

王大小姐笑了，道：「這位黑道有名的好漢，天天自己來買燒雞？」

老山東瞇著眼笑了笑，笑得有點奇怪：「他雖然天天來買燒雞，自己卻也只有吃雞腳的命。」

王大小姐笑道：「燒雞是買給他老婆吃的嗎？」

老山東道：「不是老婆，是老朋友。」

王大小姐道：「鐵膽孫毅？」

老山東道：「對了。」

王大小姐道：「看來這個人非但是條好漢，而且還是個好朋友。」

現在夜已剛深，靜寂的街道上，忽然傳來「篤，篤，篤」一連串聲音。

老山東道：「來了。」

王大小姐道：「誰來了？」

老山東道：「拚命胡老五。」

王大小姐笑道：「他又不是馬，走起路來怎麼會『篤、篤、篤』的響？」

老山東沒有回答，外面的響聲已愈來愈近，一個人彎著腰走了進來。

他彎著腰，並不是因爲他在躬身行禮，而是因爲他的腰已直不起來。

其實他的年紀並不大，看起來卻已像是個七八十歲的老頭子，滿頭的白髮，滿臉刀疤，左眼上蒙著塊黑布，右手拄著根枴杖，一走進門，就不停的喘息，不停的咳嗽。

這個人就是那剽悍勇猛的拚命胡老五？就是那黑道上有名的好漢？

王大小姐怔住。

胡老五用拐杖點著地，「篤、篤、篤」，一拐一拐的走了過來。連看都沒有往王大小姐和鄧定侯這邊看一眼。

老山東居然也沒有說什麼，從櫃台後面拿出一個早已準備好的油紙包，又拿出根繩子，把紙包紮起來，還打了兩個結。

胡老五接過來，轉過身，用拐杖點著地，「篤，篤，篤」，又一拐一拐的走了。

他們連一個字都沒有說。

王大小姐忍不住問道：「這個人就是那拚命胡老五？」

老山東道：「是的。」

王大小姐道：「小馬就是要他傳訊的？」

老山東道：「不錯。」

王大小姐道：「可是你們卻連一句話也沒有說。」

老山東道：「我們用不著說話。」

鄧定侯道：「小馬看見那油紙包上繩子打的結，就知道我們來了，來的是兩個人。」

老山東道：「原來你也不笨。」

王大小姐道：「可是小馬在山上打聽出什麼，也該想法子告訴我們呀？」

老山東道：「他在山上暫時不會出什麼事，因爲孫毅跟他的交情也不錯，等到他有消息時，胡老五也會帶來的。」

王大小姐點點頭，忽又嘆了口氣，道：「我實在想不通，拚命胡老五怎麼會是這樣的人。」

老山東喝下最後一杯酒，慢慢地站起來，眼睛裡忽然露出種說不出的悲傷，過了很久才緩緩道：「就因爲他是拚命胡老五，所以才會變成這樣子。」

三

寂靜的街道，黯淡的上弦月，鄧定侯慢慢的往前走，王大小姐慢慢的在後面跟著，月光把他們的影子拖得很長。

老山東已睡了，用兩張桌子一併，就是他的床。

「轉過這條街，就是一家客棧，五分銀子就可以睡一宿了。」

這種小客棧當然很雜亂。

「到餓虎崗上的人，常常到那裡去找姑娘，你們最好留神些。」

王大小姐並沒有帶著她的霸王槍，她並不想做箭靶子。

鄧定侯忽然嘆了口氣，道：「做強盜的確也不容易，不拚命就成不了名，拚了命又是什麼下場呢？那一身的內傷，一臉的刀疤，換來的又是什麼？」

做保鏢的豈非也一樣？

鄧定侯勉強笑了笑，道：「只要是在江湖中的人，差不多都一樣，除了幾個運氣特別好的，到老來不是替別人買燒雞，就得自己賣燒雞。」

王大小姐道：「你看那老山東以前也是江湖中混的？」

鄧定侯道：「一定是的，所以直到今天，他還是改不了江湖人的老毛病。」

王大小姐道：「什麼老毛病？」

鄧定侯道：「今朝有酒今朝醉，明天的事，管他娘的。」

王大小姐笑了，笑得卻不免有些辛酸：「所以丁喜畢竟還是個聰明人，從來也不肯為人拚命。」

鄧定侯皺眉道：「這的確是件怪事，他居然真的沒來。」

王大小姐冷冷道：「這一點也不奇怪，我早就算準他不會來的。」

鄧定侯沉思著，又道：「還有件事也很奇怪。」

王大小姐道：「什麼事？」

鄧定侯道：「餓虎崗那些人明明知道小馬是丁喜的死黨，居然一點也沒有難為他，難道他們要用小馬來釣丁喜這條大魚？」

王大小姐道：「只可惜丁喜不是魚，卻是條狐狸。」

一陣風吹過，遠外隱約傳來一聲馬嘶，彷彿還有一陣陣清悅的鈴聲。

他們聽見馬嘶時，聲音還在很遠，又走出幾步，鈴聲就近了。

這匹馬來得好快。

王大小姐剛轉過街角，就看見燈籠下「安住客棧」的破木招牌。

鄧定侯忽然一把拉住了她，把她拉進了一條死巷子裡。

她被拉得連站都站不穩，整個人都倒在鄧定侯身上。

她的胸膛溫暖而柔軟。

鄧定侯的心在跳，跳得很快。

——這是什麼意思？

王大小姐忍不住要叫了，可是剛張開嘴，又被鄧定侯掩住。

他的手雖然受了傷，力氣還是不小。

王大小姐的心也跳得快了起來，她早已聽說過江湖中這些大亨的毛病。

他們通常只有一個毛病——

女人。

難道這才是他的真面目？就在這種時候，這種地方……

王大小姐忽然彎起腿，用膝蓋重重的往鄧定侯兩腿之間一撞。

這並不是她的家傳武功，這是女人們天生就會的自衛防身的本能。

鄧定侯疼得冷汗都冒出來，卻居然沒有叫出來，反而壓低了聲音，細聲道：「別出聲，千萬不要被這個人看見。」

王大小姐鬆了口氣，終於發現前面已有兩匹快馬急馳而來，其中一匹馬的頸子上，還繫著對金鈴，「叮叮噹噹」不停的響。

也就在這時，「砰」的一聲，客棧旁的一排平房間，忽然有一扇窗戶被震開，一張凳子先打出來，一個人跟著竄出。

這人的輕功不弱，伸手一搭屋簷，就翻上了屋頂。

馬上繫著金鈴的騎士彷彿冷笑了一聲，忽然揚手，一條長索飛出，去勢竟比弩箭還急。

屋頂上的人翻身閃避，本來應該是躲得開的。

可是這條飛索卻好像又變成了條毒蛇，緊緊的盯著他，忽然繞了兩繞，就已將這人緊緊纏住。

馬上的騎士手一抖，長索便飛回，這個人也跟著飛了回去。

後面一匹馬上的騎士，早已準備好一口麻袋，用兩隻手撐開。

長索一抖，這個人就像塊石頭一樣掉進麻袋裡。

兩匹馬片刻不停，又急馳而去，眨眼間就轉入另一條街道，沒入黑暗中，只剩下那清悅而可怕的金鈴聲，還在風中「叮叮噹噹」的響著。

然後就連鈴聲都再也聽不見了。

兩匹馬倏忽來去，就彷彿是來自地獄的騎士，來拘拿逃魂。

王大小姐已看得怔住。

這樣的身手，這樣的方法，實在是駭人聽聞，不可思議的。

又過了片刻，鄧定侯才放開了她，長長吐出口氣道：「好厲害。」

王大小姐才長長吐出口氣，道：「他剛才用的究竟是繩子？還是魔法？」

用飛索套人，並不是什麼高深特別的武功，塞外的牧人們，大多都會這一手。

可是那騎士剛才用出的飛索，卻實在太快、太可怕了，簡直就像是條魔索。

鄧定侯沉吟著，緩緩道：「像這樣的手法，你以前從來沒有見過？」

王大小姐眼睛亮了。

她見過一次。

丁喜從槍陣中救出小馬時，用的手法好像也差不多。

鄧定侯卻見過兩次。

他的開花五犬旗也是被一條毒蛇般的飛索奪走的。

王大小姐道：「難道那個人就是丁喜？」

鄧定侯道：「不是。」

王大小姐道：「你知道他是誰？」

鄧定侯道：「這個人叫『管殺管埋』包送終。」

王大小姐勉強笑了笑，道：「好奇怪的名字，好可怕的名字。」

鄧定侯道：「這個人也很可怕。」

王大小姐道：「江湖中人用的外號，雖然大多數都很奇怪，很可怕，可是這麼樣一個名字，我只要聽見過一次，就絕不會忘記。」

鄧定侯道：「你沒有聽見過？」

王大小姐道：「沒有。」

鄧定侯道：「關內江湖中的人，聽見過這名字的確實不多。」

王大小姐道：「這個人是不是一直都在關外？」

鄧定侯點點頭道：「他的名字雖兇惡，卻並不是個惡徒。」

王大小姐道：「哦？」

鄧定侯道：「他殺的都是惡徒，若有人做了什麼罪大惡極的壞事，卻還能逍遙法外，他就會忽然出現。」

鄧定侯道：「他便會用飛索把這人一套，用麻袋裝起就走，這個人通常就會永遠失蹤了。」

王大小姐目光閃動，道：「也許他並沒有真的把這個人殺死，只不過帶回去做他的黨羽了。」

鄧定侯居然同意：「很可能。」

王大小姐道：「那些惡徒本就是什麼壞事都做得出的，爲感謝他的不殺之恩，再被他的武功所脅，當然就不惜替他賣命。」

鄧定侯同意。

王大小姐道：「他在暗中收買了這些無惡不作的黨羽，在外面卻博得了一個除奸去惡的俠名，豈非一舉兩得？」

鄧定侯冷笑。

他顯然也已想到了這一點。

王大小姐道：「那天才兇手做的事，豈非也總是一舉兩得的。」

鄧定侯道：「不錯。」

王大小姐眼睛更亮，道：「你有沒有想到過，這位『管殺管埋』包送終，很可能也是『青龍會』的人？」

鄧定侯道：「嗯。」

王大小姐道：「只要是正常的人，絕不會起『包送終』這種名字，所以……」

鄧定侯道：「所以你認爲這一定是個假名字。」

王大小姐點點頭，反問道：「你認爲他是誰改扮的？」

鄧定侯嘆了口氣，道：「老實說，我也早就懷疑他是百里長青了。」

王大小姐眨了眨眼睛，故意問道：「除奸去惡，本是大快人心的事，爲什麼要用假名字去幹？」

鄧定侯道：「因爲他是個鏢客，身分跟一般江湖豪傑不同，難免有很多顧忌。」

王大小姐道：「還有呢？」

鄧定侯道：「因爲他做的事本就是見不得人，所以難免做賊心虛。」

王大小姐道：「他生怕這秘密被揭穿，所以先留下條退路。」

鄧定侯道：「他本就是個思慮周密，小心謹慎的人。」

王大小姐道：「所以他的長青鏢局，才會是所有鏢局中經營得最成功的一個。」

鄧定侯道：「他本身就是個很成功的人，無論做什麼事，都從未失手過一次。」

王大小姐嘆了口氣，道：「這麼樣看來，我們的想法好像是完全一樣的。」

鄧定侯道：「這麼樣看來，百里長青果然已到了餓虎崗了。」

王大小姐冷笑道：「管殺管埋的行蹤一向在關外，百里長青沒有到這裡來，他怎麼會到這裡來？」

鄧定侯道：「由這一點就可以證明，這兩個人，就是一個人。」

王大小姐道：「他剛才殺的，想必也是餓虎崗上的好漢，不肯受他的挾制，想脫離他的掌握，想不到還是死在他手裡。」

鄧定侯道：「老山東剛才說過，這裡時常有餓虎崗的兄弟走動，他不願讓弟兄們發現他手段毒辣，所以又用了包送終的身分。」

王大小姐道：「借刀殺人，栽贓嫁禍，本就是他拿手本事。」

鄧定侯又道：「他最可怕的還不是這一點。」

王大小姐道：「哦？」

鄧定侯沉吟著，道：「世上的武功門派雖多，招式雖然各不相同，但基本上的道理，卻完全是一樣的，就好像……」

王大小姐道：「就好像寫字一樣。」

鄧定侯點頭道：「不錯，的確就好像寫字一樣。」

世上的書法流派也很多，有的人學柳公權，有的人學顏魯公，有的人學漢隸，有的人學魏碑，有的人專攻小篆，有的人偏愛鐘鼎文，有的人喜歡黃庭小楷，有的人喜歡張旭狂草。

這些書法雖然各有它特殊的筆法結構，巧妙各不相同，但在基本上的道理也全都是一樣的，「一」字就是「一」，你絕不會變成「二」，「十」字在「口」字裡面，才是「田」，你如果把它寫在口字上面，就變成「古」了。

鄧定侯道：「一個人若是已參透了武功中基本的道理，那麼他無論學哪一門，哪一派的武功，一定都能舉一反三，事半功倍，就正如……」

王大小姐道：「就正如一個已學會了走路的人，再去學爬，當然很容易。」

鄧定侯微笑著點了點頭，目中充滿讚許，她實在是個很聰明的女孩子。

王大小姐道：「這道理我已明白了，所以我也明白，爲什麼丁喜第一次看見霸王槍，就能用我的槍法擊敗我。」

鄧定侯閉上了嘴。

他好像一直都在避免著談論到丁喜。

王大小姐又嘆了口氣，道：「我也知道你不願意懷疑他，因爲他是你的朋友，可是你自己剛才也說過，他用的飛索，手法也跟百里長青一樣。」

鄧定侯不能否認。

王大小姐道：「所以我們無論怎麼樣看，都可以看出丁喜和百里長青之間，一定有某種很奇怪、很特別的關係存在著。」

鄧定侯道：「只不過……」

王大小姐打斷了他的話，道：「我也知道他絕不可能是百里長青的兒子，但是他有沒有可能是百里長青的徒弟呢？」

鄧定侯嘆息著，苦笑道：「我不清楚，也不能隨便下判斷，但我卻可以確定一件事。」

王大小姐道：「什麼事？」

鄧定侯道：「不管丁喜跟百里長青有什麼關係，我都可以確定，他絕不是百里長青的幫兇。」

王大小姐凝視著他，美麗的眼睛裡也充滿了讚許和仰慕。

夠義氣的男子漢，女人們總是會欣賞的。

黑暗的長空，朦朧的星光。

她的眼波如此溫柔。

鄧定侯忽然發覺自己的心又在跳，立刻大步走出去：「我們還是快找個地方睡一下，明天一早，我們就得起來等小馬的消息。」

「五月十三」是不是百里長青？

現在他是不是還平安無恙？是不是已查出了「五月十三」的真象？

小馬是不是會有消息？

這些問題，現在還沒有人能明確回答，幸好今天已快過去了，還有明天。

明天總是充滿了希望的。

「我們不如回到老山東那裡去，相信他那裡還有桌子。」

「可是前面就已經是客棧了。」

「我看見，但客棧裡太雜、太亂，耳目又多，我們還是謹慎些好。」

王大小姐忽然笑了：「你是不是很怕跟我單獨相處在一起？」

鄧定侯也笑了：「我的確有點怕，你剛才那一腳踢得實在不輕。」

王大小姐紅了臉。

「其實你本來用不著害怕的。」她忽然又說。

「哦？」

「因爲……」她抬起頭，鼓起勇氣道：「因爲我本來只不過想利用你來氣氣丁喜，我還是喜歡他的。」

鄧定侯很驚奇，卻不感到意外。

這本是他意料中的事，令他驚奇的，只不過因爲連他都想不到王大小姐居然會有勇氣說出來。

他只有苦笑：「你實在是個很坦白的女孩子。」

王大小姐又有點不好意思了，紅著臉道：「後來我雖然發現你是個很了不起的人，可是……可是你已經有了家，我也只能把你當作我的大哥。」

鄧定侯道：「你是在安慰我？」

王大小姐臉更紅，過了很久，才輕輕道：「假如我沒有遇見他，假如你……」

鄧定侯打斷了她的話，微笑道：「你的意思我明白，能夠做你的大哥，我已經感到很開心了。」

王大小姐輕輕吐出口氣，就像是忽然打開了一個結：「就因爲我喜歡他，所以才生怕他會做出見不得人的事。」

「他不會的。」

「我也希望他不會。」

兩個人相視一笑，心裡都覺得輕鬆多了。

然後他們就微笑著走出暗巷，這時夜已很深，他們都沒有發覺，遠處的黑暗中，正有一雙發亮的眼睛在看著他們。

那是誰的眼睛？

十二　大寶塔

一

命運是什麼？

命運豈非也正像是條魔索，有時它豈非也會像條毒蛇般，緊緊的把一個人纏住，讓你空有滿腹雄心、滿身氣力，卻連一點也施展不出。

有時它又會忽然飛出來，奪走你生命中最珍貴的東西，就像是丁喜奪走那開花五犬旗。

有時它還會突然把兩個本來毫無關係的人，緊緊的纏在一起，讓他們分也分不開，甩也甩不脫。

二

這小鎮上最高的一棟屋子就是萬壽樓。

丁喜正躺在萬壽樓的屋脊上。

他靜靜的躺著，靜靜的仰視著滿天星光。

他沒有動。

命運已像是條魔索般，將他整個人都綑住了，他連動都不能動。

他心裡也有條繩子，還打了千千萬萬個結。

什麼結能解得開？

只有自己打的結，自己才能解開。

他心裡的結，卻都不是他自己打成的。

噩夢般的童年，淒涼的身世，艱辛的奮鬥，痛苦的掙扎，無法對人傾說的往事。

每一件事，都是一個結。

何況還有那永無終止的寂寞。

好可怕的寂寞。

寂寞的意思，不僅是孤獨，剛才他看見鄧定侯和王大小姐依偎在暗巷中，又微笑著走出來的時候，他的寂寞更深。

他忽然有了種被人遺忘了的感覺，這種感覺無疑也是寂寞的一種，而且是最難忍受的一種。

只不過這是他自找的，他先拒絕了別人，別人才會遺忘了他。

所以他並不埋怨，卻在祝福，祝福他的朋友們能永遠和好。

他的祝福誠懇而真摯，卻也是痛苦的。

——假如你知道他的痛苦有多麼深，你就會了解「誤會」是件多麼可怕的事了。

風從遠山吹過時，傳來了更鼓聲。

已是三更。

他忽然跳了起來，用最快的速度，掠向遠山。

遠山一片黑暗，那青色的山崗，已完全被無邊的黑暗籠罩。

三

黑暗永遠不會太長久的。

青色的山崗又浸浴在陽光下，陽光燦爛。

燦爛的陽光，從窗外照進來，這破舊的饅頭店，也顯得有了生氣。

王大小姐正在吃她的早點，用饅頭蘸著燒雞滷吃。

饅頭是剛出籠的，熱得燙手，燒雞滷卻冰冷，吃起來別有一番風味。

比鄧定侯拳頭還大的饅頭，她已經吃了兩個。

雖然這兩天都沒有睡好，可是一清早起來，躲在廚房裡偷偷的沖了個冷水澡後，她的精神卻特別振奮，胃口也特別好。

她畢竟還年輕。

鄧定侯的胃口就差多了，老山東更不行，他宿酒未醒，又沒有睡好，正在喃喃的嘀咕著：「放著好好的客棧不去睡，卻偏偏要來睡我的破桌子，你們這些年輕人，我真不知道你們有什麼毛病！」

王大小姐嫣然道：「不是我有毛病，是他。」

老山東道：「是他？」

王大小姐道：「他怕我，因為我不是……」

她沒有說下去，她的臉已紅了。

老山東瞇著眼笑道：「因為你不是他的情人，是丁喜的。」

王大小姐沒有否認。

沒有否認的意思，通常就是承認。

老山東大笑，道：「丁喜這小子，果然有兩手，果然有眼光。」

他站起來找酒：「這是好消息，我們一定要喝兩杯慶祝慶祝。」

喜歡喝酒的人，總是能找出個理由喝兩杯的。

鄧定侯也笑了。

老山東已找出三個大碗，倒了三碗酒，倒得滿滿的。

鄧定侯道：「我們少喝點行不行？」

老山東用眼角瞄著他，道：「你是不是想喝醋？」

鄧定侯苦笑道：「就算我要吃醋，吃的也是乾醋。」

老山東道：「那麼你就快喝酒。」

鄧定侯道：「可是今天……」

老山東道：「你放心，胡老五一定要到晚上才會來，因為他的孫大哥一定要等到晚上宵夜時才吃燒雞，而且要吃新鮮的。」

鄧定侯嘆了口氣，道：「要我們坐在這裡乾等一天，滋味倒真不好受。」

老山東道：「你也可以放心，我不會讓你們『乾』等的，我的酒足夠把你們兩個人都泡得完全濕透的。」

他又舉起了他的碗。

王大小姐忽然道：「現在我們就喝酒來慶祝，未免還太早了些。」

老山東皺著眉道：「爲什麼？」

王大小姐也嘆了口氣，道：「因爲……因爲我雖然對他好，可是……」

老山東道：「可是那小子卻總是對你冷冰冰的，有時還故意要氣你。」

王大小姐咬起了嘴唇，道：「他就是這樣子。」

老山東又大笑，道：「這你就不懂了，就因爲他喜歡你，所以才會故意作出這樣子來，我早就說過這小子是個怪物。」

王大小姐眼睛裡立刻發出了光，立刻用兩隻手捧起酒碗，好像準備一口氣喝下去。

鄧定侯並沒有阻止。

他知道王大小姐要喝酒時，誰也攔不住的。

就在這時，突聽門外「篤」的一響。

門還沒有開，門外已貼上了一張紅紙。

「老闆有病，休業三天。」

可是「篤」的一聲響過之後，又是「砰」的一響，一個人撞開了門，踉踉蹌蹌的衝了進來，撞翻了一張桌子，桌子又撞翻了王大小姐手裡的碗。

王大小姐居然沒有發脾氣，因爲這個人竟是胡老五。

老山東皺眉道：「難道你已經喝醉了？」

胡老五扶著桌子，彎著腰，不停的喘氣，並不像喝醉的樣子。

老山東又問道：「是不是孫毅急著要吃燒雞？」

胡老五搖搖頭，忽然又踉踉蹌蹌的衝了出去。

王大小姐看看鄧定侯，鄧定侯看看老山東：「這是怎麼回事？」

老山東苦笑道：「天知道這是怎麼回事，他本來就是個怪物，現在……」

他沒有說下去。

他忽然看見桌縫裡多了個小小的紙捲，鄧定侯當然也看見了。

胡老五剛才就是扶著這張桌子的。

他特地趕來，一定就爲了送這個小紙捲。

孫毅並沒有要他下山來買燒雞，他卻非急著送來不可，所以只有偷偷的趕來。

他已是個殘廢人，走這段路並不容易，簡直也等於是在拚命。

鄧定侯嘆了口氣，「果然不愧是拚命胡老五，爲了朋友，他也肯這麼拚命！」

王大小姐道：「他既然這麼拚命，這紙捲上一定有很重要的消息。」

三個人的手一起去拿紙捲，手伸得最快的當然是鄧定侯了。

展開紙捲，上面只寫了七個字。

「今夜子時，大寶塔。」

粗糙的紙，字跡很是歪斜潦草。

王大小姐道：「這是什麼意思？」

鄧定侯道：「這意思就是說，今夜子時，要我們到大寶塔去。」

王大小姐道：「因爲那裡一定有很重要的事要發生。」

鄧定侯道：「那件事說不定就是揭破這秘密的關鍵。」

王大小姐道：「大寶塔是個地名？」

老山東道：「大寶塔是座寶塔。」

王大小姐道：「在什麼地方？」

老山東道：「就在山神廟後面。」

王大小姐道：「山神廟在哪裡？」

老山東道：「就在大寶塔前面。」

王大小姐道：「你能不能說清楚點？」

老山東道：「不能。」

王大小姐道：「爲什麼？」

老山東把碗裡的酒一口氣喝了下去後，才嘆了口氣，道：「因爲那地方是個去不得的地方。」

他的表情忽然變得很嚴肅，慢慢的接著道：「據說到那裡去的人，從來也沒有一個人還能活著回來的。」

王大小姐笑了，笑得卻有些勉強，道：「那地方難道有鬼？」

老山東道：「不知道。」

王大小姐道：「你沒有去過？」

老山東道：「就因爲我沒有去過，所以我現在還活著。」

他說得很認真，並不像是開玩笑。

王大小姐看著鄧定侯。

鄧定侯沉思著，道：「這麼樣看來，大寶塔本身一定就有很多秘密，所以……」

王大小姐道：「所以我們更非去不可。」

鄧定侯也笑了笑，笑得也很勉強，他想得比王大小姐更多。

——說不定這件事根本就是一個圈套，要他們去自投羅網。

但他們還是非去不可。

鄧定侯道：「既然有大寶塔這麼樣一個地方，我們總能找得到的。」

王大小姐跳起來，道：「我們現在就去找。」

鄧定侯急道：「現在不能去。」

王大小姐不解道：「爲什麼？」

鄧定侯道：「我們現在就去，若是被餓虎崗的人發現了，豈非打草驚蛇？」
老山東立刻道：「說得有道理。」
王大小姐道：「難道我們就這麼乾坐著，等天黑？」
老山東笑道：「我也絕不會讓你們乾坐著的。」
天已黑了。
鄧定侯臂上的傷口，已被重新包紮了起來，正默默的用一塊乾布，在擦著一袋鐵蓮子。
他擦得很慢、很仔細，每一顆鐵蓮子，都被他擦得發出了亮光。
他成名的武器，就是他的雙拳，江湖中幾乎已沒有人知道他還會暗器。
這袋鐵蓮子，他的確已有很久很久都沒有動過了。
有一次他的鐵蓮子擊出，非但沒有打到他要打的人，卻從對方的刀鋒上反彈出去，誤傷了一個在旁邊觀戰的朋友。
自從那次之後，他就不願再用暗器。
可是現在他卻不得不用。
——一個人爲什麼總是被環境逼迫，做一些他本來不願做的事。
鄧定侯嘆了口氣，把最後一顆鐵蓮子放入他的革囊裡，把革囊繫在腰畔。
王大小姐一直在默默的看著他，這時才問道：「現在我們是不是該走了？」

鄧定侯點點頭，又喝了口酒。

酒雖然會令人反應遲鈍，判斷錯誤，卻可以給人勇氣。

世界上的事，本就大多是這樣子的，有好的一面，必定也有壞的一面。

你若能常常往好的一面去想，你才能活得愉快些。

王大小姐也喝了口酒，站起來，對老山東笑了笑，道：「謝謝你的酒，也謝謝你的燒雞和饅頭。」

老山東抬起頭，瞪著眼睛，看了她很久，忽然道：「你決心要去？」

王大小姐道：「我是非去不可。」

老山東道：「就算明知道去了回不來，你也是非去不可嗎？」

王大小姐又笑了笑，道：「能不能回來並不重要，重要的是，我們能不能去，該不該去？」

老山東長長嘆了口氣，道：「說得好，好極了。」

他轉過頭，盯著鄧定侯，道：「看樣子你一定也是非去不可的。」

鄧定侯笑笑。

老山東道：「只要你覺得應該去做的事，你就非去做不可？」

鄧定侯又笑了笑，道：「其實我並不是很想去，因爲我也怕死，怕得很厲害，可是假如不去，以後的日子一定比死還可怕。」

老山東道：「好，說得好。」

他忽然站起來，道：「我們走吧。」

鄧定侯怔了怔，道：「我們？」

老山東也笑了笑，道：「我若不帶路，你們怎麼去？」

王大小姐道：「你難道不能告訴我們路，讓我們自己去？」

老山東道：「不能。」

王大小姐道：「爲什麼不能？」

老山東道：「因爲我想去。」

王大小姐道：「你自己剛才還說過，去了就很難活著回來。」

老山東道：「我說過之後，你們還是要去，你們能去，我爲什麼不能去？」

王大小姐道：「我們去是有理由的。」

老山東道：「我也是有理由，我想去看熱鬧。」

王大小姐苦笑道：「這理由不夠好。」

老山東道：「對我來說，卻已足夠了。」

他微笑著，又道：「你們還年輕，一個正是花樣的年華，前程如錦，一個又正在得意的時候，不但名滿天下，而且有錢有勢，我呢？我有什麼？」

王大小姐道：「你……你……」

老山東不讓她說話，搶著又道：「我已是個老頭子，半截已入了土，我既沒有妻子兒女，也沒有田地財產，每天晚上都喝得半死不活的，活著又跟死了有什麼分別？你們能爲朋友去拚命，爲江湖道義出力，我爲什麼不能？」

他愈說愈激動，連頸子都粗了。

老山東道：「你們就算沒有拿我當朋友，可是我喜歡你們，喜歡小馬，喜歡丁喜，所以我也非去不可。」

王大小姐看看鄧定侯。

鄧定侯又喝了口酒，道：「我們走吧。」

王大小姐道：「我們？」

鄧定侯道：「我們的意思，就是我們三個人。」

風從遠山吹過來，遠山又已被黑暗籠罩。

他們三個人走出去，老山東挺著胸膛，走在最前面。

他走出去後，就沒有再回頭。

王大小姐道：「你不把門鎖上？」

老山東大笑，道：「你們連死活都不在乎，我還在乎這麼樣一個破饅頭店？」

四

遠山在黑暗中看來更遙遠，但是他們畢竟已走到了，在山巒的環抱裡，風的聲音由尖銳變爲低沉，就像是風也學會了嘆息。

爲誰嘆息？

是不是爲了人類的殘酷和愚昧？

人與人之間，爲什麼總是要互相欺騙，互相陷害，互相殺戮呢？

鎭上寥落的燈光，現在看起來甚至已比剛才黑暗中的遠山更遙遠。

甚至比星光更遠。

淡淡的星光下，已隱約可以看見山坡上有座小小的廟宇。

鄧定侯壓低了聲音，問道：「那就是山神廟？」

老山東道：「嗯。」

鄧定侯道：「大寶塔就在山神廟後面？」

老山東道：「嗯。」

王大小姐搶著道：「可是我怎麼連寶塔的影子都看不見？」

老山東道：「那也許只因爲你的眼睛不大好。」

王大小姐道：「你的眼睛好，你看見了？」

老山東道：「嗯。」

王大小姐又問道：「在哪裡？」

老山東隨隨便便地伸手往前面一指。

他指著的是個黑黝黝的影子，比山神廟高些，從下面看過去，還有一截露在山神廟的屋脊上，平平的，方方的一截，看來就像是一塊很大的山崖，又像是座很高的平台。

他無論說這黑影像什麼都行，但它卻絕不像是一座大寶塔。

王大小姐道：「你說這就是大寶塔？」

老山東道：「嗯。」

王大小姐道：「大大小小的寶塔我倒也見過幾座，可是這麼樣一座寶塔……」

老山東忽然打斷了她的話，道：「我並沒有說這是一座寶塔。」

王大小姐道：「你沒有說過？」

老山東道：「這根本不是一座寶塔。」

他說話好像已變得有點顛三倒四，就連鄧定侯都忍不住問道：「這究竟是什麼？」

老山東道：「是半座寶塔。」

鄧定侯怔了怔，道：「怎麼？寶塔也有半座的？」

老山東道：「燒雞有半隻的，饅頭有半個的，寶塔爲什麼不能有半座的？」

王大小姐又搶著道：「燒雞、饅頭都有一個的，那只因另外一半已被人吃下肚子裡。」

老山東道：「不錯。」

王大小姐道：「另外的一半寶塔呢？」

老山東道：「倒了。」

王大小姐道：「怎麼會倒的？」

老山東道：「因爲它太高。」

他的眼睛在黑暗中發著光，又道：「寶塔跟人一樣，人爬得太高，豈非也一樣比較容易倒下去？」

鄧定侯沒有再問，心裡卻在嘆息，這句話中的深意，也許沒有人能比他了解得更多。了解得愈多，話也就說得愈少了。

老山東道：「這寶塔本來有十三層，聽說花了七八年功夫才蓋好。」

王大小姐道：「現在呢？」

他目光閃動著，忽又接著道：「上面七層寶塔倒下來的時候，下面正有很多人在祭拜著。」

王大小姐動容道：「那麼寶塔倒下時，豈非壓死了很多人？」

老山東道：「據說也不太多，只有十三個。」

王大小姐的手已冰冷。

老山東淡淡道：「一個人若是死得很冤枉，陰魂總是不散的，所以十三個人，就是十三條鬼魂。」

一陣風吹過，王大小姐忍不住打了個寒噤。

王大小姐道：「你能不能不要再說了。」

老山東道：「能。」

這個字說出來，斷塔上忽然亮起了一點燈光，陰森森的燈光，就像是鬼火。

王大小姐屏住了氣，問老山東道：「那上面怎麼會忽然有人了？」

老山東道：「你怎麼知道那一定是人？」

王大小姐瞪著他，道：「你答應我不再說的了。」

老山東笑了笑，道：「我說了什麼？」

王大小姐咬住嘴唇，頓了頓腳，道：「不管那是人是鬼，我都要上去看看。」

她已經準備上去，鄧定侯卻一把拉住了她，道：「你用不著去看，我保證那一定是人，只不過，人有時候比鬼還可怕。」

想到那個人的陰狠惡毒，王大小姐又忍不住打了個寒噤。

她實在也有點害怕：「但是我們若連看都不敢去看，又何必來呢？」

鄧定侯道：「我們當然要去看看的。」

王大小姐道：「我們三個人一起去？」

鄧定侯搖搖頭，道：「我一個人過去看，你們兩個人在這裡看。」

王大小姐幾乎要叫出來了，道：「這裡有什麼好看的？」

鄧定侯解釋道：「你們可以在這裡替我把風，假如我失了手，你們至少還可以做我的接應。」

王大小姐道：「可是我……」

鄧定侯打斷她的話，道：「三個人的目標是不是比一個人大？」

王大小姐只有承認。

鄧定侯道：「你總不至於希望我們三個人同時被發現，一起栽在這裡吧？」

王大小姐只有閉上了嘴，閉上嘴的時候，她當然又開始在咬嘴唇。

老山東道：「山神廟後面有棵銀杏樹，這樹離寶塔已不遠，我們可以躲在那裡替你把風。」

王大小姐這時忽然又開了口，道：「卻不知樹上有杏子沒有？」

老山東道：「你現在想吃杏子？」

王大小姐道：「我不想吃，我只不過想用它來塞住你的嘴。」

五

寶塔雖然已只剩下六層，卻還是很高，走得愈近，愈覺得它高。

有很多人也是這樣子的，你一定要接近他，才能知道他的偉大。

你若是站在寶塔前面往上面看，是什麼都看不見的，甚至連那一點燈光都看不見了。

巨大的山巒陰影，正投落在這裡，除了這一點燈光外，四面一片黑暗。

風聲更低沉。

除了這低沉如嘆息的風聲外，四面也完全沒有別的聲音了。

鄧定侯的動作很輕，他相信就算是一隻狸貓，行動時也未必能比他更輕巧。

黑暗又掩住了他的身形，他也相信塔上的不管是人是鬼，都不會發現他的。

但是偏偏就在這時候，塔上已有個人在冷冷道：「很好，你居然準時來了。」

鄧定侯一驚，還拿不準這人究竟是在跟誰說話。

這人卻又接著道：「你既然已來了，為什麼還不上來？」

鄧定侯嘆了口氣，這次他總算已弄清楚，這人說話的對象就是他。

看來他的動作雖然比狸貓更輕，這人的感覺卻比獵狗還靈。

他挺起了胸膛，握緊了拳頭，盡量使自己的聲音鎮定：「我既然已來了，當然要上去的。」

每一層塔外，都有飛簷斜出，以鄧定侯的輕功，要一層層的飛躍上去並不難。

但是他卻寧可走樓梯。

他不願在向上飛躍時，忽然看見一把刀從黑暗中伸出來。

他也不想被人凌空一腳踢下，像是條土狗一樣摔死在這裡。

他寧可走樓梯。

不管塔裡的樓梯有多窄，多麼黑暗，他還是寧可走樓梯的。

就算塔裡面也有埋伏，他也寧可走樓梯。

只要能讓自己的腳踏在實地上，他心裡總是會覺得踏實些。

他一步步的走，寧可走得慢些，這些倒總比永遠到不了的好。

塔裡面既沒有埋伏，也沒有人。

四面窗戶上糊著的紙都已殘破了，被風吹得「啪啦，啪啦」的響。

愈走到上面，風愈大，聲音愈響，鄧定侯的心也跳得愈快。

塔裡面沒有埋伏，是不是因爲所有的力量都已集中在塔頂上？

既然明知他一上到塔頂，就已再也下不來，又何必多費事？

鄧定侯的手很冷，手心揑著把冷汗，甚至連鼻尖上都冒出了汗。

這倒並不是完全因爲害怕，而是因爲緊張。

兇手究竟是誰？

奸細究竟是誰？

這謎底立刻就要揭曉了，到了這種時候，有誰能不緊張？

塔頂上當然有人，有燈，也有人。

一盞燈，兩個人。

十三　斷塔斷魂

一

一盞黃油紙燈籠，用竹竿斜斜挑起，竹竿插在斷牆裡，燈籠不停搖晃。

燈下有一個人，一個衰老佝僂的殘廢人，陰暗醜陋的臉上，滿是刀疤。

胡老五，「拚命」胡老五，此刻他當然不是在拚命，他正在倒酒。

酒杯在桌上，桌子在燈下，他正在替一個很高大的人倒酒，桌子兩旁，面對面擺著兩張椅子，一張椅子上已有個人坐著，一個很高大的黑衣人，他是背對著樓梯口的。

鄧定侯從樓梯走上來，只能看到他的背影，雖然坐著，還是顯得很高大，他當然聽見了鄧定侯走上來的腳步聲，卻沒有回頭，只不過伸手往對面的椅子上指了指，道：「坐。」

鄧定侯就走過去坐下，坐下去之後，他才抬起頭，面對著這個人，凝視著這個人的眼睛。

兩個人目光相遇，就好像是刀與刀相擊，劍與劍交鋒，兩個人的臉都同樣凝重嚴肅。

鄧定侯當然見過這個人的臉，見過很多次，他第一次見到這個人的臉是在關外……

在那神秘富饒的大平原，雄偉巍峨的長白山，威名遠揚的長青鏢局裡。

從那次之後，他每次見到這個人，心裡都會充滿了敬重和歡愉，因爲他敬重這個人，喜歡這個人，可是這一次，他見到他面前的這張臉時，心裡卻只有痛苦和憤怒。

——百里長青，果然是你，你……你爲什麼竟然要做這種事？

他雖然在心裡大聲吶喊，嘴裡卻只淡淡的說了句：「你好。」

百里長青沉著臉，冷冷道：「我不好，很不好。」

鄧定侯道：「你想不到我會來？」

百里長青道：「哼。」

鄧定侯嘆了口氣，道：「但是我卻早已想到你……」

他沒有再說下去，因爲他看見百里長青皺起了眉，他要說的話，百里長青顯然很不願意聽。

他一向不喜歡說別人不願聽的話，何況，現在所有的秘密都已不再是秘密，互相尊重的朋友已變得勢不兩立了，再說那些話豈非已多餘。

無論多周密的陰謀，都一定會有破綻，無論多雄偉的山巒，都一定會有缺口。

風也不知從哪一處缺口吹過來，風在高處，總是會令人覺得分外尖銳強勁，人在高處，總是會覺得分外孤獨寒冷，這種時候，總是會令人想到酒的，胡老五也爲他斟滿了一杯，鄧定侯並沒有拒絕，不管怎麼樣，他都相信百里長青絕不是那種會在酒中下毒的人。

他舉杯——

他還是向百里長青舉杯，這也許已是他最後一次向這個人表示尊敬。

的。

百里長青看著他，目中彷彿充滿了痛苦和矛盾，那些事或許也不是他真心願意去做的。

但是他做出來了；鄧定侯一口喝乾了杯中的酒，只覺得滿嘴苦澀。

百里長青也舉杯一飲而盡，忽然道：「我們本來是朋友，是嗎？」

鄧定侯點頭承認。

百里長青道：「我們做的事，本來並沒有錯。」

鄧定侯也承認。

百里長青道：「只可惜我們有些地方的做法，並不完全正確，所以才會造成今天這樣的結果。」

鄧定侯長長嘆息，道：「這實在很可惜，也很不幸。」

百里長青搖頭道：「最不幸的，現在我已來了，你也來了。」

鄧定侯道：「你認爲我不該來？」

百里長青道：「我們兩個人之中，總有一個人是不該來的。」

鄧定侯道：「爲什麼？」

百里長青道：「因爲我本不想親手殺你。」

鄧定侯道：「現在呢？」

百里長青道：「現在我們兩個人之中，已勢必只有一個能活著回去。」

他的聲音平靜鎮定，充滿了自信。

鄧定侯忽然笑了。

對於百里長青這個人，他本來的確有幾分畏懼，但是現在，一種最原始的憤怒，卻激發了他生命中所有的潛力和勇氣。

——反抗欺壓，本就是人類最原始的憤怒之一。

——就因爲人類能由這種憤怒中產生力量，所以人類才能永存。

鄧定侯微笑道：「你相信能活著回去的那個人一定是你？」

百里長青並不否認。

鄧定侯忽然微笑著站起來，又喝乾了杯中的酒。

這一次他已不再向百里長青舉杯，只淡淡的說了一個字：「請！」

百里長青凝視著他放下酒杯的這隻手，道：「你的手有傷？」

鄧定侯道：「無妨。」

百里長青道：「你所用的武器，就是你的手。」

鄧定侯道：「但是我自己也知道，我絕對無法用這雙手擊敗你。」

百里長青道：「那你用什麼？」

鄧定侯道：「我用的是另外一種力量，只有用這種力量，我才能擊敗你。」

百里長青冷笑。

他沒有問那是個什麼力量，鄧定侯也沒有說，但卻在心裡告訴自己：「邪不勝正，公道、正義、真理，是永遠都不會被消滅的。」

風更強勁，已由低沉變為尖銳，由嘆息變為嘶喊。

風也在為人助威？

為誰？

鄧定侯撕下了一塊衣襟，再撕成四條，慢慢的紮緊了衣袖和褲管。

胡老五在旁邊看著他，眼神顯得很奇怪，彷彿帶些同情憐憫，又彷彿帶著譏嘲不屑。

鄧定侯並不在乎。

他並不想別人叫他「拚命的鄧定侯」，他很了解自己，也很了解他的對手。

江湖中幾乎很難再找到這麼可怕的對手。

他並不怕胡老五把他看成懦夫，真正的勇氣有很多面，謹慎和忍耐也是其中的一面。

這一點胡老五也許不懂，百里長青卻很了解。

他雖然只不過隨隨便便的站在那裡，可是眼睛裡並沒有露出譏誚之意，反而帶著三分警惕，三分尊重。

無論誰都有保護自己生命的權利。

為了維護這種權利，一個人無論做什麼都應該受到尊重。

鄧定侯終於挺起胸，面對著他。

百里長青忽然道：「這幾個月來，你武功好像又有精進。」

鄧定侯道：「哦？」

百里長青道：「至少你已真正學會了兩招，若想克敵制勝，這兩招必不可缺。」

鄧定侯道：「你說的是那兩招？」

百里長青道：「忍耐、鎮定。」

鄧定侯看著他，目中又不禁對他露出尊敬之意。

他雖然已不再是個值得尊重的朋友，卻還是個值得尊敬的仇敵。

百里長青凝視著他，忽然道：「你還有沒有什麼放不下的事？」

鄧定侯沉吟著，道：「我還有些產業，我的妻子衣食必可無缺，我很放心。」

百里長青道：「很好。」

鄧定侯道：「我若戰死，只希望你能替我做一件事。」

百里長青道：「你說。」

鄧定侯道：「放過王盛蘭和丁喜，讓他們生幾個兒子，挑一個最笨的過繼給我，也好叫我們鄧家有個後代。」

百里長青眼睛裡又露出了那種痛苦和矛盾，過了很久，才問道：「為什麼要挑最笨的？」

鄧定侯笑了笑，道：「傻人多福，我希望他能活得長久些。」

淡淡的微笑，淡淡的請求，卻已觸及了人類最深沉的悲哀。

是他自己的悲哀，也是百里長青的悲哀。

因為百里長青居然也在向他請求：「我若戰死，希望你能替我去找一個叫江雲馨的女人，把我所有的產業全都交給她。」

事。

鄧定侯忍不住問道：「爲什麼？」

百里長青道：「因爲……因爲我知道她有了我的後代。」

兩個人都不再說話，只是靜靜的互相凝視，心裡都明白對方一定會替自己做到這件

也正因爲他們心裡都還有這一點信任和尊重，所以他們才會向對方提出這最後請求。

然後他們就已出手，同時出手。

鄧定侯的出手淩厲而威猛。

他知道這一戰無論是勝是敗，都一定是段很痛苦的經歷。

他只希望這痛苦趕快結束，所以每一招都幾乎已使出全力。

少林神拳走的本就是剛烈威猛一路，拳勢一施展開，風生虎虎，如虎出山崗。

塔頂的地方並不大，百里長青有幾次都已幾乎被他逼了下去。

但是每次到了那間不容髮的最後一剎那，他的身子忽然又從容站穩了。

四十招過後，鄧定侯的心已在往下沉。

他忽然想起了三十年前，在那古老的禪寺中，他的師父說過的幾句話……

——柔能克剛，弱能勝強。

——鋼刀雖強，卻連一線流水也刺不斷，微風雖弱，卻能平息最洶湧的海浪。

——你一定要記住這一點，因爲你看來雖隨和，其實卻倔強，看來雖謙虛，其實卻驕

傲。

——我相信你將來必可成名，因爲你這種脾氣，必可將少林拳的長處發揮，但是你若忘了這一點，遇見真正的對手時，就必敗無疑了。

陰鬱的古樹，幽深的禪院，白眉的僧人坐在樹下，向一個少年諄諄告誡——此情此景，在這一瞬間忽然又重現在他眼前。

這些千錘百煉，顛撲不破的金石良言，也彷彿又響在他耳邊。

只可惜他已將這些話忘記了很久，現在再想起，已太遲了。

他忽然發現自己全身都已被一種柔和卻不絕斷的力量束縛著，就像是虎豹沉入了深水，蠅蛾投入了蛛網。

然後百里長青的手掌，就像是那山巒的巨大陰影一樣，向他壓了下來。

他已躲不開。

——死是什麼滋味？

他閉上眼。

——溫柔綺麗的洞房花燭夜，他的妻子豐滿圓潤的雙腿。

在這一瞬間，他爲什麼還會想到這點？

——我的妻子衣食必可無缺，我很放心。

他真的能放心？

——邪不勝正，正義終必得勝！

他爲什麼會敗？

他雖然敗了，正義卻沒有敗！

因爲就在這最後的一刹那間，忽然又有股力量從旁邊擊來，化解了百里長青這一掌，就像是陽光驅走了山的陰影。

這股力量也正像是陽光，雖然溫和，卻絕對不可抵禦。

百里長青退出三步，吃驚的看著這個人。

鄧定侯睜開眼看到這個人，更吃驚。

出手救他的這個人，竟是那個衰老佝僂的殘廢胡老五。

只不過現在他看來已不再衰老，身子也挺直了，甚至連眼睛都已變得年輕。

「你不是胡老五。」

「我不是。」

「那麼你是誰？」

花白的亂髮和臉上的面具同時被掀起，露出了一張討人喜歡的臉。

丁喜！

鄧定侯終於忍不住叫了出來。

「丁喜？」百里長青盯著他：「你就是那個聰明的丁喜？」

丁喜點點頭，眼睛裡的表情很奇怪。

百里長青道：「你剛才用的是什麼功夫？」

丁喜道：「功夫就是功夫，功夫只有一種，殺人的是這一種，救人的也是這一種。」

百里長青的眼睛裡發出光，他想不到這年輕人居然能說得出這種道理。

——在基本上，所有的武功都是一樣的。

這道理雖明顯，但是能夠真正懂得這道理的人卻不多。

事實上，能懂得這道理的人，世上根本就沒有幾個。

這年輕人是什麼來歷？

百里長青盯著他，忽又出手。

這一次他的出手更慢、更柔和，就像是可以平息海浪的那種微風，又像是從山巔流下，但永遠也不會斷的那一線流水。

可是這一次他遇見的既不是鋼刀，也不是海浪，所以他用出的力量就完全失去意義。

百里長青更驚訝，拳勢一變，由柔和變爲強韌，由緩慢變爲迅速。

丁喜的反應也變了。

鄧定侯忽然發現他們的武功和反應，竟幾乎是完全一樣的。

除此之外，他們兩個人之間，竟彷彿還有種很奇妙的相同之處。

百里長青顯然也發現了這一點，一拳擊出，突然退後。

丁喜並沒有進逼。

百里長青盯著他，忽然問道：「你的功夫是誰教你的？」

丁喜道：「沒有人教我。」

百里長青道：「那麼你的功夫是從哪裡學來的？」

丁喜道：「你不知道？真的不知道？」

他的表情很奇怪，聲音也很奇怪，彷彿充滿了痛苦和悲哀。

百里長青的表情卻變得更奇怪，就像是忽然有根看不見的尖針，筆直刺入了他的心。

他的身子突然開始顫抖，精神和力量都突然潰散，連聲音都已發不出。

他本已百煉成鋼，他的力量和意志已無法摧毀，本不該變成這樣子的。

鄧定侯看著他，看了很久，再看著丁喜，忽然也覺得手腳冰冷。

就在這時，燈籠忽然滅了，黑暗中彷彿有一陣尖銳的風聲劃過。

風聲極尖銳，卻又輕得聽不見。

只有最歹毒可怕的暗器發出時，才會有這種風聲。

暗器是擊向誰的？

風聲一響，鄧定侯的人已全力拔起，他並沒有看見這些暗器，也不知道這些暗器是打誰，但是他卻一定要全力閃避。

因爲他畢竟也是經過千錘百煉的高手，他已聽見了這種別人聽不見的風聲。

百里長青和丁喜呢？

在那種情緒激動的時刻，他們是不是還能像平時一樣警覺？

黑暗。

天地間一片黑暗，無邊無際的黑暗。

鄧定侯身子掠起，卻反而有種向下沉的感覺，因爲他整個人都已被黑暗吞沒。

他雖然在凌空翻身的那一瞬間，趁機往下面看了一眼。

可是他什麼也沒有看見。

他來的時候，附近沒有人，塔下沒有人，塔裡面也沒有人。

他一直都在保持著警覺，百里長青和丁喜想必也一樣。

若是有人來了，他們三個人之間，至少有一個人會發現。

既然沒有人來，這暗器卻是從哪裡來的？

他也想不通。

這時他的真氣已無法再往上提，身子已真的開始往下沉。

下面已變成什麼情況？是不是還有那種致命的暗器在等著他？

二

寶塔雖然已只剩下六層，卻還是很高，走得愈近，愈覺得高，人就在塔上，更覺得它高，無論誰也不敢一躍而下。

鄧定侯咬了咬牙，用出最後一分力，再次翻身，然後就讓自己往下墜，墜下三四丈後，到了寶塔的第三層，突又伸手，搭住了風簷。

他終於換了一口氣。

這一次他再往下落時，身子已經如落葉。

他的腳終於接觸到堅實可靠的土地，在這一瞬間的感覺，幾乎就像是嬰兒又投入了母親的懷抱。

對人類來說，也許只有土地才是永遠値得信賴的。

但地上也是一片黑暗。

黑暗中看不見任何動靜，也聽不見任何聲音。

塔頂上已發生過什麼事？

丁喜是不是已遭了毒手？

鄧定侯握緊雙拳，心裡忽然又有了種負罪的感覺，覺得自己本不該就這麼樣拋下剛才還救了他性命的朋友。

塔裡更黑暗，到處都可能有致命的埋伏，但是現在無論多麼大的危險，都已嚇不走他了。

他決心要闖進去。

可是在他還沒有闖進去之前，斷塔裡已經有個人先竄了出來。

他的人已撲起，真氣立刻回轉，使出內家千金墜，雙足落地，氣力再次運行，吐氣開聲，一拳向這人打了過去。

這正是威鎭武林達三百年不改的少林百步神拳，這一拳他使出全力，莫說真的打在人身上，拳風所及處，也極令人肝膽俱碎的威力。

誰知道這種不可思議的力量打在這人身上後，卻完全沒有了反應，就像是刺入的堅冰在陽光下消失無形。

鄧定侯長長吐出口氣，道：「小丁？」

人影落下，果然是丁喜。

鄧定侯苦笑。

平時他出手一向很慎重，可是今天他卻好像變成了個又緊張、又衝動的年輕小伙子。

——先下手爲強，這句話並不一定是正確的，以逸待勞，以靜制動，後發也可以先至，這才是武功的至理。

——少林寺的武功能夠令人尊敬，並不是因爲它的剛猛之力，而是因爲它能使這種力量與精深博大的佛學溶爲一體。

鄧定侯嘆了口氣，忽然發現成功和榮耀有時非但不能使人成長，反而可以使人衰退，無論誰在盛名之下，都一定會忘記很多事。

但現在卻不是哀傷與悔恨的時候，他立刻打起精神，道：「你也聽見了那暗器的風聲？」

丁喜道：「嗯。」

鄧定侯道：「是誰在暗算我們？」

丁喜道：「不知道。」

鄧定侯道：「暗器好像是從第五層打上去的。」

丁喜道：「很可能。」

鄧定侯道：「我並沒有看見任何人從裡面出來。」

丁喜道：「我也沒有。」

鄧定侯道：「那麼這個人一定還是躲在塔裡。」

丁喜道：「不在。」

鄧定侯道：「是你找不到？還是人不在？」

丁喜道：「只要有人在，我就能找到。」

鄧定侯道：「無論什麼樣的暗器，都絕不可能是憑空飛出來的。」

丁喜道：「很不可能。」

鄧定侯道：「有暗器射出，就一定有人。」

丁喜道：「一定有。」

鄧定侯道：「無論什麼樣的人，都絕不可能憑空無影消失的。」

丁喜道：「不錯。」

鄧定侯道：「那麼這個人呢？難道他不是人，是鬼？」

丁喜道：「據說這座斷塔裡本來就有鬼。」

鄧定侯苦笑道：「你真的相信？」

丁喜道：「我不信。」

鄧定侯盯著他，緩緩道：「其實你當然早就知道這個人是誰了，也知道他是怎麼來的？怎麼走的？卻偏偏不肯說出來。」

丁喜居然沒有否認。

鄧定侯道：「你為什麼不肯說出來？」

丁喜沉吟著，終於長長嘆息，道：「因為就算說出來，你也不會相信。」

鄧定侯道：「為什麼？」

丁喜道：「因為有很多事都很湊巧。」

鄧定侯道：「什麼事？」

丁喜道：「這件事的計劃本來很周密，但你們卻偏偏總是能湊巧找出很多破綻，每一個破綻，湊巧都可以引出條很有力的線索，所有的線索，又湊巧都只有百里長青一個人能完全符合。」

——五月十三的午夜訪客。

——時間的巧合。

——淵博高深的武功。

——急促的氣喘聲。

——用罌粟配成的藥。

——絕沒有外人知道的鏢局秘密。

鄧定侯嘆了口氣，道：「仔細想一想，這些事的確都太湊巧了些。」

定。」

丁喜道：「但卻還不是最湊巧的。」

鄧定侯道：「最湊巧的一點是什麼？」

丁喜的聲音忽然變得很苦澀，緩緩道：「我湊巧正好是百里長青的兒子。」

鄧定侯又長長吐出口氣，道：「你的母親一定就是他剛才要我去找的江夫人。」

丁喜看看他，道：「你早已知道？」

鄧定侯搖搖頭。

丁喜道：「可是你並沒有覺得很意外。」

鄧定侯嘆息道：「我以前的確想到過這一點，但你若沒有親口說出來，我還是不敢確定。」

丁喜冷冷道：「你能確定什麼？確定百里長青是奸細？是兇手？」

鄧定侯道：「我本來的確幾乎已確定了，所以……」

丁喜打斷了他的話，道：「所以你一見到他，不問青紅皂白就要跟他拚命。」

鄧定侯又道：「我還能問什麼？」

丁喜道：「你至少應該問問他，他是怎麼會到這裡來的？在這裡等的是誰？」

鄧定侯道：「這約會不是他訂的？」

丁喜道：「不是。」

鄧定侯道：「那麼，他等的是誰？」

丁喜道：「他跟你一樣，也是被人騙來的，他等的也正是你要找的人。」

鄧定侯動容道：「他等的也是那兇手？」

丁喜道：「你不信？」

鄧定侯道：「他看見我來了，難道就認為我是兇手？」

丁喜道：「你看見他在這裡，豈非也同樣認為他是兇手？」

鄧定侯怔住。

丁喜嘆了口氣，道：「看來伍先生的確是個聰明人，對你們的看法一點也沒有錯。」

鄧定侯搶著問道：「伍先生是誰？」

丁喜正容道：「伍先生就是青龍會『五月十三』分舵的首領，也就是這整個計劃的主持人。」

鄧定侯又怔住。

丁喜冷笑道：「他早已算準了你們一見面就準備出手了，因為你們都是了不起的大英雄，都覺得自己的想法絕不會錯，又何必再說廢話，先拚個你死我活豈非痛快得多。」

鄧定侯只有聽著，心裡也不能不承認他說得有理。

十四　魂飛天外

一

丁喜道：「在他的計劃中，你們現在本該已經都死在塔內的，只可惜……」

鄧定侯忽又笑了笑，道：「只可惜你湊巧是百里長青的兒子，湊巧是我的朋友，又湊巧正好是聰明的丁喜。」

丁喜看著他，眼睛裡也有了笑意。

就在這時，第三層塔上忽然傳出一聲暴喝，接著又是「轟」的一響，一大片磚石落了下來，這層塔的牆壁已被打成個大洞。

洞裡面更黑暗，什麼都看不見。

鄧定侯動容道：「百里長青呢？你出來的時候，有沒有看見他？」

丁喜搖搖頭。

鄧定侯又問道：「他現在是不是已經跟那伍先生交上了手？」

丁喜又搖搖頭，臉色也很沉重。

鄧定侯道：「我們總不能在這裡看著，是不是也……」

一句話還沒有說完，塔上又傳來一聲低叱，一聲暴喝，已到了第二層。

接著又是「轟」的一聲響，一大片磚石落了下來，幾乎砸在他們身上。

他們雖然看不見上面的情況，可是上面交手的那兩個人武功之高，力量之強，戰況之激烈，不用看也可想像得到。

百里長青的武功雖然不是天下第一，他的聲名地位，雖然也不是全憑武功得來的，江湖中甚至有很多人認為，就算在他們的聯營鏢局中，他的武功都不能算是第一把高手。

可是真正了解他的人都知道，他精氣內斂，深藏不露，其實無論內力外功，都幾乎已達到了巔峰，對武林中各種門派武學的涉獵和研究，更很少有人能比得上。

這一點鄧定侯當然了解得更清楚，他剛才還和百里長青交過手。

此刻在塔上跟他交手的人，武功竟似絕不在他之下，所以才會打得這麼激烈。

假如這個人真的就是伍先生，那麼這伍先生卻又是誰呢？

有誰的武功能和百里長青較一時之短長？

假如這伍先生就是出賣聯營鏢局的奸細、殺害王老爺子的兇手，那麼他不是歸東景，就是姜新，不是姜新，就是西門勝。

他們三個人本來豈非毫無嫌疑？

這些複雜的問題，在鄧定侯心裡一閃而過，他當然來不及思索。

就在他準備衝上塔去的時候，忽然間，又是「轟」的一聲大震。

本來已只剩下一半的大寶塔，竟完全倒塌了下來。

在塔上決戰的那兩個人，是不是已必將葬身在這斷塔之下？

塵土，碎木，瓦礫，磚石，就像是一片黑雲，帶著驚雷和暴雨，忽然間凌空壓下來。

鄧定侯剛想退的時候，丁喜已拉住了他的手，往後面倒竄而出。

在他很年輕的時候，在那莊嚴古老的少林寺裡，有很多高僧們都曾誇獎過他。

——你雖然性情有些浮躁，武功很難練到登峰造極，可是你跟別人交手時，就算武功比你高的人，也未必是你敵手，因爲你的反應快。

無論誰，對別人的讚美和誇獎，都一定比較容易記在心裡。

這些話鄧定侯就從沒有忘記，可是現在，他才發現他的反應並不如自己想像中那麼快。

丁喜就比他快，而且快得多。

——一個人年紀漸漸老了，是不是連反應都會變得遲鈍呢？

——老，難道真是這麼悲哀的事？

鄧定侯退出三五丈，癡癡的站在那裡，沙石塵土山崩般落在他面前，他竟似完全沒有感覺。

每個人都會把自己看得高些的，所以當一個人發現自己真正的價值時，總會覺得若有所失。

這本就是人類不可避免的悲哀之一。

忽然間，動亂已平靜，天地間又變得一片靜寂，這靜寂反而讓鄧定侯驚醒了。

前面仍然是一片黑暗，那巍峨高矗的大寶塔，卻已變成平地。

就在一瞬前，它還像巨人般矗立在那裡，藐視著它足下的草木塵土。

可是現在它自己也倒了下去，就倒在它所藐視的草木塵土間。

——寶塔也跟人一樣，人爬得太高，也一樣比較容易倒下去。

鄧定侯又不禁嘆了口氣。

——百里長青和那位伍先生豈非都是已經爬到高處的人。

想到百里長青，鄧定侯才完全驚醒，失聲道：「他們的人出來沒有？」

丁喜道：「沒有。」

人既然還沒有出來，難道真的已葬身在斷塔下？

鄧定侯臉色變了，立刻衝過去，黑暗中，只見斷塔的基層間一片磚石瓦礫堆積，看來就正像是一座墳墓。

無論誰被埋葬在這墳墓裡，都再也休想活著出來了。

鄧定侯手足已冰冷。

百里長青並不是他很好的朋友，可是現在他心裡卻很悲痛。

因爲他自覺對這個人有所歉疚。

丁喜也已趕過來，正在看著他，彷彿已看透了他的心事。

他對百里長青的誤會和懷疑，顯然都已消釋了。

丁喜眼睛裡不禁露出了欣慰之意，這一點本是他衷心盼望的。

鄧定侯回過頭，看到他的表情，忽然道：「百里長青究竟是不是你的父親？」

丁喜道：「是。」

鄧定侯板著臉道：「可是現在他已葬身在斷塔下，你非但一點也不難受，反而好像很高興。」

丁喜沒有回答這句話，反問道：「你知不知道這座寶塔爲什麼特別容易倒塌？」

鄧定侯道：「因爲它太高。」

丁喜搖搖頭道：「世上還有很多更高的塔，都沒有倒塌。」

鄧定侯道：「難道這其中還有什麼特別的原因？」

丁喜道：「這座塔是空的。」

鄧定侯道：「寶塔中間本來就是空的。」

丁喜道：「但是它牆壁間也是空的，甚至連地下都是空的。」

鄧定侯恍然道：「難道這座塔裡有複壁地道？」

丁喜道：「每一層都有。」

鄧定侯皺眉道：「寶塔本是佛家的浮屠，裡面怎麼會有複壁地道？」

丁喜道：「這座寶塔並不是由佛家弟子蓋的。」

鄧定侯道：「是什麼人蓋的？」

丁喜道：「強盜。」

寶塔後這一片青色的山崗，多年前就已是群盜嘯聚出沒之地。

丁喜道：「他們爲了逃避官家的追蹤，才蓋了這座寶塔。作爲藏身的退路，所以寶塔下還有條地道直通上面的山寨。」

鄧定侯終於完全明白了：「剛才暗算我們的人，就是從複壁地道中來的。」

丁喜道：「不錯。」

鄧定侯道：「山下的人都認爲塔裡有鬼，想必也正是因爲這緣故。」

丁喜嘆道：「所以有很多人到這裡來了之後，往往會平空失蹤。」

鄧定侯道：「因爲這是你們的秘密，若有人在無意間發現這秘密，就得被殺滅口。」

丁喜笑了笑，笑容又變得非常苦澀，道：「不錯，也是我們強盜的秘密，你們鏢客本來就絕不會知道。」

鄧定侯也只有苦笑。

他說出「你們」兩個字的時候，就已經知道自己說錯話了。

——這是不是因爲在他心底深處，還認爲丁喜是個強盜呢？

——難道一個人只要出身在盜窟，就注定了終生都要被人看做強盜？

——難道他無論怎麼改變，都改變不了別人對他的看法麼？

鄧定侯立刻在心裡立下個誓願。

他發誓以後不但要改變自己的想法和看法，還要去改變別人的。

丁喜彷彿又看出了他的心事，微笑道：「不管怎麼樣，我總是在山上長大的人，所以我當然也知道這秘密。」

鄧定侯嘆了口氣，道：「就因爲你知道這秘密，所以我們還活著。」

現在他總算也已明白了「伍先生」的計劃了。

「他要我們先交手，等我們打到精疲力竭時，再突然從複壁地道中下毒手，讓別人認爲我們是同歸於盡的，他就可以永遠逍遙法外了。」

丁喜也嘆了口氣，苦笑道：「只不過你就算死了，也是比較幸運的一個。」

鄧定侯道：「爲什麼？」

丁喜道：「因爲別人都會認爲你是爲了要替你們的聯營鏢局除奸，替王老爺子復仇，才不惜和元兇同歸於盡，你死了之後，說不定比活著時更受人尊敬，可是……」

——可是百里長青死了後，冤名就永遠也洗不清了。

丁喜道：「等你們死了後，他不但可以永遠逍遙法外，而且還可以重回你們的聯營鏢局，進一步掌握大權，從此以後，中原江湖中的黑白兩道，就全都在他掌握中了。」

想到這計劃的周密和惡毒，就連他自己都不禁毛骨悚然了。

鄧定侯勉強笑了笑，道：「幸好我們還沒有死，因爲……」

丁喜微笑道：「因爲他沒有想到這計劃中會忽然多出個聰明的丁喜。」

鄧定侯笑道：「他更想不到，這個聰明的丁喜非但是百里長青的兒子，還是鄧定侯的朋友。」

他的笑容已不再勉強，因爲他已發現，無論多惡毒周密的計劃，都終必會失敗的，因爲人還有一種更強大的力量存在。那就是人類的信心和愛心了。

就因為丁喜對他的父親和小馬這種愛心，所以才不惜冒險。

一個冷血的兇手，當然不會了解這種感情。

就因為他忽略了這一點，所以他的計劃無論多周密，都終必要失敗。

瓦礫下沒有人，活人死人都沒有。

本來在塔裡的人，現在顯然已都從地道中走了，地道卻已被瓦礫封死。

鄧定侯道：「剛才在塔上和百里長青交手的人，會不會就是你說的那位伍先生？」

丁喜道：「很可能。」

鄧定侯道：「伍先生當然不是他的真名實姓？」

丁喜道：「不是。」

鄧定侯道：「他當然也不會以真面目見人的。」

丁喜道：「他臉上戴的那面具，不但真是用人皮做的，而且做得極精巧，用法也極方便，像這樣的人皮面具他至少有七八張，所以在一瞬間就可以變換七八種面孔。」

鄧定侯道：「他身上穿的當然是黑衣服了。」

丁喜道：「通常都是的。」

鄧定侯道：「百里長青忽然看到一個戴著面具的黑衣人，當然不肯放過。」

丁喜道：「尤其在這種時候。」

鄧定侯道：「所以他若想從地道中逃走，無論他逃到哪裡，百里長青都一定會跟著去追他的。」

丁喜道：「所以現在他們兩個人都不在了。」

鄧定侯道：「這地道是不是可以直通上面的山寨？」

丁喜道：「是。」

鄧定侯道：「伍先生想必已逃回了上面的山寨。」

丁喜道：「一進了地道，就根本沒有別的路可走。」

鄧定侯道：「所以百里長青現在也一定到了上面的山寨了。」

丁喜點點頭。

鄧定侯道：「你說過，那地方現在已變成了龍潭虎穴，無論誰闖了進去，都很難再活著出來。」

丁喜道：「我說過。」

鄧定侯凝視著他，沉下臉道：「他是你父親，現在他入了龍潭虎穴，你準備怎麼辦？」

丁喜道：「你要我怎麼辦？」

鄧定侯冷冷道：「你自己應該知道的。」

丁喜道：「你的意思是不是說，我們現在應該先花兩個時辰把這地道裡的瓦礫磚石挖出來，再從地道裡上山去送死？」

鄧定侯道：「爲什麼一定會是去送死？」

丁喜道：「因爲那時天已經快亮了，我們一定已累得滿身臭汗，而且……」

鄧定侯打斷了他的話，道：「我們並不一定要走地道，這附近一定還有別的路上山。」

丁喜道：「當然有。」

鄧定侯道：「在哪裡？」

丁喜道：「就在我不願意去的那條路上。」

鄧定侯道：「你爲什麼不願意去？」

丁喜道：「因爲我知道他一定能照顧自己的，也因爲我還不想死。」

鄧定侯道：「可是你已經上去過。」

丁喜道：「那時候情況不同。」

鄧定侯道：「有什麼不同？」

丁喜道：「那時我可以找到個很好的掩護。」

鄧定侯道：「拚命胡老五？」

丁喜點點頭道：「山上的人早已把他當做個廢物，從來也沒有人真看過他，他一個人住在後面的小屋裡，從來也沒有人問過他的死活。」

鄧定侯道：「你知道若扮成他，一定可以瞞過別人的耳目。」

丁喜笑了笑，道：「我連你們都瞞過了，何況別人？」

鄧定侯道：「兩次到老山東店裡去送信的都是你？」

丁喜道：「兩次都是我。」

他淡淡的接著道：「我也知道你們對胡老五這個人雖然會很好奇，卻還是不會看得太仔細的，因爲他實在不好看。」

鄧定侯道：「現在這秘密當然已被揭穿了，你再上山去，當然就會有危險。」

丁喜道：「所以……」

鄧定侯又打斷了他的話，道：「所以，你就算明知道百里長青和小馬都要死在山上，也絕不會再上去，因爲你的命比別人値錢。」

丁喜道：「我的命並不値錢，假如我有兩條命，你就算要我把其中一條拿去餵狗，我會絲毫不在乎的。」

鄧定侯道：「可惜你只有一條命。」

丁喜嘆了口氣，道：「實在可惜得很。」

鄧定侯盯著他，道：「你真是一點也不替他擔心？」

丁喜也沉下了臉，冷冷道：「我還沒有生下來，他就已走了，我母親是個一點武功也不會的女人，而且還有病，我三歲的時候就會捧著破碗上街去要飯，六歲的時候就學會了做扒手，這十幾年來，從來也沒有人爲我擔過心，我又何必去關心別人？」

他的聲音冰冷，臉上也全無表情，可是他的手卻在發抖。

鄧定侯又盯著他看了很久，忽然長長嘆了口氣，道：「幸好我是你朋友，幸好我已很了解你，否則我一定也會把你當做個無情無義的人。」

丁喜冷冷道：「我本來就是個無情無義的人。」

鄧定侯道：「你既然真的無情無義，爲什麼要冒險到這裡來？爲什麼要救我們？爲什麼要想法子洗脫他的罪名？」

丁喜閉上了嘴。

鄧定侯道：「其實我也知道你心裡一定早已有了打算，只不過不肯說出來而已。」

丁喜還是閉著嘴，既不承認，也沒有否認。

鄧定侯道：「你爲什麼不肯說？」

丁喜終於嘆了口氣，道：「我就算有話要說，也不是說給你一個人聽的。」

鄧定侯眼睛亮了，道：「當然，我們當然不能撇開那位大小姐。」

丁喜道：「她的人呢？」

鄧定侯道：「就在那邊土地廟裡的一棵大銀杏樹上。」

丁喜淡淡的笑，道：「想不到她現在居然變得這麼老實，居然肯一個人待在樹上。」

鄧定侯道：「她不是一個人。」

丁喜道：「還有誰？」

鄧定侯道：「老山東。」

丁喜本來已跟著他往前走，忽然又停下了腳步。

鄧定侯道：「你爲什麼停下來？」

丁喜沉默著，過了很久，才緩緩道：「我們已不必去了。」

鄧定侯道：「爲什麼？」

丁喜道：「因爲那樹上現在一定已沒有人了。」

他的聲音還是很冷，臉上還是完全沒有表情，可是他的手又開始在發抖。

鄧定侯也發覺不對了，動容道：「老山東難道不是你的朋友？」

丁喜緩緩道：「老山東當然是我的朋友，只不過你們看見的老山東，已不是老山東。」

鄧定侯臉色也變了。

他現在才明白，爲什麼丁喜兩次送信去，都沒有以真面目和他們相見，爲什麼他明知那大寶塔的約會是個陷阱，卻連一點暗示警告都沒有給他們。

因爲他絕不能讓這個「老山東」懷疑他，他一定要讓鄧定侯和百里長青相見，才能將計就計，揭穿伍先生的陰謀和秘密。

現在鄧定侯當然也已明白，爲什麼這個「老山東」一定要跟著他們來，而且急得連門都沒有鬥。

一個賣了幾十年燒雞，自己卻連一條雞腿都捨不得吃的人，本不該那麼大方的。

現在他什麼事都明白了，只可惜現在已太遲。

二

樹上果然已沒有人，只留下了一塊被撕破的衣襟。

王大小姐的衣襟。

現在她當然也已被擄上了山寨——無論誰到了那裡，都很難活著回來。

她當然更難。

樹下的風很涼，鄧定侯站在這夜的涼風裡，冷汗卻已濕透了衣裳。

自從他出道以來，在江湖人的心目中，他一直是個很有才能的人，無論什麼樣的難題，到了他手裡大多數都能迎刃而解。

所以他自己也漸漸認爲自己的確很有才能，對自己充滿了信心。

可是現在他卻忽然發現自己原來只不過是個呆子。

一個只會自作聰明，自我陶醉的呆子。

丁喜忽然拍了拍他的肩，道：「你用不著太難受，我們還有希望。」

鄧定侯道：「還有什麼希望？」

丁喜道：「還有希望能找到那位王大小姐的。」

鄧定侯道：「到哪裡去找？」

丁喜道：「老山東的饅頭店。」

鄧定侯苦笑道：「難道這個不是老山東的老山東，還會帶她回饅頭店去？」

丁喜道：「就因爲他不是老山東，所以才會把她帶回饅頭店。」

鄧定侯道：「爲什麼？」

丁喜道：「因爲饅頭店裡不但可以做饅頭，還可以做一些別的事。」

鄧定侯更不懂，道：「可以做什麼事？」

丁喜嘆了口氣，道：「你真的不懂？」

鄧定侯搖搖頭。

丁喜苦笑道：「假如你認識那個不是老山東的老山東，你就會懂了。」

鄧定侯道：「你認得他？」

丁喜點點頭。

鄧定侯道：「他究竟是什麼人？」

丁喜道：「他是一個老色鬼。」

三

雲淡星稀，夜更深了。

老山東饅頭店，卻還有燈光露出。

看見這燈光，鄧定侯也不知是應該鬆口氣？還是應該更擔心。

現在，王大小姐就算沒有被擄入虎穴，卻必定已落入虎口，落在虎穴和落在虎口的情形幾乎沒有多大的差別，總之是只極短的時間，便面臨令人不想再看下去的景象便是。——獵物會被毫無人性的老虎吃掉了。

他現在看不見丁喜臉上的表情。

他一直落在丁喜的後面，眼中雖然盡了全力，還是看不出丁喜的表情。

鄧定侯沒有出聲，老山東饅頭店裡，在燈光下，丁喜坐下來，想要找些吃的，但是微弱燈光之下照見可以吃的更不多，只有一些乾了的牛肉。

「你想喝酒？」丁喜說著，臉上還是沒有表情。

丁喜就是這樣的人，他不論碰上什麼，如果從表情上看，他不會透露出什麼來。

不過他嘴邊常常掛著逗人喜歡的笑容，因為通常他都以微笑來鬆弛他的心情。

但這時連嘴邊的微笑也沒有了，是心裡正在替誰擔心？也許是王大小姐，或許是自己。

甚至是鄧定侯，鄧定侯那時卻什麼也不知道。

「你以為這兒會有酒賣？」

「一定有的，只要你也想喝就有。」

「我們還有喝酒的時間？」

「有的，我在想，最少還有一段不長不短的時間。」

「那麼我願意奉陪喝點。」

「不飲則已，要飲酒，自然要喝個痛快，不過奉陪兩個字倒也用不著，你知道要飲酒的不只是我。」

「對了，我為自己而喝酒，不喝則已，喝一點著實是不夠的，但是喝個痛快，有足夠的時間嗎？」

「只要你想飲酒，時間已綽綽有餘的。」

鄧定侯猜想，到這時，還有時間可以喝酒，事情自然不會有什麼凶險了。

他鬆了口氣，大聲道：「酒，有好的酒拿來。」

老山東的饅頭店裡，這時其實除了丁喜和鄧定侯之外，哪裡有什麼人。

丁喜自然看到店裡一個人也沒有，鄧定侯更清楚，這家老山東饅頭店，連伙計也沒有。

鄧定侯不敢自己取酒來喝，丁喜也不想去，鄧定侯坐下來，重又大聲道：「有人嗎？」

但是，酒是有的，卻沒有人回答鄧定侯大聲的問話。

酒放在櫃台下，有好幾個小罈。

小罈上面有一隻瓦碗，酒罈裡也透出一些酒香，而且香氣是上好的酒。

要喝酒，便得自己去拿，這是什麼規矩？

果然酒很香、很濃，鄧定侯倒了酒罈裡的酒喝著，丁喜也喝著。

老山東的饅頭店裡，沒有人騷擾兩人，這點看來丁喜已經知道了的。

鄧定侯在想著，丁喜說飲過了酒，還有足夠的時間，那更不會錯了。

酒已飲得夠了，時間也一刻一刻的過去。

這點他已不再驚異，也不再難受，他已承認自己在很多方面都不如丁喜。

一個人若是真的已認輸了，反而會覺得心平氣和，可是丁喜至少應該停下來跟他商量商量，用什麼方法進入這饅頭店？用什麼法子才能安全救出王大小姐？

每次行動之前，他都要計劃考慮很久，若沒有萬無一失的把握，他絕不出手。

就在他開始考慮的時候，丁喜已一腳踢破了那破舊的木門，衝了進去。

這是最簡單、最直接的一種法子，這法子實在太輕忽、太魯莽。

丁喜竟完全沒有經過考慮，就選擇了這種法子。

——年輕人做事總是難免衝動些的。

鄧定侯在心裡嘆了口氣，正準備衝進去接應。

可是等他衝進去的時候，王大小姐已坐起來，老山東已倒了下去，他們這次行動已完全結束，而且完全成功。

鄧定侯笑了，苦笑。

他忽然發現年輕人做事的方式並不是完全錯的，他忽然覺得自己的思想好像已有點落伍了。

——就因爲他能這麼樣想，所以他永遠是鄧定侯，永遠能存在。

——只可惜像他這種有身分的人能夠這麼樣想一想的並不多。

王大小姐看看他，看看丁喜，再看看地上的老山東，心裡雖然有無數疑問，卻連一句話都沒有問。

因爲她根本不知道應該從哪裡問起。

丁喜也沒有說。

反正她遲早總會知道的，又何必急著要在此時說。

這次行動已圓滿結束，下一次行動呢？

鄧定侯也同樣漫無頭緒，忍不住問道：「現在我們是坐下來吃饅頭？還是躺下去睡一覺？」

丁喜道：「現在我們就上山。」

鄧定侯怔了怔，道：「你好像剛才還說過，你不能上去的。」

丁喜道：「我不能上去，老山東能，尤其是帶著兩個俘虜的時候，更應該趕快上去。」

鄧定侯終於明白：「兩個俘虜就是我和王大小姐。」

丁喜點頭。

鄧定侯道：「老山東就是你。」

丁喜笑道：「這老色鬼能扮成老山東，小色鬼當然也可以。」

鄧定侯道：「你能瞞得過山上那麼多雙眼睛？」

丁喜道：「每個人都有他自己的特徵，所以別人才能辨認他。」

他又解釋道：「最重要的一點，當然是容貌上的，其次是身材、神氣、舉動和味道。」

鄧定侯道：「味道？」

丁喜道：「每個人都有他自己的味道，有些人天生就很香，有些人天生就臭。」

鄧定侯道：「這點倒不難，老山東整個人嗅起來就像隻燒雞。」

丁喜道：「我若穿上這身衣服，嗅起來一定差不多。」

鄧定侯道：「你的身材跟他也很像，只要在肚子上多綁幾條布帶，再駝起背就行了。」

丁喜道：「我從小就常在他這裡偷饅頭吃，他的神氣舉動，我有把握可以學得很像。」

王大小姐忽然道：「你本來就有這方面的天才，若是改行去唱戲，一定更出名。」

丁喜淡淡道：「我本來就打算要改行了，在台上唱戲至少總比在台下唱安全些。」

王大小姐道：「你在台下唱？」

丁喜道：「人生豈非本就是一台戲？我們豈非都在這裡唱戲？」

王大小姐閉上了嘴。

丁喜說出來的話，好像總是很快就能叫她閉上嘴的。

鄧定侯道：「可是你的臉……」

丁喜道：「容貌不同，可以易容，我的易容術雖然並不高明，幸好老山東這副尊容也沒有什麼人會注意，你就真想要人多看兩眼，也絕對沒有人會願意。」

他笑了笑，又道：「何況，我還帶著三樣很重要的禮物上去，送禮的人總是比較受歡迎的。」

鄧定侯點頭道：「我和王大小姐當然都是你要帶去的禮物了。」

丁喜道：「你們算兩樣。」

鄧定侯道：「還有一樣是什麼？」

丁喜道：「燒雞。」

四

房屋是用巨大的樹木蓋成的，雖然粗糙簡陋，卻帶著種原始的粗獷淳樸，看來別有一種令人懾服的雄壯氣勢。

這裡的人也一樣，野蠻，剽悍，勇猛，就像是洪荒時的野獸。

只有一個人是例外。

這個人穿著身黑衣服，陰森森的臉上全無表情，一雙炯炯有光的眼睛裡表情卻很多。

這個人看來既不野蠻，也不兇猛，卻遠比別的人更可怕。

——別人若是野獸，他就是獵人，別人若是棍子，他就是槍鋒。

這個人當然就是伍先生。

百里長青就站在這大廳裡，面對著這些野獸，面對著這桿槍鋒。

他是人，只是一個人。

但他絕不比野獸柔順，絕不比槍鋒軟弱。

伍先生盯著他，忽然長長嘆了口氣，道：「你不該來的，實在不該來的。」

百里長青冷笑。

伍先生道：「你本該已是個死人，連屍體都已冰冷，你和鄧定侯若是全都死了，現在豈非就已經天下太平了。」

百里長青道：「我們死了，還有丁喜。」

伍先生道：「丁喜是不足懼的。」

百里長青道：「哦？」

伍先生道：「他武功也許不比你差，甚至比你更聰明，但是他不足懼。」

百里長青道：「爲什麼？」

伍先生道：「因爲你是位大俠客，他卻是個小強盜。」

百里長青道：「只可惜大俠客有時也會變成小強盜。」

伍先生道：「你是在說我了？」

百里長青不否認。

伍先生道：「你已知道我是誰？」

百里長青道：「你是霸王槍的多年老友，你對聯營鏢局的一切事都瞭如指掌，對我的事也很熟悉，你的武功一向深藏不露，因爲你有個能幹的總鏢頭擋在你前面，你自已根本用不著出手。」

他盯著伍先生道：「像你這樣的人？江湖中能找得出幾個？」

伍先生道：「只有我一個？」

百里長青道：「我只想到你一個。」

伍先生嘆了口氣，道：「看來你好像真是已知道我是誰了，所以……」

百里長青道：「所以今日不是你死，就是我死。」

他臉上全無表情，眼睛裡卻在笑：「因爲你們整天在爲江湖中大大小小的事奔波勞碌，我卻可以專心躲在家裡練武，有時我甚至還有餘暇去模仿別人的筆跡，打聽別人的隱私。」

百里長青道：「你故意將鏢局中的機密洩露給丁喜，就因爲你早已知道他是我兒子？」

伍先生微笑道：「我也知道你跟王老頭早年在閩南做的那些見不得人的事。」

百里長青道：「因爲你已入了青龍會。」

伍先生道：「青龍會想利用我，我也正好利用他們，大家互相利用，誰也不吃虧。」

百里長青道：「我只奇怪一點。」

伍先生道：「你說。」

百里長青道：「以你的聲名地位和財富，爲什麼還要做這種事？」

伍先生道：「我說過，有兩樣事我是從來不會嫌多的。」

百里長青道：「錢財和女子？」

伍先生道：「對了。」

突聽大廳外有人笑道：「現在你的錢財又多了一份，女人也多了一個。」

百里長青回轉頭，就看見了用繩子綁著的鄧定侯和王大小姐，也看見丁喜，可是他完全認不出這個滿身油膩的糟老頭就是丁喜，沒有人能認出。

伍先生笑道：「你錯了，現在我女人只多了一個，錢財卻多出四份。」

丁喜道：「四份？」

伍先生道：「鄧定侯的一份，王大小姐的一份，百里長青的一份，再加上聯營鏢局的盈利，豈非正是四份。」

丁喜笑道：「也許還不止四份。」

伍先生道：「哦？」

丁喜道：「姜新多病，西門勝本就受你指使，現在他們都到了你掌握之中，放眼天下，還有誰敢與你爭一日之短長，江湖中的錢財，豈非遲早都是你的。」

伍先生又大笑，道：「莫忘記我本來就一向有福星高照。」

他走過來，拍了拍這個老山東的肩，道：「我當然也不會忘了你們這些兄弟。」

丁喜道：「我知道你不會忘的，只不過你吃的是肉，我們卻只能吃些骨頭。」

說到「肉」字，本來被繩子綁著的鄧定侯和王大小姐已撲上來，丁喜也已出手，說到「骨頭」兩個字時，伍先生的骨頭已斷了十三根。

就在這一瞬間，永遠有福星高照的歸東景，已變成霉星照命，變得真快，天有不測風雲，人有旦夕禍福，人生本就是這樣子的，只不過變化實在來得太快，本來佔盡了上風的人，忽然間就跌得爬不起來，這變化甚至連百里長青和鄧定侯都不能適應。

現在他們已退出去，帶著小馬和小琳一起退出去，擒賊先擒王，歸東景一倒下，別的人根本不敢出手，就算出手，也不足懼。

鄧定侯忍不住道：「你一直說這是件很困難、很危險的事，爲什麼解決得如此容易？」

丁喜淡淡道：「就是因爲這件事太困難、太危險，所以歸東景想不到有人敢冒險。」

鄧定侯道：「就是因爲他想不到，所以我們才能得手。」

丁喜笑了笑，道：「非但他想不到，就連我自己都想不到。」

可是他們現在已知道，一個人只要有勇氣去冒險，天下就絕沒有不能解決的事。班超、張騫，他們敢孤身涉險，就正是因爲他們有勇氣。古往今來的英雄豪傑，能夠立大功成大事，也都是因爲這「勇氣」兩個字。但勇氣並不是憑空而來，是因爲愛，父子間的親情，朋友間的友情，男女間的感情，對生命的珍惜，對國家的忠心，這些都是愛，若沒有愛，誰知道這個世界會變成個什麼樣的世界？若沒有愛，誰知道這故事會變成個什麼樣的結局？

丁喜在前面走，王大小姐在後面跟，他們已走了很久，已走了很遠，誰也不知道他要走到哪裡去？誰也不知道她要跟到幾時？

丁喜終於忍不住回頭：「你爲什麼一直跟著我？」

王大小姐回答：「因爲我高興。」

丁喜又開始往前走，卻已走得慢多了。

如果丁喜沒有勇氣，如果王大小姐沒有勇氣，這個故事就不會有這麼愉快的結局了。

所以我說的第三種武器並不是霸王槍，而是勇氣。

全書完。請續看《七種武器》之二

七種武器（一）長生劍／霸王槍

作者：古龍
發行人：陳曉林
出版所：風雲時代出版股份有限公司
地址：10576台北市民生東路五段178號7樓之3
電話：(02) 2756-0949　　傳真：(02) 2765-3799
封面原圖：明人出警圖（原圖為國立故宮博物館典藏）
封面影像處理：風雲編輯小組
執行主編：劉宇青
業務總監：張瑋鳳
出版日期：古龍珍藏限量紀念版2024年9月
ISBN：978-626-7464-39-7

風雲書網：http://www.eastbooks.com.tw
官方部落格：http://eastbooks.pixnet.net/blog
Facebook：http://www.facebook.com/h7560949
E-mail：h7560949@ms15.hinet.net
劃撥帳號：12043291
戶名：風雲時代出版股份有限公司

風雲發行所：33373桃園市龜山區公西村2鄰復興街304巷96號
電話：(03) 318-1378　　傳真：(03) 318-1378
法律顧問：永然法律事務所 李永然律師
北辰著作權事務所 蕭雄淋律師

行政院新聞局局版台業字第3595號 營利事業統一編號22759935

定價：340元　

國家圖書館出版品預行編目資料

七種武器. 一，／古龍 著. -- 三版.--
臺北市：風雲時代出版股份有限公司，2024.09
冊；公分.（七種武器系列）古龍珍藏限量紀念版
ISBN 978-626-7464-39-7（平裝）

857.9　　113007027